ユキトの剣を魔物は
避けることなく――。
2
Junki Hiyama
陽山純樹
Illustration
霜月えいと
黒《こく》白《びゃく》の勇者

「く、うっ……！」
セシルが呻《うめ》く。

メイは両手を
アユミと**シオリ**の首に
回し抱き寄せた。

「――お二方」
ナディが接近し――
馬上で頭を下げた。

「あたしで良いの？」
自分のことを指さすレオナ。
「訓練で、タクマとよく組んでいたから…」

号令と共に、**ユキト**達は一斉に馬を駆る。
声を張り上げ、蹄《ひづめ》の音を響かせ、砦《とりで》へ向け突き進む。
そして**カイ**は剣を掲げると、
刀身が巨人と戦った時のように伸びる。

「必ず、勝利を——
突撃!」

黒《こく》白《びゃく》の勇者

CHARACTERS

ユキト（瀬《せ》上《がみ》雪《ゆき》斗《と》）

高校一年生。小説をネットで読むのが趣味の普通の少年。剣道をやっていたが、試合ではほとんど勝てずコンプレックスを抱えている。異世界で、強くなろうと奮闘していく。

セシル＝アルムテッド

霊具使いの騎士。17歳。ユキト達の身辺を護衛する役目を任される。10歳の時に両親が魔物に殺され、それをきっかけに霊具が使えることが判明し、騎士としての道を歩み始めた。

カイ（藤《ふじ》原《わら》海《か》維《い》）

ユキトの同級生で生徒会副会長。容姿端麗、成績優秀、剣道で全国優勝するなどスポーツ万能、大企業の御曹司という完璧なプロフィール。異世界に召喚され、聖剣に選ばれる。

メイ（宮《みや》永《なが》芽《め》衣《い》）

ユキトとカイの級生。医者を目指していたが、オーディションによりアイドルになり、瞬く間に全国にも名が知られる存在に。異世界に召喚後、人を癒やす能力を得ることになる。

ナディ＝フォルスアン＝シャディ

シャディ王国の第二王女にして族屈指の霊具使い。王国軍の指揮をする者達が謀殺されたため、王女自らが戦場に立ち、信奉者からの侵略を食い止めている。

黒白《こくびゃく》の勇者 2

陽山純樹

ヒーロー文庫

黒《こく》白《びゃく》の勇者

CONTENTS

Illustration
霜月えいと

2

イラスト／霜月えいと
装丁・本文デザイン／5GAS DESIGN STUDIO
校正／佐久間恵（東京出版サービスセンター）
DTP／天満咲江（主婦の友社）

この物語は、小説投稿サイト「小説家になろう」で発表された同名作品に、書籍化にあたって大幅に加筆修正を加えたフィクションです。実在の人物・団体等とは関係ありません。

第六章　遠征

異世界転移——非現実的な事象に遭遇し、なおかつ世界の命運を託され戦おうと決意した者達。青春を謳歌《おうか》していた高校生である彼らは全員武具——霊具《れいぐ》を手にし、この世界に出現した邪竜《じゃりゅう》とその配下の魔物達と日々戦い続けている。

その中の一人であるユキトは朝、起床すると慣れた動きで支度を行い朝食を済ませた後、ルーティンのような足取りで廊下を歩く。転移した場所——フィスデイル王国王都ゼレンラートにある王城。その中を、淡々と進んでいく。

時折すれ違う騎士や侍女から挨拶をされるたび、ユキトはそれに応じる。その中には『黒の勇者』という自身の異名で呼んでくる者もいる。未《いま》だその名に慣れないユキトだが、そう呼ばれても苦笑せず応対できるくらいにはなった。

ユキトは——異世界で行われた勇者召喚に巻き込まれた形で転移することになったわけだが、それでもいち早く霊具を手にして戦い始めた。結果、共に転移したクラスメイト——仲間から頼られるような存在となり、異名を持つに至った。元の世界では地味で、クラスの中に埋没していた存在。しかしこの世界では躍動し、ついには仲間のリーダーにして邪竜に対抗できる霊具、聖剣を持つカイの側近として活動している。

立場が大きく変わったことで、最初は戸惑うことも多かった。けれど今ではどうにか慣れ、役目を全うしている——この日は異名を得るきっかけとなった『魔神の巣』破壊作戦から丁度一ヶ月。精神を安定させる霊具の力もあってか、この短期間でユキトを含め仲間達は全員この異世界に適応できていた。

ただユキトについては、適応するだけでなく変化もあった。元の世界では様々なコンプレックスを持っていた。それが夢に出た時もあった。しかし幾たびの戦いを乗り越え、認められ——そうしていく内に、いつしか気にならなくなっていた。

それは多数の人を助け、感謝されたからなのか。しかしユキトはまだ足りないと断じる。邪竜との戦いはまだ続く。決して、気を緩めてはいけない。だからこそ今日も午前中は仲間と一緒に鍛錬で汗を流そうと考えていた。

けれど——この日は少し様子が違っていた。訓練場を訪れても仲間の姿はどこにもなかった。何かあったかとユキトが頭を悩ませていた時、全身鎧姿《よろいすがた》の騎士が話しかけてくる。

「来訪者の方々は、カイ様の提案で城外に出られましたよ」

「城外？」

「はい。ご案内しましょうか？」

ユキトは少し迷った後、頷《うなず》き訓練場を後にした。その騎士によると、カイがおもむろに仲間へ一つ提案し、一緒に訓練をしていた騎士と共に外に出たということだった。

（何か思いついたか……）

ユキトは共に過ごしている内に、カイという存在をおおよそ理解し始めていた。ありとあらゆることに目を配り、仲間達をケアし、さらにこの世界の人達をも気に掛ける――まさしく完璧。元の世界においても非の打ち所がなかった彼は、この異世界においても全てがパーフェクトだった。

戦いにおいても、誰も気づいていないようなことを察し、事前に準備する。そのタイミングは的確で、どうやって察しているのかと内心驚嘆するほどだった。

今回もまた、それと同じようなことだろう――ユキトは心の中で納得しつつ、城外へ出た。そして城の横手へ歩を進めていく。

城を囲む城壁の左右には森が広がっていて、その奥にも訓練場が存在するという話は聞いていた。木々の間を縫うような道を抜け、見えた先は牧場をイメージさせるような草っ原。そこで、

「あ、ユキトもこっちに来たね。やっほー」

声を掛けてきたのは、仲間のメイだった。黒髪を揺らし、ぴょんぴょんと跳ねながら手を振る。ユキトはそれに応じつつ、彼女の隣にいる人物へ視線を移した。

そこには騎士の中で最も懇意《こんい》にしているセシルがいた。太陽の光に照らされて金髪が輝

いて見える。優しく微笑《ほほえ》む姿は遠方からでも一枚の絵になるくらいに綺麗だった。

「おはよう、二人とも」

挨拶と共にユキトは周囲の状況を確認する。まず彼女達は目の前で行われている訓練を眺めている様子。そして当のカイは——いや、カイだけでなく幾人もの仲間達が、この場所で訓練をしていた。その内容は、

「……乗馬？」

騎士の指導を受けながら、仲間達が手綱を操作して馬を駆る姿があった。ユキトはそんな光景を横目にメイとセシルのいる場所へ近寄る。

「騎士の人に案内されて来たんだけど……」

チラリと後方の騎士へ視線を移す。そこでセシルは騎士相手に目を細めた後、

「ええ、いつまでも馬車移動では様にならないだろうって……次の遠征までに馬に乗れるようにしておいた方がいいって」

「なるほど……メイは終わったのか？」

「これからだよ。急遽《きゅうきょ》決まった訓練だし、すぐ全員分の馬を用意するのは難しいみたいで」

ユキトは仲間の人数を確かめる。この場には全員ではなく全体の半分ほどがいて、さらにその半分が訓練の最中だった。

「もう半分の仲間は？」

「別の場所。ここ以外にも訓練場があるから――」

と、蹄《ひづめ》の音が近づいてくる。ユキトが視線を転じれば、既に手綱を完璧に操作している
カイの姿が目に入った。

「おはよう、ユキト」

「おはよう……さすがだな、もう習得したのか。いや、それとも元々乗馬をやっていたと
か？」

「知り合いに乗馬を趣味にしていた人がいて、少し教えてもらっていただけだよ」

「俺からすれば、乗馬を趣味とする人が知り合いにいる時点で驚愕《きょうがく》するんだけど」

ユキトの指摘に、近くにいたメイは笑い始める。

「まあいいや……えっと、俺は初めてだけど、なんとかなる？」

「それほど心配しなくていいよ。こういうことはどれだけやったかによるから、僕らの活
動を考えれば嫌でも慣れるさ」

「それは――」

カイの言葉に応じようとした時、足音が聞こえてきた。ユキトがそちらへ目を向ける
と、近づいてくる見知らぬ女性の姿があった。

「おはよう、みんな」

どこか間延びして、おっとりとした声と笑いかける姿――まるで、女神がこの場に現れたかのように神秘的な空気に包まれた。

不思議な女性だった。身にまとっているのは少しばかり装飾の施された白いローブで、文官が着るものに似ているとユキトは思った。特徴的なのは三つ編みにしている髪色で、水色――いや、空色と言った方がいいかもしれない。

「おはようございます、リュシル様」

挨拶に対しいち早く応じたのは、セシルだった。

「昨日帰ってきたとお伺いしておりましたが……今日は？」

「まずは何より、この世界へやってきた――来てしまったこの子達と顔を合わせておこうと思って」

「カイ＝フジワラです」

馬から降り、カイは女性――リュシルへ一礼した。

「お話には伺っています。ジーク王の側近にして、各国を回っていた賢者……リュシル＝メーテア様ですね」

「あらあら、ご丁寧にありがとう。私のことはリュシルでいいわよ。口調も普通にしてね。あなた達とは対等な関係で付き合いたいの」

そう述べた後、リュシルは一度頭を下げた。

「あなた達の人となりを聞いているから、必要がないとわかっているけれど……一度、謝らせてね。どのような経緯であれ、あなた達の承諾を得ずにこの世界へ招いたこと、深くお詫《わ》びをします」

丁寧に謝罪をして、顔を上げた。途端、申し訳なさそうな表情が一転し、不服げに頬《ほお》を膨らませる。

「しかも私の屋敷にあった資材を利用したらしいから、さすがにザンを怒鳴りつけてやろうかと思ったわよ」

大臣のザン＝グレンに対する憤りを隠そうともせずに文句を言うその姿を見て、ユキトはあっけにとられた。凜《りん》として神々しい空気を出していながら、親しみやすいお姉さんのような印象も与えてくる。とにもかくにも、不思議さはさらに増した。

「何であのお馬鹿さんが私の屋敷のことを知っていたのかも激怒ポイントだし」

「……さすがに、まだ何も言っていませんよね？」

セシルが苦笑しながら尋ねるとリュシルは、

「これから言いに行くところなの」

「できれば、その……穏便に……あの、経緯が経緯だけにご立腹なのは仕方がないですし、大臣にはしかるべき処罰があって当然だとは思いますが、戦時中なので……」

「……何かあるのか？」

ユキトはふと疑問を投げかけた。セシルが慌てる様子は、大臣とリュシルが対立するのが心配というより、過去に似たような騒動を経験し大変だったから――といった苦労が垣間見られる。

「あー、えっと……」

「私とザンが顔を合わせたら、城中に響き渡るような声で大喧嘩《おおげんか》になるもんね」

と、他ならぬリュシルから答えが返ってきた。

「今回は実害が出ているし、今度こそアイツの首をひっつかめるチャンスかな？」

「……大臣についての処遇はこちらで対処しますので、任せていただければ」

セシルに代わってユキトを案内した騎士が答える。リュシルは彼を見やると、

「そういえば……どうしてそんな姿になっているの？」

「私のことを紹介するにあたり、実際に能力を先に見せた方がわかりやすいかと思いまして」

「……能力？」

ユキトが疑問を呈した矢先のことだった。ザアッ、と一陣の風が巻き上がったかと思うと、鎧姿《よろいすがた》だった騎士の姿が突然変わった。騎士服に身を包んだ茶髪の青年。年齢は、ユキト達と比べ少し上といったくらい。やや切れ目で立ち姿がピシッとしている、いかにも真面目そうな風貌だった。

「っ⁉　急に……⁉」

「霊具の力です。姿を変えられる能力を持っていますので」

驚くユキト達に騎士は簡潔に説明し、自己紹介をした。

「改めてご挨拶を。エルト＝ファランドと申します。陛下の身辺護衛を行う者ですが……次の作戦では皆様にご同行することになりますので、どうぞよろしく」

「王の身辺護衛……の人が、同行を？」

「それだけ今回は、重く見ているってことなの」

と、リュシルがエルトの代わりに答えた。

「私も作戦概要を伝える前に、勇者二人と顔を合わせておきたいと思ってここを訪れたんだけど……そうね、エルト。あなたは親睦《しんぼく》を深める意味でも、この訓練に手を貸してあげなさい」

「他ならぬリュシル様の指示とあれば、断るわけにはいきませんね……わかりました。しかし馬は――」

「僕のを使ってくれ」

カイが手綱を引っ張りユキトの前に馬を連れてくる。

「次はユキトの番だ」

「俺？　でもメイの方が先に待っていたはず――」

「あ、私も順番が来たからいいよ」

と、メイは訓練を終えたらしい友人の一人が近づいてきたのを見て手を振った。それでユキトは「わかった」と応じ、馬の前へ。

「えーっと、まずどうすれば？」

「私が指示をさせていただきます」

にこやかにエルトが答える。そこからいくらか指導を受けて、怖々としながらもユキトは馬へ乗った。

「最初は体を慣らすために、私が馬を引きます」

「お願いします」

「……私に対してもリュシル様同様、普段通りの口調で構いませんよ。では、始めます」

ユキトは無意識のうちに体に力が入る。馬上から周囲を見回すと、カイがリュシルと話す姿があった。

（次の作戦についてか……？）

心の中で呟《つぶや》いた矢先、馬が動き出す。少し戸惑いつつユキトは手綱を強く握りしめた。

「まだ操作はしなくて大丈夫ですよ」

「あ、はい、どうも……あの、さっき作戦に同行すると言っていたけど」

「はい。私は陛下の護衛……近衛騎士団に所属している身ですが、その中で選ばれた形となります」

「選ばれた？」

「他にも候補者はいました。例えば、最近カイ様とよく折衝するようになった騎士アレイスなどが該当しますが……私が選ばれたのは、明確な実績があるためでしょう」

実績――それが何かを尋ねる前に、エルトはさらに続ける。

「邪竜が出現するより前、迷宮はこの国になくてはならないものでした……そのことは、ご存じですか？」

「迷宮については、願いを叶《かな》える霊具があるくらいしか……」

「そうですか。なら、今回の旅の中で解説があるでしょう。私は……願いを叶える霊具のために迷宮へ入った騎士の一人でした」

「騎士が……一人で？」

「許可が出れば騎士が迷宮へ挑戦することができるのですよ。そうした経緯で迷宮へ挑戦し……踏破しました」

「踏破……!?」

驚き、思わず馬上で身を乗り出しそうになるユキト。すぐにバランスを崩しそうになって、慌てて姿勢を戻した。

「はい。その実績から私は、近衛騎士団に選ばれ陛下の身辺護衛にあたっています」

「元々、それだけの力を持っていたと？」

「私自身、迷宮を踏破できるだけの力に達しているかはわかりませんでしたが、成功した理由を一つ挙げるとすれば、霊具の成長ですね」

ユキトはセシルから聞いた話を思い出す。

「持っていた霊具が強くなった……」

「はい。私の霊具は『幻惑の想剣』といいまして、名前だけでは強そうに聞こえませんが。幻術を行使して敵を欺《あざむ》く能力を得意としていました」

「姿を変化させていたのも、霊具の力？」

「その通りです。能力は迷宮内の魔物さえも欺くほどの力を持っていたのですが……ある時、それに加えて霊具の成長により強力な攻撃能力を得ました」

そう述べた後、能力の詳細については「いずれ」と一言添える。

「結果、私は迷宮を踏破した……『魔紅玉《まこうぎょく》』に何を願ったのかについては、ひどく個人的なものなのでここでは語りませんが、少なくとも願いが届いたのは間違いありません」

「そうなのか……その後、邪竜が……」

「はい。今後迷宮をどうすべきか考えなければいけません……しかし議論の前に、邪竜を倒さなければならない。勝つために……次の作戦の戦列に加わることを決めました」

言葉は力強く、ユキトの目にも馬を引く彼の全身に力が入るのがわかった。

「迷宮を踏破した私ならば、決して足手まといにならないと自負しています」

「俺達にとっても心強いよ……その、よろしく」

ユキトの言葉に、エルトは振り向き、

「ええ、こちらこそ」

にこやかに応じたのだった。


エルトの指導により、乗馬訓練はずいぶんとスムーズに進んだ。昼前にはある程度形になったため、この日の乗馬訓練は終了することになった。

「昼からは城内の訓練場で何かやるか?」

「そこは自由だけど、今から次の作戦……遠征について話し合いをしたい」

ユキトの質問にカイはそう答えた。

「作戦概要は、僕とユキトとメイの三人で聞くことにしよう」

「いつものメンバーだけど……そろそろ他の人も同席すべきじゃ?」

「最初に戦場に立った僕らが主導した方がいいと助言を受けてね。ただ今後は作戦次第で仲間はばらけることになるから、僕らが城にいない時の折衝役を決めておくよ」

「……その辺り、既に段取りできているのか?」

「うん」

　さすがだな、とユキトは内心で呟《つぶや》く。必要なことを過不足なく実行できている。カイの仕事ぶりを見れば自分が何か手伝う必要はなさそうだとも考える。

「私達の役割はそのまま？」

　と、ここでメイがカイへ尋ねる。

「その辺りについても、今日の話し合いで説明するさ」

　そんな会話をして、ユキト達は部屋へと向かった。異世界来訪二日目、セシルと話をしたあの部屋だ。扉を開けて中へ入ると、以前と同じようにセシルが待っていた。

「座って」

　セシルに促され、ユキト達は着席する。慣れた手つきでセシルがお茶を淹《い》れ、カップが置かれる。

「では、始めましょう」

　セシルはユキト達を一瞥《いちべつ》した後、口を開いた。

「まず、フィスデイル王国の現状から改めて説明するわ……カイ達の活躍により、街道に巣くっていた『悪魔の巣』についてはほとんど駆逐《くちく》が完了したわ。そして『魔神の巣』を破壊する際に邂逅《かいこう》した『信奉者《しんぽうしゃ》』……あの敵については、一度も見かけていない」

「僕らを見て引き上げた、という可能性はないだろうね」

　カイが考察を示した。

「敵の目的は王都にある迷宮だ。ここを征服し、邪竜を外に出さなければ勝利とは言えない以上、退却はあり得ない」

「そうね、私達の見解も同じよ。次の作戦……つまり、邪竜を解放するために何かしら準備をしている。だからこちらも対策を――」

「僕の方から国側に提案をした」

と、カイが小さく手を上げながら発言する。

「次の戦いで、僕は国外へ出る……聖剣所持者が王都を離れれば、敵側も動き出す……そうなっても問題ないよう、王都には防衛網を敷いておく」

「それは俺達の仲間が、だよな？」

ユキトの問い掛けにカイは即座に頷《うなず》いた。

「それに加えてジーク王の側近……近衛騎士団の面々に手を貸してもらう。実は既に中心となる人には頼んである。僕が剣なら彼は盾……ツカサだ」

名を聞いてユキトはなるほどと納得した。メイもまた同意見のようで幾度もウンウン頷いていた。

ツカサ――ユキトやメイが持つ特級霊具の上、天級霊具である杖《つえ》を握る仲間だった。魔法能力を大幅に上昇させる物で、大地や大気に満ちる魔力さえも制御することができる。

「現在、大規模な結界魔法を構築しているらしい。やり方そのものはプログラムに似ていると言って、思った以上に進んでいる」

「カイと違うタイプだけど、色んな意味で天才って感じの人だしね」

メイが苦笑しながら語る――完璧なカイや、アイドルという存在であるメイと比べれば目立たないが、ツカサもまた、傑物と言って差し支えない人物だった。

文武両道のカイとは異なり、勉学に秀でた――ただ、ひたすら勉強しているというわけではない。何もしなくとも勉強は当たり前にできる。その上で彼は、プログラミングなど専門分野に特化した知識が豊富だった。

ユキトは噂《うわさ》程度にしか知らないが、権威のある大会で表彰されたとかなんとか――普段やっていることと似通っているのだとしたら、適任と言えるだろう。

「守りについてはツカサに任せて問題ない……襲撃されたとしても、僕らが戻るまで耐えるどころか迎撃できるくらいにしておくと語っていたよ。だから王都ゼレンラートについてはよしとして、次の問題は遠征に行く人員だ」

カイがセシルへ視線を送ると、彼女はすぐさま説明を始めた。

「信奉者……ザインと名乗った人物の姿が見えないのは気になるけれど、守りについては盤石《ばんじゃく》の体制を築いている。その中で、リュシル様を経由して援軍を願う国が出てきた。それがフィスデイル王国の南東に位置するシャディ王国よ」

セシルはここで大陸の地図を広げた――ざっくり言えば、ユキト達がいる大陸はフィスデイル王国を中心として、北東、北西、南東、南西にそれぞれ国が存在している。

「各国の解説については、一度に全て説明しても飲み込めないだろうから、必要な時に話すわね。今回救援に向かうシャディ王国は、商業国家で他大陸とも交流の深い国。大規模な商船団なども抱えていて、交易を主体に発展している国よ」

セシルは説明した後、地図上のシャディ王国に指を置いた。

「邪竜は他大陸から来訪する船を止めるべく、信奉者を利用し侵略している。シャディ王国は現在苦戦しているのだけれど、その理由は敵方の総大将がシャディ王国の将軍を務めた人だから」

「つまり、軍事の情報が筒抜けということか」

ユキトの言葉に対しセシルは深刻な表情で頷《うなず》いた。

「だからこそ、厳しい戦いが続いている……とはいえ、戦争の初期は信奉者を含め戦力の多くがフィスデイル王国に集中していたこともあって、どうにか持ちこたえていた。その内にユキト達が召喚されて、この国が救われた」

セシルは次に地図の一点を指し示す。

「実はフィスデイル王国とシャディ王国の国境付近のこの辺りにも『魔神の巣』は存在していたのだけれど……こちらは地方にある駐屯地《ちゅうとんち》の部隊とシャディ王国の精鋭が破壊に成功した。カイ達の動きに影響を受けた魔物の動きが鈍《にぶ》くなり、かつ信奉者も姿を現さなかったことで、上手く破壊できたみたい」

指揮官と呼べる存在がいなかったのであれば、十分可能か――

「ただし、かなり犠牲も多かった」

セシルの重い口調に、ユキト達の表情が険しくなる。

「フィスデイル王国の王城にまで通達が来れば私達が動いたのだけれど……シャディ王国側の判断により作戦が強行された。結果的に巣を破壊することはできたけれど、多くの戦力を失ってしまった」

「その結果、窮地《きゅうち》に陥っていると」

「そうね」

ユキトの言葉に同意し、セシルはなおも語る。

「なおかつ、敵の動きにも変化があった……『魔神の巣』を立て続けに二つも破壊されたためか、ずいぶんと急進的な動きをするようになった。おそらく信奉者は邪竜に何か言われ危機感を持ったのでしょう。このまま人間側に反撃され続ければ……自分の身が危ないと」

彼女はここで小さく息をつく。

「フィスデイル王国以外を侵略する信奉者達は動きを活発化させたようだけれど、その中で特に危ないのがシャディ王国。巣を破壊するために戦力を大きく失ったのも要因だけれど、何より敵が軍の内情を知る人間だから、巣の破壊によりどれだけ戦力が減ったのか……それを瞬時に看破された」

「前のめりに攻撃しても問題ないと判断したのか」

「そういうことね」

セシルはユキトの指摘に同意した後、改めて作戦の概要を話し始めた。

「ユキト達来訪者を含め、霊具使いをシャディ王国へ派遣し、事態の打開をはかることが今回の目的になるわ。基本はシャディ王国の作戦に従い協力をする形になる」

「俺達、来訪者は何人行くんだ？」

「全部で十名前後と、考えている」

ユキトの質問に対し、カイが返答した。

「まだフィスデイル王国内でも巣は残っているし、魔物だってまだまだいるからね。ここで守りをおろそかにして信奉者……ザインの攻撃にさらされるのはまずい」

「私達も同様の見解よ」

カイに続き、セシルが告げる。

「ただし、今回はカイに同行してもらう……これはリュシル様の判断ね。それだけシャディ王国の状況が芳《かんば》しくないという証左でもあるわ」

「厳しい局面なのは理解できるな」

激戦になるのを予想し、ユキトは呟《つぶや》きながら難しい顔をした。するとそこで、

「まあまあ、大丈夫でしょ」

と、楽観的なメイの言葉が。

「私達が召喚された時と比べれば。あれよりひどいことには絶対ならないし」

「……確かに、そういう見方もあるわね」

セシルは同意しつつ、ユキト達を一瞥《いちべつ》した。

「人選や、具体的な人数についてはカイ達に任せるわ。そちらに必要な情報は資料にまとめて渡すから、所持している霊具を考慮に入れて、検討して」

そう言った後、セシルは立ち上がった。

「私はひとまずこれで失礼するわ。カイ、メンバーの選定が終わったら私に連絡を」

「わかった」

「出立は三日後……前日までに情報をもらえればいいから。それと、乗馬訓練をしているけれど、もし乗れないのであれば馬車を用意するから言って」

「今日の訓練を見る限り、大丈夫そうだけどね」

カイの言葉にセシルは微笑を浮かべて――部屋を後にした。

残されたユキト達は顔を突き合わせて相談することに。とはいえクラスメイトの霊具を事細かに知っているのはカイだけなので、彼が先んじて口を開く。

「敵がどのように動くかわからない以上、役割を持たせて行動すべきだろうね。より具体的に言うと、攻撃、後方支援……四人前後の小隊を組み、戦う方がよさそうだ」

「四人一組ってこと?」

メイからの質問。それにカイは首肯し、

「敵が分散する場合、二手や三手に分かれる必要性だって出てくるかもしれない。それを考慮し、誰と誰が一緒に動くのか、それをあらかじめ決めておこう。何もなければ全員が一丸となって行動するけど……」

「不測の事態もある」

と、ユキトがカイに応じる。

「だから分かれて動けるようにしておく……いいんじゃないか?」

「よし、なら……と、ここで二人に提案がある。ユキトとメイには隊のリーダーを担ってもらいたい。そして、それぞれ誰と組むか自分で選んで欲しい」

思わぬ言葉。ユキトとメイが目を見開き驚いていると、

「以前から考えていたんだけど、遠征を機に仲間達は誰かと常に組んで行動すべきだと僕は思ったんだ……親しい人と行動することで練度も上がり、戦場で動きやすくなる……敵も情報収集はするから、同じような戦い方ではいずれ限界が来るだろうけど、背中を任せられる人間というのは、必要だと思う」

そう述べた後、カイはユキトへ視線を送った。

「特にユキトはね」

「無茶なことをした実績があるからな……」

「まあね。ユキトは平時……つまり、城の中にいる時は僕の側近という立ち位置で行動してもらって構わない。問題は戦場。聖剣使いである僕は、国側からこう動いてくれという要望だって聞く必要があるかもしれない。それに引っ張られてしまったら、ユキトとしても動きづらいだろう？　だから、僕以外の誰かと組んで欲しい」

「それは……誰でもいいのか？」

「僕が戦場で組む人間については既に決まっているから、それ以外のメンバーだね」

述べた後、カイは自身と組む仲間の名を挙げて――遠距離、近距離、どちらにも対応できそうなバランスのとれた面子《メンツ》だった。

「どう動くかわからない以上、遠くからでも攻撃できる仲間がいなければまずいと考えた結果、選んだ」

「本当に、カイには敵《かな》わないな……あらゆることを想定しているし、そこまで俺は気が回らないよ」

頭をかきながらユキトがコメントするとカイは、

「ユキトは直感で構わないよ。難しく考えるよりも、今まで仲間の戦いぶりを見てきた範囲でいいと感じた人でいい。あ、それとセシルも入れていいかな」

「セシルも？」

「今後も僕らと接するようだし、こちらの世界の人間と共にいた方が人々も僕らと話しやすくなるだろう。実際、僕は先ほどのメンバーに加えて騎士エルトに随伴してもらおうと考えているし」

なるほどと、ユキトは心の中で呟《つぶや》く。迷宮を踏破した実績のある騎士まで加わったら、カイの隊は盤石《ばんじゃく》になる。なおかつ騎士を随伴していることで、カイがフィスデイル王国にしっかり認められていることを示し、交渉ごとなども上手く進むのは間違いない。

「メイについては、同じように支援役をやれるようなメンバーを選んで欲しい」

「ユキトと同じく、誰でもいいの？」

「ああ、構わないよ」

「わかった」

どうやら候補が既に頭にあるようで、小さく頷《うなず》いた。ユキトも誰を選ぼうか考え始める。

「それじゃあ、僕は別に用があるからこれで失礼するよ。出陣までに、しっかり考えておいてくれ」

言葉を残し、カイもまた部屋を出て行く。そしてユキトは、彼の姿を見送りながらいつまでも思考し続けた。

ユキトが悩みに悩んだ結果、選んだのは二人。出陣当日に顔を合わせ告知することになった。その内の一人は、既に共に戦った経験のあるタクマだ。

「選んでもらって光栄だよ」

そんな風にタクマは言う。そしてもう一人については、

「で、もう一人があたしで良いの？」

自分のことを指さす女性――名はレオナ。仲間と共に『悪魔の巣』を破壊するべく動いた最初の戦い。その中で炎を操って戦った人物であった。

ショートカットでどこかサバサバした印象を与える仲間。クラスメイトは男子はカイ、女子はメイを中心に輪となることが多いのだが、レオナはどちらかというと男子とつるむことが多い人物。女子と距離を置いているというより、男女分け隔てなく接するといった感じで、性格を反映してか霊具の訓練もよく男子を相手にしていることが多い。

そんな彼女の霊具は片手で操れる斧《おの》。刃の部分が紫色なのが特徴で、妙に光沢のあるそれは太陽光に照らされれば怪しく輝いて見える。両手を用いる戦斧とは異なりそれほど大きくはないが、小柄な彼女が扱えば、大きな武器に見えた。

――そんな彼女をユキトが選んだ理由は、

「訓練で、タクマとよく組んでいたから、連携をとりやすいんじゃないかと思って」

「よく見てんなあ……」

どこか感心したようにタクマは呟《つぶや》くと、ユキトは肩をすくめ、

「俺とタクマは近くで戦うこともあったから、少しは注目して当然だろ？　基本的にはセシルを含めた四人で行動することになるけど、もしペアになるならタクマとレオナが組んでくれ」

「わかった」

レオナが同意するとタクマも「いいぜ」と返事をする。これで大丈夫——とユキトが思っている間にいよいよ招集がかかり、遠征組は城の入口まで赴《おもむ》いた。

既に準備は済んでおり、馬が用意されていた。この日までに乗馬を特訓し、おおよそマスターしたレベルになっている。戦場では——馬上から魔物を倒すぐらいであれば問題はなさそうだが、信奉者ザインなどと戦うことになったら、地面に足をつけて戦う必要性が出るだろう。

隊を率いる先頭はカイ。彼の周囲にはメイも仲間を伴い既に待機していた。さらにセシルを始めとしたフィスデイル王国の騎士達もいる。加えて、遠征することを聞きつけてか都の住人達も集まっていた。

「それでは——出発する」

号令を放ったのは近衛騎士団のエルト。カイ本人よりもこの世界の人間である彼に指揮を任せるのがベストだと考えてのことだ。ユキトは手綱を操作して馬をゆっくりと歩ませる。周囲からは騎士やユキト達を称《たた》える声が響いた。

そうした声を耳にしながら、ユキト達は町の外へつながる門を抜けた。方角は東。東方面へ行くのは、以前、ユキトが『悪魔の巣』を破壊して以来だ。

（戦況を考えると、国境付近に到達時点で戦闘に入る可能性があるって言っていたな）

ユキトは胸中で呟《つぶや》きながら、手綱を握りしめる。まだ戦いが始まるには時間を要する。しかし、現段階でどのような戦いになるのか、色々と想定していても構わないだろう――

「もう既に戦闘モードなの？」

ふいに声を掛けられた。見れば、横手にリュシルが近寄ってきていた。

今回の遠征には、彼女も同行していた。留守中にグレン大臣がまた何かやらかさないか――などと懸念したらしいが、それでもシャディ王国との折衝で自分は不可欠と思い、帯同することを決めたようだった。

「今はまだ、体の力を抜いていいと思うけど？」

「……どうも」

「あ、それとも何か話をする？　聞きたいことがあれば答えるけど」

話を振られてユキトは困惑する。聞きたいこと――思い浮かぶことは多々あるが、逆に数がありすぎて咄嗟《とっさ》にどれを尋ねていいか迷うくらいだった。

リュシルは逡巡《しゅんじゅん》しているユキトの返答を待つつもりらしく、ニコニコしながら無言を貫く。ただ、その沈黙の間に彼女の表情に変化が生まれた。改めてユキトの顔を見て、何かに気づいたような――

「あの、何か顔についてる？」

凝視されて戸惑ったユキトが尋ねると、リュシルは我に返ったらしい。

「あ、ごめんなさい。なんというか……いえ、語るのはやめておきましょうか」

ユキトは首を傾げた。先ほどのリュシルの視線――目を細め、まるでユキトを見て懐かしむような雰囲気に、疑問が残る。

(何でそんな目をするのかわからないけど……)

「ところで、質問はある？」

再び話を向けられる。さすがに何か答えないと、と考えユキトが口を開こうとした時、

「あ、それなら」

リュシルへ近寄ってくる存在が。ユキトのすぐ後ろで馬を進めていたメイだった。

「迷宮について、教えて欲しいなー」

「迷宮？　ふむ、詳細をまだ聞いていないの？」

「現段階では、必要最低限ですね」

ここでセシルがおもむろに口を開く。

「迷宮の場所、邪竜がいること……そして『魔紅玉』について簡潔に。召喚された当初に全てを話すのは情報量が多いと判断して、ですね。この遠征が始まるまでにもっと詳しい話ができれば良かったのですが……」

「訓練もあるし、まとまった時間がなかったということかしら。なら、遠征を機に話すべきね。話題に出る可能性もあるから。城内に留《とど》まっている来訪者達も、おそらく遠征期間中に話を聞くでしょうし」

リュシルはうんうんと幾度か頷《うなず》いた後、

「なら、物語調にしましょうか」

「物語？」

「ええ。この世界の歴史を含め、みんながちゃんと理解できるように。そして何より、歴史の勉強だと言って嫌な顔をされないように」

メイは苦笑する。彼女が歴史を苦手としていることをリュシルが知っているのかは不明だが、少なくとも堅苦しい内容を語るつもりはないらしい。

これはおそらく、緊張をほぐす意味もあるのだろうとユキトは理解する。

「それに……実際に歴史を見てきた証人が語れば、それなりに迫力もあるでしょ？」

その言葉を聞いて、ユキトは身震いした。彼女の素性は、竜――それも、人間では到底成しえない長さの寿命を持つ存在。

「……聞かせて欲しい」

ユキトが要求すると、リュシルはにこやかに頷《うなず》き、ゆっくりと語り始めた。

＊　＊　＊

迷宮――それ自体は、大陸の中に多数存在していた。していた、と過去形であるのはその大半が踏破され、今はもうわずかな魔力が残るだけの状態であるためだ。

例外が、フィスデイル王国の王都に存在する迷宮。これらは人間達が繁栄する遥《はる》か昔、世界が天神と魔神によって支配されていた時に出現した。人々が創世神話と呼ぶ時代に、相反する二つの神々が争う過程で生まれたものだった。

神々の戦争は熾烈《しれつ》を極め、天を焦がし、大地を消し飛ばし、数々の大災害をもたらしながら、やがて天神が優勢となった。けれど魔神は抵抗を始める。各所に迷宮を設け、根城にして、天神と戦った。

『我々は、決して屈しない』

魔神の長と言うべき存在は宣言し、この世界の森羅万象に対し攻撃を仕掛けた。だが天神はそれらの勢力を一つ一つ、潰《つぶ》していった。リュシルはその光景を憶えている。

荒廃する大地の中、天から降り注ぐ光が、魔の者を焼き尽くしていく――やがて、魔神の長は打倒された。魔神は地上から姿を消したが天神も深く傷つき、眠りにつくと大地に暮らす人間に言い残し、いなくなった。

ただリュシルは言い残した光景を直接見ていないため、人に語る時は違う見解を告げるようにしていた。

「おそらく天神と魔神は相打ちとなった……もし天神がただ眠っているだけなら、邪竜が現れた際に姿を見せてもおかしくないもの」

――けれど、双方が消えても残ったものがあった。代表例がフィスデイル王国の迷宮にして、邪竜の本拠地。山の名を冠しレフィルの迷宮と名付けられた場所に、魔神の長が持っていた魔力が今も存在している。それと共に、魔神の力を抑えるべく天神の魔力も迷宮に滞留している。まるで、お互いを滅ぼそうとするかのように。

迷宮内の魔力は、外へ出ることはない。しかしその影響は間違いなく土地にあった。一帯はフィスデイル王国という国ができるまで、荒れ地が広がる貧しい土地だった。

元々この大陸は中央付近に山岳地帯が多く、開拓が進んでいなかった。もし山を切り開き道を通すことができれば、物流の要所として繁栄が約束されているのだが、魔物がそれを阻《はば》んでいた。

過酷な自然環境に加え、他の場所と比べて明らかに大陸中央部は魔物が多かった。その要因は、魔神の長がいた本拠があったためだと言われている。

リュシル自身、過酷な環境で暮らす人々を目《ま》の当たりにした。なぜここにいるのか――当時、放浪の旅を続けていた折、尋ねたことがあった。

「それはもちろん、ここが俺の暮らす土地で、故郷だからだ」

男性の農民が明瞭に答えたことを、リュシルはまだ憶えている。どのような場所であれ、彼らは切り開き、世界を広げていく。そこに感銘を受け、リュシルはこの土地にいる人間達の手助けをしようと考えた。

とはいえ、それは苦難の道だった。竜族であるリュシルは確かに人間と比べ多大な力を持っている。けれど、たった一人ではやれることも限界があった。目の前にいる人であれば魔物に襲われても救える。だが村で農作業をしていた時、あるいは道を切り開こうと山で土木作業をしていた時――様々な場所で、犠牲が生まれていた。竜といっても万能ではない。それを何度も痛感した。

自分は無力だ――と、心の中で嘆く日々が続いた。多くの人が自分の手からこぼれ落ちていく。無力感すら抱き始めた時、転機が訪れた。

開拓を行う村に、一人の男性が訪れた。彼は多数の功績から勇者、英雄などと呼ばれていて、リュシルもまた彼のことを知っていた。

その彼は、開拓している村民から戦える人間を集め、自衛手段を教えていった。リュシルはそれを手伝い、勇者自身も魔物の駆除に励み、少しずつ状況をよくしていった。

そんな光景を見てまさに勇者だと、感嘆の声を発したのをはっきり憶えている――遠い日の情景。真昼に差し掛かる時刻、あれは汗ばむくらいの陽気だった。

「なぜあなたは、この場所を救おうと？」

問い掛けに勇者は、笑みを浮かべた。絵に描いたような好青年で、笑えば誰もが釣られて笑うような、明るい人物だった。

「俺は、救おうなんて思っていない」

彼はそう前置きをして、言った。

「大変だったから、手助けした……そして一宿一飯の恩を受けた。理由はそれで十分だ」

――やがて、勇者は迷宮を発見した。そこがまさしく魔物を生み出す諸悪の根源だとわかり、踏み込んだ。

けれど、その場所は他のどこよりも強力な魔物が存在していた。幾度となく迷宮を踏破した勇者でさえも、苦戦するほどの魔物。リュシルは彼を支え続け、やがて勇者の周辺には彼を支持する人間や、共に戦う仲間が集まり、少しずつ攻略していった。

そして勇者は一本の剣を発見する。それこそがカイが所持する聖剣だった。

見つけた経緯から、リュシルは聖剣がどのような物かすぐ断定した。

「聖剣は、他の霊具とは決定的に違う……天神が自らの手で作り出し、魔神を屠《ほふ》るために振るっていた武具」

その威力は圧倒的であり、勇者がそれを握れば魔物は消し飛ぶほどだった。そうして迷宮の最深部へ辿《たど》り着き、最後の魔物を倒し——とうとう『魔紅玉』の前に到達した。

願いを叶《かな》える霊具——現在、この世界の人間であれば誰もが知っているこの霊具は、極めて特殊なものだった。『魔紅玉』は迷宮に設置されると魔物を生む。迷宮を稼働させるための装置という役割も持っている。

なぜ霊具がそのような効果を——という疑問は、後の研究で結論が出されている。元々『魔紅玉』は魔神由来の武具だった。それはあまりに強大で、天神さえ破壊するのが不可能なほどの力を持っていた。それを打ち消すために天神自らが魔力をこめることで、その影響を減らそうとした。

これにより『魔紅玉』は魔物を生む魔神の特性と、霊具という特性を併せ持った希有《けう》な存在となった。そんな霊具と出会い、まるで導かれるように勇者は触れた。その場に居合わせたリュシルは、勇者が願いを叶える物だと断定するのを傍《かたわ》らで見ていた。

本来ならば困惑し、本当か疑うような内容だが、リュシル自身、彼の言葉を容易に受け入れた。霊具そのものに信用させる効力などが存在していたのかもしれない。

やがて勇者は願いを口にした。とはいえ個人的な願いではなかった。彼が願ったのは、迷宮の周辺に住む人々の栄華と繁栄だった。

それが果たしてどの程度寄与したのかわからない。しかしその結果、勇者は迷宮周辺にあった村に身を寄せ、根を下ろし――やがて王となって国を作った。それこそが、フィスデイル王国の始まりだった――

＊　＊　＊

「……王になった勇者の姿は、それはもう見る人を圧倒させるほどだった。戴冠した時の姿は絵画にもなっているから、今度もし良かったら紹介するね」

と、リュシルは語り終える。一方ユキトやメイは半ば呆然《なかぼうぜん》と彼女を見返していた。

「あらあら、どうしたの？」

「いや、その……改めて思うのは、竜族というのはとんでもないんだなと」

「長命なことを言っているのかな？　聞いた話によると、あなた達の世界には人間しかいないみたいね。だとすれば、驚くのも無理はないか」

どこか面白そうに語るリュシル。ここでユキトは一つ思い直す。

（俺達にとっては異例の存在だけど、この世界の人々からすれば、ありふれているかはともかく、存在しているのだという理解はしている。こんなことで毎回驚いていたら、この世界の人々も困惑するかもしれない）

考えをアップデートすべき──ユキトは自認しつつ、話題を戻す。

「それが、フィスデイル王国の歴史……その根幹は迷宮であり、全ての始まりということなのか」

「その通り」

リュシルは深々と頷《うなず》く。ここで、メイが小さく手を上げた。

「肝心の『魔紅玉』についてだけど、国の繁栄って本当に勇者様が願いを叶《かな》えた結果なの？　話を聞く分には、勇者様が自らの意志で王様になって、努力によって栄えたという風にも聞こえるけど」

「あ、そういう疑問を持つのは当然か。そこについては研究により結論が出てるのよ。願いを口にしたことで、『魔紅玉』が勇者を含めた人々の意識を変えた。もし勇者が自分の関わらない形で繁栄を、と願えば王にはなっていなかったのではないかな？」

「人々の……世界の人々の意識を変えるってすごい効果なのはわかるけど、なんだかピンとこないかなあ」

「まだ、納得はできない様子ね。なら話を進めましょうか。次は国が生まれた後のことについて」

「話してくれ」

ユキトが続きを催促すると、リュシルは「わかった」と返し、再び口を開いた。

「勇者は王となってから、聖剣と『魔紅玉』を宝物庫に入れて厳重に保管した。迷宮には天神と魔神の魔力は残り続けていたけれど、魔物はいなくなった。迷宮を封鎖していれば害はなかったから、王となった勇者は入ることを禁じるだけで終わった」

「でも、今は復活してるよね？」

メイが首を傾げながら問うと、リュシルは複雑な心境を抱いたか、困惑したような顔を示す。

「そうね……ともあれ国を興し、王となった勇者は誰からも愛され、誰からも慕われる素晴らしい王様として、生を全うした……次の代も国をよくするために懸命に頑張った。何代も王が替わり……百年ほど経過した時、転機が訪れた」

リュシルは遠い目をする。そこでユキトは、

「そうしたことを、リュシルさんは実際に見たんだよな」

「ええ。私は代々の国王の側近として、執政に関わってきた」

「その、話が脱線してしまうけど……なぜそうまでして、国のために？」

「富を得るためとか、考えないの？」

ユキトは逆に聞き返されてしまった。

「それだけ長く執政に携わっていれば、当然私腹を肥やせるでしょ？」

「……少なくとも、相応の報酬はもらっているだろ」

そうユキトは返答した後、

「でも、フィスデイル王国の王城で人から話を聞く限りそういう噂《うわさ》はなかったし、グレン大臣の方がよっぽど多かった」

「彼はむしろ、噂が絶えないくらいよね」

やれやれといった様子で語るリュシル。そんな彼女を見据えながらユキトは、

「けれど、あなたは違う……だから尋ねた。どうして長い間……国のために働いてきた？」

「理由は二つ。まずこのフィスデイル王国……いえ、ここが国として発展するより前に、私はこの地を故郷とした」

「故郷、とした？」

「過酷な環境でも、故郷だと言って暮らす人々に感銘を覚え、いつしか自分もまた、彼らと共に作物を育て、実りに感謝した。別に深い意味はないの。気づけば故郷になっていた、という表現が一番正しいわね」

「初耳、ですね」

ふいに近くにいたセシルが声を漏《も》らした。

「リュシル様が政治に携わる理由……そのようなものだったとは」

「ふふ、自分のことはあまり話さないからね。個人的な話だから、この場に留《とど》めておいて

くれると嬉《うれ》しいかな。今回は特別よ？」

ユキト達が相次いで頷《うなず》くと、リュシルは続きを語る。

「二つ目の理由は、勇者に言われたから。国の繁栄……それが果たされるのかどうか、見守っていて欲しいと。私はその一助を担ったわけだけど……フィスデイル王国というものを生んだ彼の言葉なら、従うのが道理だと思った。それだけかな」

ユキト達は沈黙する。なんてことのない理由――という風に彼女は語っているが、決してそうではない。彼女の心の内には、人間では到底成しえない長い年月をかけて培った思いが確かに存在していた。

「さて、話を戻すわね。転機というのはとある学者の実験。彼は天神と魔神の魔力が迷宮に残っている事実に着目し、もし『魔紅玉』を再び迷宮最奥に設置すれば願いが叶《かな》えられるようになるのでは……と仮説を立てた。神々の魔力は百年経っても迷宮内に存在し続けた事実から、そう考察したの。これは初代国王が存命している時から言われていたけど、迷宮が復活することを意味するから、実行には移さなかった」

けれど――ユキトはそこからの展開が予想できた。

「でも、百年平和だったという事実で魔物の脅威も薄れ、実験を許可した。私は止めるべきだと進言したんだけど、意見の大勢が許可に傾いていた状況では、覆《くつがえ》すことはできなかった」

息をつくリュシル。途方もない歳月を生きる存在——その苦悩も、人間よりも遥《はる》かに抱えている様子だった。

「学者達は魔物のいない迷宮に足を踏み入れ、『魔紅玉』を安置されていた台座に設置し直した。そして実験は……成功した。『魔紅玉』は力を蓄え、願いを叶《かな》えられるようになった。けれどそれと引き換えに魔物も出現した。実験の参加者は多くが犠牲となり、当代の王は非難に晒《さら》された。さらなる繁栄を求め願いを叶えようとした王は『魔紅玉』を手に入れることはできなくなり、迷宮は……魔物は外に出なかったことに加え、入口をしっかり封鎖していれば中の魔力が漏《も》れ出て外に影響することもないため、安全と見なされた」

「しかし、人が集まり始めた」

ユキトの言葉にリュシルは仰々《ぎょうぎょう》しく首肯した。

「正解。『魔紅玉』は伝説となり、本当に願いを叶えられるのか……疑う者も多かったけれど、まるで魅入られたかのように人がやってきた……そこから、フィスデイル王国の繁栄が加速したの」

願いを叶えるため——まるで、おとぎ話のようだった。

「さらにもう一つ恩恵があった。それが霊具の存在ね。『魔紅玉』が設置されたため、迷宮内に存在する天神と魔神の魔力が活性化した。その後の研究でわかったのは、魔神の魔力は魔物を生み出して生物に宿る。そして天神の魔力は物に宿るということ」

言葉と共に、リュシルはユキト達へ視線を投げる。それは霊具に向けられているようだった。

「現在、あなた達が所持している霊具……フィスデイル王国のお城に収められている数々の霊具は、あの迷宮の中で生み出された物。それまでも霊具という存在はあったけれど、大変稀少だった。けれど……願いを叶えるべく迷宮へ冒険者達が入り込み、そうした人が様々な理由で残していった武具……それに天神の魔力が宿り、数多《あまた》の霊具になった」

「つまり俺が使っている剣は、元々普通の剣だったと？」

「そうよ」

驚くべき話だった。迷宮に存在する天神の魔力。それがどれほどの力を持っているか、如実にわかる話だった。

「現在、人類は霊具を研究して独自に強力な武具を生み出そうと尽力しているけど、霊具の域には到達していない。迷宮の環境と、特殊な魔力……こうした要因によって、奇跡的に強力な霊具が生まれているということかな」

「……宝物庫には、たくさんの霊具があった」

と、メイがリュシルへ向け話し始める。

「それこそ、私達全員が手に取っても有り余るくらいに……それだけの数の霊具が、あの迷宮で生み出されたってこと？」

「そうよ。迷宮内にいる魔物は魔神の力を持った魔物であり、非常に強い。特に『魔紅玉』を守る存在……迷宮の守護者を倒せる者など、ほんの一握りしかいない。だから道半《みちなか》ばで倒れた者の武器が残ったり、逃げるために武器が捨てられたり……そんな風にして残った物が霊具となって、増え続けた。すると霊具を回収する目的で迷宮へ入る人まで出始める。そうやって、フィスデイル王国を訪れる人が多くなっていく……まさしく、世界の中心になった。ただ」

と、過去を思い起こしたのかリュシルは苦笑した。

「力を持たない人間には、魔神の魔力が牙《きば》をむく……それを浴びて暴走する人も出たの。よって迷宮に入るために資格を設けた。霊具を所持しているか、魔神の魔力を受けても大丈夫な処置ができるか……そういった条件をクリアして初めて、迷宮へ入れる。様々な制度を整え、迷宮と共にフィスデイル王国はあり続けた。人を惹《ひ》きつけるだけのものが迷宮にはあった」

「それだけの価値がある、かあ……でもリュシルさん、ここまでの説明でまだわかっていないことがあるよね？」

「どういう質問をするのか、わかるわよ？」

リュシルは先読みするようにメイへ発言する。

「果たして『魔紅玉』に願いを叶《かな》える力があるのか、でしょう？」

「当たり。実際どうなの？」

「それは願いを叶える人が現れたことで判明したの。その者は、失った恋人を蘇《よみがえ》らせたいと願う男性の戦士。魔物に殺された彼女を生き返らせる……一縷《いちる》の望みを託して迷宮へ足を踏み入れた」

ユキトはその人物について想像する。悲嘆に暮れ、死地へ赴《おもむ》く――まさしく、英雄譚《えいゆうたん》だ。

「最深部にいた迷宮の守護者を倒し、彼は願った……そして、望み通り恋人は生き返った。後の調査で、彼女が眠っていた墓地からお墓ごと遺体が消え、戦士の前に姿を現した女性は、問い掛けに淀《よど》みなく答えるなどしたから、本人だと断定された」

「死んだ人すら生き返らせる……奇跡だけど、どういう理屈で？」

「復活したというより、彼女の死をなかったことにしたと表現する方が適切ね」

「なかったことにした？」

「願いにより『魔紅玉』は時空に干渉した。膨大な魔力によって死ぬ直前の女性を過去から現在へ連れてきた……女性によると魔物に牙を突き立てられる寸前に意識が飛んで、迷宮最深部に立っていたらしいの。お墓が消えたのは、過去に割り込んで、死をなかったことにしたという干渉の対価でしょうね」

「時を、戻す……なんか、そこまでいくと理解が追いつかないなあ……」

「私達も『魔紅玉』を完全に解明できたわけではないから、これ以上のことはわからない。ともかく、人が生き返った事実は伝説を現実へ変え、『魔紅玉』は願いを叶《かな》えたことで魔力をなくした。迷宮も『魔紅玉』から魔力が失われたため、魔物がいない空間になった。残ったのは先人が残した霊具と、いまだ魔神と天神の魔力が滞留する空虚な迷宮。願いを叶えた戦士は国へと帰還し……再び、『魔紅玉』は迷宮へ戻された」

ユキトは選択が、至極当然のものだと理解した。

「いつしか、フィスデイル王国にとって迷宮はなくてはならないものになっていた。外に出ない魔物、願いを叶える器。冒険者が入ることで増え続ける霊具……富を生み続ける迷宮は、この国の象徴ともなった」

象徴――ユキトは以前、セシルが町中で語っていたのを思い出す。どういう選択をしても背負っていかなければならないと。

邪竜という存在をどれほど恨んでも、迷宮という存在が繁栄の根幹であったのは事実。王国の人々の思いは複雑だろうと、心の底からユキトは思う。

そして同時に疑問も浮かび、リュシルへ問う。

「迷宮の魔物は外に出ない……でも邪竜は世界へ攻撃を仕掛けているよな？　今までの話からすると、それはあり得ないという雰囲気だけど」

「なら次は邪竜について話しましょう。ここまでの説明で、迷宮内の魔物は外へ出ないと語ったけれど、同時に外部から来た存在を屠《ほふ》る特性もあった……それは人間でも魔物でも例外はない。つまり、外部からの存在は全て敵と認識する」

ユキトは小さく頷《うなず》いた。ここまでは理解できる。

「そして邪竜は……邪竜から聞き出したわけではないけれど、確度の高い推測はできる。まず邪竜は元々は外部の存在。そして普段封鎖されている迷宮の入口から侵入した。この時点で多数の奇跡が起きている。町中を竜が闊歩《かっぽ》すれば誰でも気づくはずだけど……おそらく邪竜は小さな竜で、運良く見つからなかったのではないかと私は思う」

「運良く……でも、迷宮に入っても魔物が……」

「そうね。けれどそこでも奇跡が起きた。魔物に殺されず、少しずつ力を蓄え、やがて『魔紅玉』の下へ辿《たど》り着いた」

もしそうであるなら、途方もない確率だ。ただ、ユキトはなんとなく思ってしまう。邪竜でなくても、いつかはこうして人間に反旗を翻《ひるがえ》す存在が現れたのでは、と。

「結果、竜は何かを願った……詳細はわからないけれど、邪竜は迷宮の魔物を支配下に置き、外に向けて攻撃を開始した。このような経緯だからか、邪竜の命令であれば魔物は外に出られる……だけれど、迷宮は普段封鎖されている。そして今の状況を考えれば、どうやって世界に襲いかかったのかは予想できる」

そこまで語るとユキト達を見据えた。推測しろということらしい。よってユキトは思考を巡らせ——

「まず邪竜は迷宮内において『魔紅玉』の守護者としての立場を確保した」

答えたのは、セシルだった。

「なおかつ迷宮へ侵入してくる者達へ自分側に寝返るよう働きかけた……あるいは、魔法か何かを使って洗脳する。そして巣を生み出すだけの魔力……この場合は魔法の道具ね。それらを収集し巣を形成する下地を作り、多数の人間を引き入れていった」

「そういうこと」

セシルの言葉にリュシルは深々と頷《うなず》いた。

「邪竜が宣戦布告をした時点で、負けが決まっていた。人間を多数引き入れ、大陸各地に巣が既に存在し、さらに魔物も強力……最初、各国は連携どころかどう戦えばいいかもわからなかった。予想外の場所から魔物が襲いかかってくる。それに加え人間に裏切者がいる……邪竜の活動は、それこそ何年も前から始まっていたのでしょう」

「遠大な計画ってことかあ」

メイは呟《つぶや》き、リュシルへ視線を送った。

「そして危ない状況で私達が……」

「そうよ。理解してもらえた？」

「うん、よくわかった」

迷宮が存在する経緯、邪竜――ここに至り知ることができた、国の歴史。

（セシルが複雑な表情をするのも理解できるな……）

決して一言では表せない感情が、迷宮には宿っている。とはいえ今のユキト達にできることはたった一つしかない。

（どんな選択をするのであれ、俺達は……平和へ導くために戦い続けるだけだ）

ユキトはセシルへ視線を向ける。彼女と目が合い、微笑を返された。

それがどういう意味なのか。ユキトはそんな彼女の表情を見返しながら、シャディ王国へ馬を進めるのだった。

＊　＊　＊

「――魔物が、動き出しております。それはまさしく行軍と呼んで差し支えない規模のようです」

「とうとう重い腰を上げましたか」

騎士の言葉に、芯の鋭い女性の声が響く。場所はシャディ王国の砦《とりで》。フィスデイル王国との国境付近に位置するこの砦では、援軍の到来を迎える準備を進めていた。その最中の報告だった。

「ゴーザ将軍もわかっているのであれば、すぐに攻めてきそうなものですが」

「本来、非常に慎重な方です。たとえ信奉者になったとしても生来の性格までは変わらないのでしょう」

そう述べると騎士は、苦笑する。

「魔物の規模から考えると籠城《ろうじょう》する他ないでしょう。町や村へ進路を向けた場合は――」

「行きませんよ、絶対に。ゴーザ将軍は私がここにいることを知っている。フィスデイル王国から霊具使いが多数来ているとなったら、真っ先にここを襲撃するでしょう」

「それを見越して……王女はここに？」

「意図してやったわけではありません。世界を救うかもしれない御仁《ごじん》を迎え入れるのに、単なる騎士では荷が重いと思っただけですよ」

王女――そう呼ばれた女性は、笑みを浮かべる。

その身なりは、王女には似つかわしくないものだった。服装こそ耐刃製の衣服で身を固めている程度だが、両手と両足は重厚な小手と具足で武装している。それは王女ともあろう者にはひどく不釣り合いで――しかし、どうしても形を変えることができない。なぜならこれらの小手と具足こそ、彼女が持つ霊具であるためだ。

そしてショートカットの赤髪を持つ彼女は、砦《とりで》の窓から外を窺《うかが》い、騎士へ問う。

「周辺にいる戦力はどのくらいですか？」

「王都の近くにいた複数の隊がこちらへ急行しています。魔物が動いている情報は今日中には援軍にも伝わるでしょう。速度を上げることを考えると……魔物が砦に到達するのは援軍到着に対しギリギリかと」

「敵の妨害は加味していませんね？」

「はい」

「なら、砦にいる兵力だけで戦えるよう陣容を整えてください」

「承知致しました」

一礼して、騎士は去る。そして王女は一人、小さく息をつく。

「まったく……もっと良い形で迎えたかったのだけど……敵も手をこまねいているわけではない、か」

口調が凜《りん》としたものではなく、年齢相応のものへと変わる。同時に王女の脳裏に裏切者の信奉者の顔が浮かぶ。将軍――裏切られてもなお彼女がそう呼ぶのは、どれだけ醜悪であってもこの国の将軍として働いていたという、一種の敬意だった。

「お父様からは、甘いと言われたっけ……さすがに戦場で対峙《たいじ》したら、顔面に一発たたき込まなきゃ気が済まないけど」

王女は窓に背を向け、ゆっくりと歩き出す。自分が兵の前に出れば士気も上がるだろうという考えだった。けれど、勝利するためにはフィスデイル王国の力がいる。

「最初から頼ることになる……あの国への報酬は、たっぷり用意しておかないといけないかな?」

フィスデイル王国のグレン大臣の顔を思い出す。他国からすればあのやり手は本当に面倒極まりない。今回のことにかこつけて、色々と要求してくることは火を見るより明らかであった。

「援軍にリュシル様が帯同していると聞いているけど、後々大臣も直接交渉しにくるかもしれないなあ……ま、その辺りはお父様に任せるとするか。後は、来訪者達について」

その時、彼女の口元には笑みが浮かんだ。

「どうせなら、少しくらい――勧誘してもいいよね?」

苛烈《かれつ》な戦いが始まろうとする中、王女は来《きた》る来訪者達の姿を想像し、一人興奮を隠しきれないでいた――

＊＊＊

「おうおう、ずいぶんとまあ思い切ったやり方だな」

深い森の奥、白いローブを身にまとい魔物の行軍を眺める男が一人いた。生気を失った顔に銀の瞳――信奉者の一人である、ザインだった。

その視線の先には、多種多様な姿をした魔物達が一方向に進む姿があった。足取りは非常にゆっくりで、周辺に存在する魔物達を吸収し、目的地へ到達するまでに数は今より増えるはずだった。

「——貴様の出番はないぞ、ザイン」

重苦しい声がザインの耳に届く。振り向けば、ザインよりも一回り大きい男が立っていた。

信奉者は邪竜の配下になると共に人間を捨て、顔つきなども変化する。変化の度合いは邪竜から受け取った力の量や質にある程度比例している。ザインはそれこそ、大きく変容した方だが、目の前の男——ゴーザは少し違っていた。

顔つきは銀色の瞳がギラついて人間だった頃と比べると攻撃的になっているが、体格はほとんど変わっていない。

例えるなら肉にも酒にも飽きた貴族。信奉者となり人間を辞めても恰幅《かっぷく》の良さは変わらなかった。シャディ王国では昔、腹が出ている姿は富の象徴などと形容されることがあった。現代ではそのような例えが使われることはないが、時にこういう体格の人間が、権威を示すために引き合いに出して喋《しゃべ》るケースもあるらしい。

ザインとしては、人を辞めているのにまだ権威にすがろうとする姿にいっそ哀れみすら感じているのだが——そんな心情をおくびにも出さず、口を開く。

「俺は邪竜サマの指示を受けてここに来た。心配するな、兵を貸せとは言わねえよ。こっちはこっちで好きにやらせてもらう」

「精々私の邪魔はするなよ」

釘《くぎ》を刺すゴーザの言葉にザインは肩をすくめた。

ここまでの情勢についてはザインもしっかり聞き及んでいる。来訪者達がフィスデイル王国の巣を破壊した時、シャディ王国も別の『魔神の巣』を破壊した。人間側の犠牲は多かったが、それでもゴーザの動きを大きく鈍《にぶ》らせることに成功した。どうやら彼は来訪者が現れたと同時に、邪魔立てされるよりも先にシャディ王国を攻め滅ぼそうとしていた――が、情報を集め盤石《ばんじゃく》の体制を築こうと動いている間に、巣が壊されたらしい。

（機を捉えるのが下手くそってわけだ）

ザインはゴーザのことをそう評する。将軍としての戦績については多少なりとも知っていた。それなりに魔物討伐などをこなして実績を上げていたようだが、個人としての戦力は一級霊具すら持てなかったため高くはなかったし、指揮能力も凡庸《ぼんよう》。これは邪竜が現れるより前は、人間同士で戦争をすることもなかったので、戦闘技能など必要なかったことも要因だ。典型的な政治闘争により将軍の座に就いた人物である。

それでもシャディ王国の内情を深く知っていたゴーザは、上手く立ち回り打撃を与え続けた。邪竜もその手腕は高く評価している節があった。しかし、現在は違う。来訪者が現れ、彼らの牙《きば》がゴーザへ届こうとしている。

それよりも先に、こちらが動いた——ザインに言わせればこれでも遅い。ゴーザは来訪者達が到着する前にいけると踏んでいるようだが、果たしてそうか。

「……勝てんのか？」

ザインは問い掛ける。それにゴーザはギラついた視線を送り、

「無論だ。行軍の間にもさらに魔物の数は膨らむ。ナディ王女がいる砦《とりで》へ急行すれば、それで終わるだろう」

「ああ、そうかよ」

「わざわざここまで来てご苦労だったが、無駄足になるぞ」

ずいぶんな自信だ——などと胸中で呟《つぶや》き、ザインは魔物へ目を向けた。理路整然とした行軍。ザインも魔物を率いてきたわけだが、軍勢クラスの規模となれば制御も相応に難しい。

（腐っても将軍ってわけか……まあ、色々学ばせてもらうのも一興か）

「ああ、一ついいか？」

心の中で何をしようか考えた後、ザインはゴーザへ話を向ける。

「今回の俺は援軍という形じゃなく、あくまで共闘だ。それはいいな？」

「わかっている。私の邪魔にならないように働け」

「善処するさ。で、だ。俺としては計略をことごとく潰《つぶ》された来訪者どもに復讐をしたいんだが、構わないか？」

「貴様が相手をするのか？」

「全部とは言わねえよ。ただまあ、確実に言えるのは……俺が戦場で顔を出せば、真っ先に奴らは俺を狙ってくる」

「囮《おとり》になると？」

「結果的に、そうなる。俺としては誘い込んで上手く出し抜きたいんだが」

「何か考えがあるのか？」

「いや、まだだ。戦いの中で見いだすさ」

「ふん、まあいいだろう……私の手勢が仕留めても文句は言うなよ」

「いいぜ」

（無理だろうが、な）

来訪者の実力を、ザインはよく知っている――苦杯を喫する記憶ではあるが、頭にこびりつくそれが、ザインに冷静になるよう警告していた。

（ゴーザは来訪者をなめきっている……が、それならそれで精々利用させてもらうとするか）

「放置すれば来訪者どものいいようにされてしまう……そうだな、少しは手を貸してやるとするか」

ザインはどこまでも進んでいく魔物を見据える。その口の端には、酷薄な笑みが浮かび続けていた。

第七章　王女との出会い

シャディ王国との国境付近まで来ていたユキト達の下に、急報が入ってきた。

「魔物の進軍……!?」

伝令によりもたらされたそれは、敵が大々的に動き出したことを知らせるものだった。

「周辺の町や村は？」

状況をカイが尋ねる――時刻は朝、今日の進軍経路などを確認するため町にある騎士の詰め所を間借りして話をしていた時、そのような情報が舞い込んできた。

「全て無視し、フィスデイル王国とシャディ王国の国境付近に存在する砦《とりで》へ突き進んでいるとのことです」

「砦？　そこに誰かがいるのか？」

「はい。皆様を出迎える役目を任された人物……シャディ王国の第二王女にして、霊具使い。ナディ＝フォルスアン＝シャディ様が」

思わぬ人物の名が出てきてユキト達は絶句した。出迎えが王女。しかもそこに魔物が進軍している――

「敵は私達が着くより先に、王女を倒す算段を立てたわね」

報告を受けたリュシルがユキト達へ告げる。

「ナディ王女は王族ながら、特級霊具の持ち主で邪竜との戦いでも多数の戦功を上げるほどの実力者なの。そんな彼女に来訪者の案内を任せる……シャディ王国としては当然の選択だったけれど、それを知り先んじて信奉者が仕掛けた構図ね。さすがに王女が砦へ赴《おもむ》いた事実は内密にしていたはずでしょうけれど、どこからか漏《も》れたかな？」

「敵は、確かシャディ王国の将軍だったよな？」

ユキトはリュシルへ話を向ける。

「ということは、誰かから情報を……？」

「可能性はあると思う。あるいは、何か動向を知る手段を残しているか……どちらにせよ、シャディ王国の軍事については多くの情報が手に渡っていると考えてよさそう」

「情報戦で不利か……」

「けれど、僕らが行けば打開できる」

と、カイは部屋にいるユキト達を見回した。

「フィスデイル王国の人間ならば、信奉者も情報はつかめないはずだ」

「俺達の動き次第ってことか……」

「そうだね。とはいえ現状、やることは今までと変わりない。窮地《きゅうち》を救い、一つ一つ巣を潰《つぶ》し、勢力圏を広げていく……ただ僕らは軍略については素人だ。その辺りは――」

と、カイはエルトへ目を向けた。

「リュシルさんにエルト……二人に頼ってもいいかい？」

「任せて」

「ご期待に添えるよう、尽力します」

相次いで二人が応じると、カイは頷《うなず》き、

「では、馬を飛ばし可能な限り早く国境を抜ける。リュシルさん、今から飛ばせばどのくらいで砦《とりで》に着ける？」

「全員騎馬だから、夜には……いえ、途中にあるフィスデイル王国側の砦で馬を替えれば、夕刻までには到着するかしら」

「砦……遠征部隊はそれなりに人数もいる。その全てをまかなえると？」

「大丈夫でしょう」

その疑問に対しては、リュシルでなくエルトが答えた。

「周辺の町などにいる騎馬も合わせれば、可能かと」

「ただ事前に連絡が必要だね……いけるかい？」

「リュシル様――」

「うん、私の魔法を使えば大丈夫」

話し合いを早々に終え、ユキト達は外に出る。逸《はや》る気持ちを抑えながら騎乗すると、リュシルが突如天へ手をかざす姿が見えた。

「――出《い》でよ、我が眷属《けんぞく》」

途端、その右手が発光し――バサバサバサと羽の音が聞こえてきた。何事かと注視すると、空へ向け大量の鳥が、上空へ飛翔する光景が。

「え、何これ……!?」

メイが驚いたような声を上げると、リュシルが説明した。

「魔法による使い魔よ。一度に大量に生み出すとそれほど複雑な命令はできないけれど、今回のように緊急的な内容であれば、十分機能する」

「あの鳥で連絡するってこと？」

会話の間にも鳥達の姿はずいぶん小さくなる。相当な速度で飛んでいるのがわかる。

「そうよ。あなた達のおかげで飛ばせるようになった」

「私達の？」

「使い魔は擬似的に生物を模倣《もほう》しているだけに過ぎない。だから魔力の塊で魔物に襲われたら終わりなのよ」

「あ、そっか。魔物の巣がたくさんある状況では使えないんだね」

「どれだけ数を生み出しても魔物の方が圧倒的に多かったから、放っても全滅してたの。

でも、大半の巣を潰《つぶ》した今なら、こうして使えるようになった」

「では、進もう！」

カイが号令を放つ。それを受けてユキト達は馬を走らせる。馬替えを想定しているためか、前日までと比べて相当速い。

「——今のうちに、これからの戦いについて説明するわ」

と、ユキトの隣へセシルがやってくる。

「ユキトはタクマにレオナ……そして私の四人で行動することになる」

「そうだな。一人で突っ込むような真似《まね》はしないから、安心してくれ」

「信じているから。それで、砦《とりで》に着いたらまず王女の安否を確認するべく動きたい」

「それは……俺達がやるのか？」

「カイはエルトと共に部隊の指揮を執る必要がある。後方支援役だって必要だし、自由に動けるのは私達くらいでしょう？」

「なるほど、そうだな……もし多数の魔物がいた場合——」

「状況にもよるけれど、突破できそうなら進みたいところね」

「王女がやられないように、か」

「そうね……シャディ王国にとって、ナディ王女という存在がどれほど大きいのか……それを考えると、何より優先にすべきだと思うの」

「王族だし当然だよな……」

「それもあるし、戦力という面でも……ナディ王女の実力は、フィスデイル王国にも届いている。そして評判と、人々からの期待も……それが失われてしまえば、国そのものが危険に晒《さら》されるかもしれない」

「それだけ重要なミッションってわけだ」

近くにいたタクマが声を上げた。

「俺達はまだシャディ王国に入ってすらいないが、正念場って話だろ？」

「そういう解釈でいいわ……それとメイにも同行してもらうようにお願いしておく」

「メイも？」

「王女が負傷しているかもしれないでしょう？　逃げるにしても、傷を癒やして動けるようにしなければ」

あらゆる状況を想定し、セシルは作戦を考えている――ユキトはそれに釣られるように、戦術について考え始めた。馬を駆り、馬上で意見を出し合い、頭を回転させる。新たな戦いに向けて――話は、どこまでも尽きなかった。

やがてユキト達は馬を替え、なおも進み国境を越えた。その段になり、シャディ王国側からの報告者が現れた。既に砦において攻撃が始まっているらしい。なおかつ魔物の数は

『悪魔の巣』にすみついている魔物よりも多いという報告だった。

「敵も相当気合いを入れていることがわかるな」

カイは断定し、さらに急ぐように指示を飛ばした。時刻は昼を過ぎ、どうやら想定よりも早く到着できる――そうわかってもなお焦燥感《しょうそうかん》が募り――とうとう、辿《たど》り着いた。

「あれが……」

既に黒衣姿のユキトは馬上から砦《とりで》を観察。軍事拠点である以上、砦は強固な城壁に守られているのだが、それを取り囲むように黒い群衆――魔物が大挙していた。

城門は固く閉ざされているが、そこを攻撃する幾多の魔物達により、突破されるのは時間の問題だった。城壁の上から弓兵が魔物へ矢を射る姿も見えるが、ほとんど効果がなく足止めできていない。

肝心の魔物は――ユキトは周囲の地形を確認する。これまでは平原が広がっていたのだが、ここに来て左右に山がある。とはいえ決して標高は高くなく、どちらも砦の高さを少しばかり越える程度。街道は山に挟まれた平地の中央を走り、その右手――道に沿うような形で砦が山を背にし存在している。

左手にある山の周囲は森が広がっており、そこから魔物が現れている。信奉者の姿はなく、視界にいるのは全てが魔物。

肝心の砦は危険な状態ではあるが、最悪の事態には至っていない――ユキトがそう考えた時、近くにいたレオナが声を上げた。

「ん？　ちょっと待ってよ。あれ、中にも魔物がいるんじゃないの？」

言われ、よくよく耳を澄ませると――砦の内側から金属音が聞こえてくる。ただ、鬨《とき》の声も耳に入るため、まだ手遅れではない。

「籠城《ろうじょう》して私達を待っている状態――ギリギリだったみたいね」

リュシルは告げると、騎士達へ攻撃準備をするよう指示を飛ばす。同時にカイがユキトへ近寄ってくる。

「ユキト、セシルと話はしていると思うけど」

「ああ、わかってる。でも、城門すら閉じられているし……どう入ればいいんだ？」

「私が道を作る」

と、リュシルが口を開いた。

「今回は私があなた達に帯同するね。城壁に接近してから砦の中へ入れる魔法を使うことにする」

「なら、まず砦へ近寄って……」

「――王女を助けたら、ここから離脱するのか？」

尋ねたのはタクマ。それに周囲の騎士達は無言となる。

大量の魔物を前に、さすがに砦そのものを救うのは難しいと考えている様子。援軍として派遣された者達は精鋭ではあるが、決して人数は多くないため、数で圧倒される危険性はある。大軍勢とも言える敵を前に、どのように戦うのか——

「いや、魔物は殲滅《せんめつ》する」

しかし、カイはタクマにそう言い切った。

「遠方から確認できる範囲で……感じ取れる魔力からは、それほど強力な個体は存在しない。数の力で圧殺するつもりなのだと思うけれど、これならいくらでも倒せる」

そこでカイはユキト達へ視線を送る。

「救うために鍛練を重ねてきた……僕らはやれる。ここで徹底的にたたき、敵の動きを鈍《にぶ》らせる。それが間違いなく、犠牲を減らすための最善策だ」

カイの言葉は非常に重かった。最初の戦いで多くの悲劇を目にしたから——そして現在までにシャディ王国は相当の血を流している。だからこそ、ここで止めなければという気持ちが強いらしかった。

(聖剣使いとしての、責務か……)

ユキトはカイの心の内を推測する。セシルの故郷——信奉者ザインが生み出した巨人との戦いで、様々な課題が浮き彫りとなった。それを打開するべく鍛練を重ね、カイは世界を守らなければならないという思いを一層強くしたのだ。

それは自分達にできるという意識が芽生えたのもある——カイの発言を受け、仲間達も同じ気持ちになったらしく、代表してタクマが口を開いた。

「――他ならぬカイの意見だ。信用しようじゃないか」

心底納得したように声を発した後、一つ疑問を投げた。

「なら、どうやって動く？　砦《とりで》の中に潜入する人員は必要だとして……」

「むしろ中へ入った後が大変だ。王女を探しながらの戦いになるからね。ユキト……そっちは任せていいかい？」

「ああ」

ユキトは快諾し、

「ただ、メンバーはどうする？　元々組んでいたメンバーは俺とセシル、タクマにレオナの四人だ。でも先ほどセシルと打ち合わせをした時、メイに同行してもらうって話が出たけど」

「うん、僕も同意だ。少し入れ替えよう。タクマは僕と一緒に戦ってくれ。僕と組んでいる中でアユミは霊具が弓だから、後方支援組と共にこの場で待機。そして後方支援組から、メイがユキトと共に中へ。いけるかい？」

「もちろん」

メイが前に出てくる。ユキトは共に突入するセシル、メイ、レオナの三人へ視線を送った後、

「俺達はリュシルさんについていく……で、いいのか？」

「うん、それでお願いね」

「ならメイ、残る後方支援組に何か言っておくことはあるか？」

「あー、そうだね……アユミ！　他のみんなをよろしく！　それとシオリ！　アユミと喧《けん》嘩《か》しないように！」

「わかってるよ！」

そんなやりとりで、ユキト達は一度笑う。けれどすぐに表情を戻し、

「信奉者……『魔神の巣』における戦いで、僕らは多くのことを学んだ」

カイは聖剣を引き抜く。それに合わせユキトもまた剣を抜き魔力を高めた。同時、体の芯が熱くなる。

「まだまだ力が足りないと感じた……以前の僕らなら、この戦場を一目見た時点で厳しいと感じたかもしれない。でも、今は違う」

全員が武器を構える。騎士達もまた、魔物を見据え霊具の力を高める。

「必ず、勝利を――突撃！」

号令と共に、ユキト達は一斉に馬を駆る。声を張り上げ、蹄《ひづめ》の音を響かせ、砦《とりで》へ向け突き進む。

同時にキィン、とユキトは聞き覚えのあるあの音を確かに耳にした。自分の思考がクリ

アになる――瞬間、戦場全体の気配を感じ取った。魔力の揺らぎや、魔物の配置。その全てを通じて、敵の動きを看破する。

魔物の進路は一様に砦。森から出てきた個体は軍隊のように規則正しく動いているわけではなく、森を抜けた個体から順次砦を狙う――そのような動きだった。

(砦から逃げられないように、少しずつ厚みを増していく……数で勝る以上、単純だが効果的だ)

ユキトが断じた時、魔物達がとうとう突撃に対し反応した。とはいえあくまで目標は砦のようで、差し向けた戦力は決して多くなかった。

砦に近づけさせず、時間稼ぎをしようという魂胆《こんたん》をユキトはしかと感じ取った。しかし、そんなものなど――通用しない。

カイがユキト達の前に出て、聖剣の魔力を高める。刀身が金色の輝きを発し、まるで太陽が生まれたかのように、辺りを照らした。

そしてカイは剣を掲げると、刀身が巨人と戦った時のように伸びる。以前と違っているのは輝きも、魔力量も、遙《はる》かに大きくなっていることだった。

魔物達が魔力に反応する。しかし足は決して止めず、あくまで狙いは砦だというのが明瞭にわかる。そこでカイの馬がさらに速度を増し――魔物の大軍と接触しそうになった瞬間、彼の馬が横を向いた。

同時に光の剣が、綺麗な軌道を描いて薙《な》ぎ払われた。魔物に直撃し——ザアア、と風が流れるような音と共に魔物は両断される。敵は反撃する暇もなく、ほぼ無抵抗だった。

騎士達からどよめきが起こる。光の剣が通った場所には、もはや立っている魔物は存在しない。そこでユキト達もカイに追いついた。

「一振りで相当な数を倒したな……」

「この調子で倒せればいいけれど、さすがにそうもいかないだろう」

カイがさらに光の剣を振るう。縦に振り下ろした一撃は、直線上にいる魔物達を一切合切巻き込み滅ぼす。ここに至り魔物の動きにも変化が。砦《とりで》を囲む集団の一部と、森から出てきた魔物達。その狙いが、ユキト達へと変化した。

「ユキト」

敵の動きを察知し、カイは名を呼んだ。

「ここからは分かれよう。砦を頼むよ」

「わかった。カイはどうする？」

「魔物を殲滅《せんめつ》しながら信奉者を探す。この戦場のどこかにいるはずだ」

カイは一度光の剣を消した。次いで息をつき、

「さすがに魔力の消耗が大きい。以前ザインという信奉者が計略を巡らせたように、罠《わな》があるかもしれない。よってここからは、みんなの力を借りよう」

「任せろ」

タクマが前に出て言う。カイは大きく頷《うなず》き、

「僕とエルトが率いる面々は、砦の周囲にいる魔物を掃討する！　リュシルさんに追随する者達は、ユキト達と共に砦へ！」

指示を受け、ユキト達は動き出した。馬首を城壁へ向け、走り出そうとする。

「私が前に！」

と、突然リュシルがユキト達の先頭に躍り出た。同時に右手へ魔力を収束させる。

彼女は何も武装していない――霊具は過去所持していたらしいが、竜族は人間と魔力の質が違う上、天神の魔力とあまり相性が良くないらしく、使える霊具が限定されているらしい。よって現在は霊具を持たない。

それでも身の内に抱える魔力量だけで、規格外の存在であるとユキトは認識していた。

彼女の右手に魔力が集まると、腕全体が輝き始める。

「城壁までの道を作るわね！」

気合いの入った声と共に、リュシルの魔法が放たれた。それは巨大な光弾。魔物達が回避する暇もなく一番近くにいた個体に直撃する。

刹那、轟音《ごうおん》と閃光《せんこう》が一時戦場を満たした。ガアアアアッ――と、地面を割る音さえ聞こえてくる。光弾が炸裂《さくれつ》し、直線上に光が駆け抜けた。爆発のように周囲へ魔力が拡散する

魔法とは違う。城壁までの道を開くために、指向性のある魔法だった。

そして光が消えた時、魔法が駆け抜けた場所からは魔物が一掃されていた。

地面が大きくえぐれた光景は、魔法の威力を物語っている。その規模はカイが光の剣を放った時と比べても遜色《そんしょく》なく、彼女の実力が霊具なしで聖剣使いと並び立っていることを意味していた。

（これが竜族か……！）

内心で驚嘆しながら、ユキトは声を発する。

「行くぞ！」

呼びかけ一つで十分だった。砦《とりで》の中へ向かう部隊が速度を上げ、リュシルが作った道へ馬を走らせる。けれど敵も手をこまねいているわけではなかった。

途端、魔物達が押し潰《つぶ》そうと迫ってくる。

「させるか！」

ユキトは気合いの入った声と共に馬上から一閃《いっせん》。その刀身から魔力が発せられ、三日月のような形をした魔力の刃が生まれ、空中へと放たれた。

それは今まさに襲いかかろうとした魔物に直撃し、体を真っ二つにする。そればかりでなく、後方にいた魔物達をもまとめて両断するほどだった。

他の騎士達は魔法や霊具で応戦し、見事対処する。その中で一際輝きを放ったのは、レオナだった。

「はああっ！」

気迫のこもった声と共に彼女は斧《おの》を振りかぶる。そして一閃されると――炎が舞った。それが魔物に直撃すると、火柱を上げて燃える。

さらに彼女が斧を薙《な》ぐと、密集する魔物達に燃え広がり戦場が赤色に染まっていく。これには魔物達も動きを止め、中にはその場でのたうち回る個体さえ現れた。

「彼女の炎は、特別製ね」

ふいに、横にいるセシルがユキトへ話しかけた。

「たとえ魔法の火球でもあれほど燃え広がることはない……普通の炎ではなく、魔力に反応して燃えさかる効果みたい」

「魔力を火種にしているのか。だとすれば、魔力の塊そのものである魔物は――」

さらにレオナが斧を振るうと、周囲の魔物達は余すところなく炎に巻かれ、動きが完全に止まった。

「俺より集団戦は強そうだな」

「強力な一撃を発揮できるユキトに、多数の敵を同時に倒せるレオナ……魔物と戦う場合は十分すぎる戦力ね」

「まだまだ使いこなせていないけどさ」

と、斧《おの》を見せながらレオナがユキト達の話に加わる。

「この戦場にいる魔物ならあたしでもどうにかなるけど、もっと強いやつだと通用しないかも」

「それは今後、鍛錬で強化していけばいいさ」

「頑張るよ……っと、いよいよ到着か」

城壁付近に到達した。驚くほどの速度でここまで来たが、どうやって登るか。

「はっ！」

リュシルは手をかざし、城壁へ向け魔法を放った。すると、突然ユキト達の前に道が
――透明な、ガラス製のような道が生じ、それが城壁の上まで延びた。

「さ、登ろうね」

「なんか高等魔法な気がするけど……ずいぶんとあっさりだな」

「当然でしょ？　私を誰だと思っているの？」

不敵な笑みさえ浮かべるリュシルに、ユキトは苦笑。そんな彼女は先導するように馬を透明な道へと走らせた。

ユキトも追随しようと、躊躇《ためら》うことなく馬で追う。透明な道へ足を踏み入れた瞬間、石畳のような硬質な感触が馬を通して認識できた。

ユキトの後をレオナやセシル、メイや騎士が続き、どんどんと登っていく。そしてリュ

シルは城壁の上に差し掛かった時、再び魔法を行使した。今度は下り坂の道。城壁内にある中庭に降り立つためのものだった。

城壁の上にいる兵士達が驚愕《きょうがく》する中、ユキトはリュシルの先導に従い下り坂を進む。中庭は――戦場になっていた。壁を這《は》い上ったのか、大きなかぎ爪を持つ魔物が多数いた。体格は小学生ほどで、兵士が槍《やり》を突き出しても瞬時に逃げることから、回避能力の高い個体だと判断する。

「あれは、下馬して戦った方がよさそうだな」

「そうみたい」

リュシルが賛同。そして中庭に降り立った直後、まずは馬上から近くにいた魔物へ向け一閃《いっせん》した。

対する魔物はそれを察知して逃げる――が、即座に切り返し魔力の刃を放つ。それは避けきれず、魔物は頭部を両断されて動かなくなった。

「よし……！」

ユキトは回避速度などを推測し、馬から下りた。途端、数体の魔物が迫ってくる。地を這うような低姿勢で突撃してきた。

だがそれをユキトは極めて冷静に対処する。どの個体が一番接近しているかを見極めると、そいつ目がけて足を踏み出した。距離が縮まり――剣を薙《な》ぐ。

それは馬上からの一閃《いっせん》と比べて速い。瞬《まばた》きをする間に振り抜くほどの斬撃だった。ユキトの剣を魔物は避けることなく――いや、よける動作すらなく魔物の体を剣が駆け抜けた。手には確かな手応え。目には倒れ伏す魔物。それで他の個体へ意識を向ける。

次に迫る魔物はユキトから見て左から襲いかかってくる。即座に反応し、飛びかかろうとするところに突きを放った。魔物はそれを頭から真正面に受ける。途端、ビクンと体を震わせ、消滅する。

次いで今度は右側。跳躍し首筋を狙っていたのだが、空中にいるのを見極め魔力の刃を解き放った。相手はまともに食らい、かぎ爪を振り下ろそうかという体勢のまま体が真っ二つになった。

立て続けに魔物を瞬殺した光景からか、周囲にいた兵士からどよめきが起こった。続けざまにレオナが馬から下りて炎を振るう。広範囲にまき散らすと味方にも被害が出かねないため、接近してきた魔物を燃やす程度に留《とど》めている。

さらにリュシルが光弾の魔法により的確に魔法を撃ち抜いていく――隊の全員が中庭に侵入した時には、魔物の掃討は完了していた。

（以前と比べ、遥《はる》かにレベルが上がっているな）

ユキトは現状をそう評した。個々の戦闘能力、仲間との連携、現場の状況における判断。その全てが巨人との戦いから大きく進化している。

特に連携能力と判断力が、効率的に魔物を討伐できた大きな要因だった。自分はどう動けばいいのか。それを瞬時に理解し、的確に動く――一ヶ月という時間は、新兵を熟練の兵士に仕立て上げるには短すぎる。しかしユキト達は霊具の影響もあり、ほんのわずかな時間でここまで練度を引き上げることができた。

ユキトは周囲を見回す。中庭にいる魔物は駆逐《くちく》したが、建物の中にも入り込んでいるのか戦闘音が聞こえてくる。なおかつ、城壁の外からなおも魔物が侵入を果たしているのが見えた。

「二手に分かれるのがよさそう」

ここでリュシルが決断した。

「私が騎士達を率いて魔物を抑えるから、ユキト達は砦《とりで》へ入り王女を探して」

「俺達……ってことは――」

「セシル、レオナ、メイを加えた四人でね」

「それで十分だと？」

「優先すべきは王女の保護。砦の中に踏み込みそれをやるには大人数よりも少人数で素早く動ける方がいい」

ユキトはそれに頷《うなず》き、目線でセシル達へ砦に入るよう促した。

「さあ！　ここが踏ん張りどころ！」

リュシルは叫び、騎士達の指揮を執り始める。さらに傍《そば》にいた兵士がユキト達の乗っていた馬を押さえる姿を見て、ユキトは駆け出した。

無言で走るユキトにセシル達は追随し砦《とりで》の中へ。無骨な内装を目に映しながら、ユキトは気配を探る。王女の魔力がどんなものかはわからない。だが、強力な霊具を所持するのであれば、その気配は建物内にいれば気づくだろうという予想を行っていた。

そしてそれは的中する――砦の上階、端の方に明瞭な気配を感じ取る。他にそれらしい気配がないため、

「全員、魔力の捕捉はできているか？」

「私はわかる。たぶん、あれが……王女」

セシルが答える。メイやレオナも頷《うなず》き、

「なら――走るぞ！」

ユキトを先頭に駆ける。砦の構造はわからないが、軍事拠点である以上は迷路のような構造にはなっていないだろう――そう判断し、まずは階段を探すことに。

途中で魔物と遭遇する。しかしそれをユキト達は一刀のもとに切り伏せる。魔物の動きは既に見切り、瞬時に対応できるようになっていた。

階段を見つけ、即座に駆け上がる。その間も目指すべき魔力は揺らぐ。戦闘をしているのか、あるいは逃げているのか。

「王女を発見したらどうする？　外に出るのか？」

「まずは周辺の安全を確保するのが一番ね」

　ユキトの疑問にセシルが答えた。

「とにかく状況を見なければ始まらない。王女の周辺……おそらく魔力を辿《たど》って魔物が接近している。それを止めてからね」

「魔力を辿る？」

「敵の信奉者は将軍だったことを踏まえれば、ナディ王女の霊具について把握しているのは自明の理でしょう？」

　確かに、とユキトは胸中で納得した。その時、とうとう気配のある階へ辿り着いた。最上階のその場に、魔物と戦う金属音が響いた。

「あそこだ！」

　ユキトは叫びながら全速力で走る。どうやら廊下ではなく部屋の中にいる。霊具に魔力を集中させ、他の仲間達も臨戦態勢に入ろうとした――その時だった。

　突如、轟音《ごうおん》が鳴り響き、砦の壁が破壊された。それと共に一体の魔物が転がり出てきて、消滅する。思わぬ状況にユキトは立ち止まる。他の仲間もまた目を見開き驚く中、壁の奥からゆっくりとした足取りで――赤い髪を持つ女性が姿を現した。

「……ん？」

魔力で気づいたか首を向ける女性。次いで、

「——お待ちしていました、来訪者の方々。ナディ＝フォルスアン＝シャディと申します。ナディと気軽にお呼びください」

満面の笑みを見せた。この戦場であまりにも似合わない、晴天を想起させる表情だった。

ナディと合流を果たしたユキト達は、知らせを聞き駆けつけたリュシルと共に、現状を整理する。王女が率いる親衛隊の多くが負傷しているため、メイが治療を開始した。

一方で、保護対象だったナディについては無傷だった。戦闘により土埃《つちぼこり》などで衣服が汚れてはいるが、醸し出される気品などは一切衰えていない。

（なんというか、俺達が想像する王女様とはかけ離れているよな……）

霊具を扱うため、肉体的にも精神的にも強くなる——という予想はできたはずだが、王女というイメージに引っ張られてそこまで考えなかった。だからこそ、そのギャップに驚いている。

立ち姿だけをとってみても、それはまさしく歴戦の戦士。ただ口から発せられる言葉は王族と言われるだけの風格と雰囲気がある——どこかアンバランスで、それでいて霊具というものの影響がこれほどなのだと、嫌でも理解させられる。

「今まで防戦一方でしたが、反撃開始といきましょう！」

ナディが元気よく言う。このような状況でも砦《とりで》を脱出するどころか、攻撃しようとしていた。

「……恐れながら、申し上げます」

ナディに対し、すぐさまセシルが進言する。

「戦況を考えるに、ひとまず砦から離脱し、態勢を整えるべきではないでしょうか？」

「それが正道だし、当然の考えだけれどそれでは勝てないでしょう」

「勝てない？」

「ここで少しでも相手の戦力を削っておかないと、絶対に反撃を受けて負けます」

断定だった。彼女なりに何か確信を得ている様子。

「相手は元将軍。こちらの情報の多くは筒抜けになっている……その状況下で仕切り直しても、結局手痛い攻撃を受けてしまう。でも、今は違います。あなた方が来たことで不確定要素が増え、相手の喉元まで踏み込めるチャンスが生まれました。ここである程度敵軍を……ゴーザ将軍に打撃を与えておかないと、被害が拡大するのは目に見えています」

それはゴーザという元将軍のことを知り尽くしたが故の発言だった。セシルはそれで押し黙り、一方でユキトはナディに一歩進み出て言った。

「何をすれば？」

それはナディの意図に乗っかる発言であったため、ナディは笑みを浮かべる。

「まず砦に残っている戦力を集めましょう。ここへはどうやって入ってきたのですか？」

「私の魔法よ」

リュシルが小さく手を上げる。それでナディは納得し、

「なら、砦の外へ出る際、同じ魔法を使ってもらっても構いませんか？」

「良いけれど……中にいる人は全員出撃するの？」

「非戦闘員を守る必要性はあるので、全部とはいきませんが――」

その時、轟音《ごうおん》が響いた。建物ではなく外、しかも城壁の外からだった。

「……俺達は、どうする？」

ユキトはリュシルへ尋ねる。現段階で王女の保護が完了したとは言えない。彼女を安全な場所まで送ることで初めて、目標は達成したと考えていい。ただ他ならぬ王女は戦おうとしている。

さらに言えば城壁を越えてなおも魔物が来るので、建物の中も安全とは言いがたく、セシルの言う通り砦から離脱するのが正しいとは思うが――

「なら、こうしましょう」

と、リュシルがナディへ提案を行う。

「砦内の兵士や騎士は怪我《けが》をしている者もいるでしょう。そうした者達に加え、護衛……

その人員については戦場から離脱する。けれど王女は戦える者を率い、攻撃する」

危険なのでは、とユキトは思ったがナディは乗り気のようで、

「それならゴーザ将軍が逃げる可能性は低いですね。私が出たなら真っ先に狙ってくるはずですし」

「……自らを、囮《おとり》に？」

王女とは思えぬ発想にユキトは驚く。それにナディは口の端に笑みを浮かべ、

「将軍の狙いは私です。となれば、退却する騎士達には目もくれないはずですよね？　それは負傷者を守ることにもつながる」

再び轟音《ごうおん》。ただこれは先ほどと比べ距離が近い。

「……ん？」

ふいにセシルが廊下にある窓へ目を向けた。そこに一羽の鳥が入り込み、リュシルの近くまで到達する。

「ああ、戦況を観察している使い魔よ」

彼女が鳥に触れると、それが霞《かすみ》のようにかき消える。

「ふむ……なるほど。敵は砦《とりで》とカイ達……どちらを狙うか逡巡《しゅんじゅん》し、魔物を分散させたみたい。結果、砦の包囲が薄くなり、後方で待機していた部隊が城門付近の魔物を倒したようね」

「ということは、城門から出られるのか？」

ユキトの質問にリュシルは首肯し、

「ナディ王女、城門を開きフィスデイル王国軍と合流、負傷者はそのまま砦から離脱するのでいいかな？　さっきは護衛と一緒に離脱と言ったけれど、この状況ならフィスデイル王国軍が担うわ」

「わかりました。それでいきましょう」

あっさりと了承。そこでメイの治療が終わり、ナディが先導して部屋を出た。慌ててユキト達は追随し、彼女が突き進んでいく姿を見ながら砦の外へ。

ナディが姿を現した瞬間、中庭は歓声に包まれた。彼女は周囲の状況を確認した後、

「反撃に出ます！　無事な者は私と共に来なさい！」

凛《りん》とした指示に騎士達は従い、動き出す。中庭が慌ただしくなり、恐ろしい早さで態勢を整えていく。

「すごいな……」

「ここにいる人達は、ナディ王女が率いる隊だから」

ユキトの呟《つぶや》きに、リュシルから解説が入った。

「邪竜が出現して以降、常に前線で戦い続けた兵や騎士……多数の犠牲を出しながらも、ナディ王女のためにと続々と人が加わっていった……人が変わっても軍は練度を上げ続

け、今ではまるで一個の生き物のように戦うことができる、まさしく王女の手足」

――そこに至るまでに、どれだけの戦いがあったのか。想像し、ユキトはナディの凄《すさ》まじさを思い知る。

年齢は、おそらくユキトとほぼ変わらない。それでいて霊具を持ち、自在に操る技量を備え、さらに戦局をしっかり見据えている。そして多くの人の命を背負い戦う姿は、

（カイのような、存在だな……）

シャディ王国の人々にとって、彼女は紛れもなく希望の象徴。それを失いたくないがために人は王女の下に集い、戦い続ける。

（ナディ王女だって、苦難がたくさんあったはずだ。将軍が裏切ったことで、悲劇があったはずだ。けれど彼女は背を向けず、前を見続けている）

その精神力は、霊具を手にしたばかりのユキトにとっては推し量ることができないほどのものだった。自分と同年代の存在が、全てを背負い戦っている――驚嘆させるには十分すぎる事実。

思考する間にも準備が整い、ユキト達は再び騎乗した。城門が開かれ、ナディの言葉に従い飛び出す。城門を抜けると付近の魔物を倒したフィスデイル王国軍が近くにいた。

「負傷者は彼らと合流し、戦場から離脱してください！」

ナディの指示により、砦《とりで》から出た者達の約半数はフィスデイル王国軍と合流した。ナデ

ィは馬首をカイ達がいる戦場へ向け、馬を飛ばす。

ユキトはまず戦況を改めて確認。カイを始め仲間の力が魔物を大きく減らしている。砦を囲んでいた魔物はほとんど残っておらず、今は森を背にして魔物達が防戦しているような状況だった。

（カイの武力に対し、魔物は退いて守りを固めたか……でも、そんなことをしたってカイの力は止められない……）

ユキトが戦場へ向かう間に、さらにカイの聖剣が放つ光が魔物へ注がれる。圧倒、という言葉が似合うもので、遠方からでも魔物が消し飛んでいく光景が見える。

（あのまま信奉者まで倒しそうな勢いだな……でも、果たしてもつのか？）

ユキト達が砦に踏み込んで、王女と合流する間も戦っていたとしたら、相当な時間を全力で戦っているはず。それでもなおカイの聖剣は衰えを知らないが、

「大丈夫よ」

ふいに、セシルが横に来てユキトに話しかけた。

「カイにはまだまだ余力があるようね……この世界に暮らす人にとっては、驚嘆すべきことね」

「俺の考えていることがわかったのか？」

「心配するような雰囲気だったから」

「そっか……でも、カイは本当にすごいな」

「ええ、そうね。あれが……神級の霊具なのでしょう」

魔神に対抗できる武具。改めて、どれだけの力が存在するのか証明された。

やがてユキト達はカイの下へ到着。丁度カイは魔物を切り伏せたところだった。

「カイ！」

「ユキトか……そして」

カイがナディへ目を移す。そこで彼女は、

「名は聞いていますか？　私のことはナディで構いません。戦況は……かなり優位に進めているようですね」

「はい。しかし、肝心の首謀者については影も形もないですが」

「あなた達が救援に駆けつけた段階で、退避したのかもしれません。ゴーザ将軍は相当に用心深い。将軍職に就いていた時も、自分に不利な情報が入ったら逃げる算段を考え始めるくらいでしたし」

「被害を拡大させないという意味合いでは良いかもしれませんが……消極的すぎませんか？」

「人同士の戦争がなかった軍の長だったので、仕方がないかと」

ゴーザに対する評価は、ずいぶんと辛辣《しんらつ》だった。

「政治闘争でのし上がった人ですからね。しかし、無能であったならここまで苦戦はしていません」

「相応の力量があると」

「はい。とはいえあの人の策謀は基本、戦いが始まる前までに行われます。戦いを開始してからの軍略は、正直それほど怖くありません。魔物を退却させないのは、手をこまねいているからだと推測できますし、今ここで魔物を倒しておけば……」

「動きが止まる、ということですね」

カイの問いにナディが頷《うなず》いた時、魔物達が一斉に突撃を開始した。どうやら王女という存在によって、息を吹き返したようだった。

「ユキト！　君の隊にナディ王女を任せてもいいかい？」

「俺？」

「ああ。それとメイは後方に。負傷者の手当を頼みたい」

指示により、ユキトはナディと肩を並べる。その後方にレオナが控え、

「……敵は率先してナディ王女を狙ってきますよね？」

ユキトの質問に、ナディは身につけている霊具の感触を確かめながら答えた。

「はい。だから無理はしませんよ。私が狙えるかもしれないというギリギリの位置。そこにいて初めて、魔物達が向かってくる」

ユキトはそれを聞いて目を見開いた。将軍のことがわかっているにしても、ここまで的確に心理をつくとは。

「では行きましょう……守ってくれますよね？」

「はい」

返事をした直後、ナディは馬を走らせる。それに続きユキトも馬に指示を出し――王女が、拳《こぶし》を振りかざした。

馬上である以上、拳や蹴りでは魔物に攻撃は届かない。何をするのかと思った矢先、その拳に風が渦巻いた。

どうやら彼女の霊具は風を操るらしい。ただそれは、竜巻を発生させるようなものではなかった。右手に風をまとわせ、まるで槍《やり》のように鋭く魔力を吸い寄せていく。

あれを――どういう戦術なのか見極めた時、ナディの右腕が魔物へ向け突き込まれた。

刹那、風が魔力と共に射出され近くにいた魔物に着弾し、風の弾ける音が戦場に響き渡った。風圧が魔物の体をえぐり、余波で周囲の魔物を傷つける。広範囲に影響を与えるものではなく、魔力を収束させて局所的に強力な風を巻き起こす能力。それがナディの持つ霊具だった。

とはいえ、その霊具には、カイのような余すところなく魔物を蹴散らす力はない――砦《とりで》の中にいた、小柄な魔物が接近してくる。今にもナディへ飛びかかろうとした時、ユキトが魔力の刃を解き放ち、魔物を消し飛ばした。

「ありがとうございます」

「……どうも」

会話を成す間に、今度はレオナが動く。斧《おの》を振るい周囲にいた魔物を巻き込んで燃やしていく。さらにそこへナディが風をまとわせた一撃を放った。直後、風により炎が弾け飛散。広範囲にわたって炎が戦場を覆う。

「良い連携です。これなら効率よく敵を倒せる」

ナディが声を発したと同時、真正面から大型の魔物が近づいてきた。例えるならそれはトロール——筋肉質の黒い皮膚を持ち、三メートルはあろうかという巨体。加えて、手には棍棒《こんぼう》のようなものが握られている。

「あれは少し気合いを入れないといけないか。レオナ！　ナディ王女は任せた！」

「りょーかい！」

返事を聞いてユキトは馬首をトロールへ向けると、突撃した。魔物が吠《ほ》え、それは周囲の空気を震わせるほどの音圧を生む。

だがユキトは怯《ひる》まず、馬の速度を上げた。周囲の魔物達も対応が遅れる中、とうとうトロールの眼前へと迫り——次の瞬間、ユキトは騎乗した状態で立ち上がり——跳躍した。

一瞬の出来事だった。トロールの顔面にまで到達したユキトは、跳んだ勢いを維持したまま一閃《いっせん》する。首を斬る軌跡を描き、確かな手応えが腕から伝わってくる。

剣を振り抜くと、グラリとトロールの首が傾き、地面へ落ちた。攻撃することなく——何もできないまま、悲鳴を上げる暇すらなく、巨体が倒れ伏した。

そこを避けてユキトは地面に着地。乗っていた馬が近づいてきたので、すぐさま騎乗する。同時に、ナディ王女が近寄ってきた。

「さすが、ですね」

「本当は、馬に着地とかすれば格好いいでしょうけど」

「そんなことしなくとも、素晴らしい力だと誰もが驚きますよ」

彼女はユキトの能力や身のこなしを目の当《ま》たりにし、満足げな笑みを浮かべていた。

喜んでいる——ようだが、その様子が他の人とは少し違うとユキトは直感する。例えばそれは、見定めていた来訪者達の評価を、これ以上ないまでに引き上げたかのような——

「一つ質問、いいですか?」

「ええ、何でしょう?」

「ナディ王女は来訪者という存在が現れて……どう思いました?」

「そうですね……戦功を聞くたびに、本当に英雄が現れたんだって思いました。そして聖剣所持者や、あなたの戦いぶりを見て確信に変わったところです」

「俺達はまだ、英雄なんて呼ばれ方をされるほどの功績はありませんよ」

応じた後、ユキトは視線を転じる。カイとその周辺にいる面々が魔物を蹴散らす光景があった。

「あの調子だと、魔物は全滅だな……けど、さすがに――」

呟《つぶや》いた直後、動きが大きく変わった。魔物達が突如潮が引いたかのように背後にある森へ下がり始める。

撤退――ここでユキト達は選択に迫られる。すなわち、追撃するか引き下がるか。

まだ魔物はそれなりの数がいる。戦力を減らすのが目的であるなら、追討すべきだが。

（どうする……？）

追討に動けば、後方支援組を残すことになる。この時点でも敵にダメージを与えることには成功した。さらに傷を深くすることはできるが、ここで潮時と見ることもできる。

その判断は、ナディ王女やカイに委ねられることになるが――

「ユキト！」

カイが近づいてくる。同時にナディが進み出て、

「敵は逃げていきますが……どうしますか？」

「非常に判断が難しいですが……少なくとも、敵の動きから罠《わな》があるようには見えませんし、なおかつ周辺を探っても森以外に魔物がいる気配はない。奇襲もないでしょう」

つまり、追撃することも難しくない。

「森の奥深くまで逃げられてしまえば、さすがに引き上げるべきですが……僕は可能な限り、倒すべきだと考えます」

「わかりました。私達も従いましょう」

ナディは承諾し、カイは周囲の仲間や騎士へ号令を掛けた。途端、鬨《とき》の声を上げ魔物を追撃するべく馬を走らせる。

敵からすればたまったものではない――散々痛めつけられた状況で、人間側がさらに突撃してくるのだ。もし魔物に感情というものがあるならば、それは恐怖を抱くに違いない。

（カイの判断は正しい……と思うけど……）

ただユキトはナディ王女と共に魔物へ仕掛ける間に一抹《いちまつ》の不安を覚えた。ここまでは完璧だった。その上でカイはこれからの戦況を見据えてさらにダメージを与えようとしている。無論それは奇襲などがないということを確信して行われている。落ち度はないはずだった。

けれど、もし――ユキトが森へ逃げようとする魔物の背に刃を突き立てた時、それは起きた。

ドォン、とどこかで大きな音がした。

ユキトは立て続けに魔物を倒すと、周囲を見回して何が起こったかを確認する。

音の発生場所は、砦《とりで》から脱出し戦場を離れようとしているシャディ王国とフィスデイル王国の部隊から。一瞬何が起こったのかわからず、馬上で呆然《ぼうぜん》と後方を見据えた。

他の仲間達もどうしたのかと視線を向け――ユキトは理解した。後方の部隊が、

「魔物の……奇襲⁉」

音は味方が放った魔法によるものだった。ユキトは反射的に手綱を握りしめ、元来た道を逆走していた。事態を察知した。他の騎士達も後方部隊が狙われていることを把握したようで、どうすべきか混乱し始める。

けれど、その中でユキトは――いや、セシルやレオナに加え、近くで戦っていたナディもまた、馬首を返し全力で駆け抜ける。

「っ……！　後方へ！」

ユキトは背後で指示を出すカイの言葉を耳にする。一度振り向くと、混乱しながらもどうにか移動しようとする騎士達と、逃げようとしていた魔物が反転攻勢に出ようとしている光景が映る。

「僕と共に戦っていた者達はこの場に留《とど》まり迫る魔物を迎撃！　リュシルさん――」

「ええ、私は戻る！」

そのような会話を聞いた矢先、ユキトは意識を後方部隊に向けた。魔物はどうやら砦に接する山から駆け下りている。つまり、今まで出現していた森とは逆方向に魔物が潜んで

いたということだ。距離があったため、ユキト達の索敵《さくてき》から逃れていた。よって、気づかなかった。

「砦《とりで》を攻めていた魔物の一部が山へ……？」

「違うでしょう」

ユキトの呟《つぶや》きに対し、ナディは断じた。

「砦内で物見の報告は常に耳にしていました。山へ入った魔物はいません」

「では……」

「迂回《うかい》して、見つからぬように魔物を潜ませていたのでしょう。逃げる私達の背を追うためか、それとも後詰めの部隊だったのか……ただ」

と、ナディは目を細めた。

「ゴーザ将軍の策略とは思えませんが……」

「それは、どういう――」

問い掛けようとした直前、バチバチバチ！　と、雷が弾けるような音がした。見れば負傷者達を守るように杖《つえ》を握り魔物と相対する女性――仲間がいた。そればかりでなく、その隣にいる弓を持つ女性が、迫ろうとする魔物を瞬く間に射貫いていた。

（あれは、シオリとアユミか……）

いつもはカイと組んでいるアユミが、今回は後方部隊にいたことが幸いした。もしシオりだけなら魔物に迫られ被害が出ていたはずだ。負傷した騎士も盾を構え二人を守っている。

だが、魔物はなおも攻め込んでくる。数は決して多くない。しかし狼《おおかみ》のように機動力に特化した個体ばかりで、矢や魔法をかわし迫ってくる。

もし、後方が狙われていることに動揺してどうすべきか迷っていたら、更なる被害が出ていたかもしれない。だがユキト達は、間に合った。

「はああっ！」

平地を駆け、後方部隊の下に辿《たど》り着いたユキトは、馬の速度を緩めることなくシオリ達のところへ向かう。目を見張る彼女達に構わず、迫り来る魔物へ馬上から一閃《いっせん》し、撃破する。

「やあっ！」

次いで、ナディの霊具が炸裂《さくれつ》した。霊具が発する強力な風が接近していた魔物の身体に直撃すると、風が爆《は》ぜた。機動力に特化している故か、ここにいる魔物は体も軽いようでナディの風によって吹き飛ばされる。

「よし、これなら……！」

ユキトが呟いた矢先、一歩遅れてリュシルも到着した。彼女は次々と魔法を発動し、一切合切魔物を駆逐《くちく》していく。

そこからは――あっという間の出来事だった。思ったより敵側の数は少なく、無事殲滅《せんめつ》に成功。ここでようやくユキトは息をつき、胸をなで下ろす。

「まさか、とは思ったけどどうにか対処できたか……」

「そうね。少しでもユキトの判断が遅れていれば、まずかったかもしれないわ」

セシルが言う。ユキトは小さく頷《うなず》いた後、

「けど、最後の敵は……後方部隊を狙うにしても、数が少なかったような気が。俺達が来なかったら被害は出ただろうけど、部隊壊滅まではできないだろ――」

「だから私は、ゴーザ将軍の策略とは思えないですね」

ナディの言葉だった。驚いてユキトは聞き返す。

「それは、なぜ？」

「あくまで将軍の狙いは私だったはず。もし伏兵を使うのであれば、私がいる場所へ向けて使用するはずです。この戦いで兵に深手を負わせても、私を倒さなければ意味はない。よって、あれは将軍とは別の者の配下と考えて良いかと」

「それは……他の信奉者が？」

「わかりませんが、警戒はすべきですね」

そう話している間に、カイが戻ってくる。後方を狙われて混乱はあったものの、犠牲者などはないようだった。

「すまない、ユキト」

「いや、大丈夫さ……何かあっても俺達がカバーするから、存分にやってくれ」

カイは笑う。けれど、今回の件は由々しき事態だと考えたのか、

「今までよりも索敵《さくてき》範囲を広げるべきだな……奇襲を警戒し、敵の動きを可能な限り読めるよう対策をしよう」

「その必要は、ありそうだな」

「では、退却致しましょう」

と、ナディが言う。ユキトとカイが同時に頷くと、彼女は周囲の騎士へ叫んだ。

「全軍！　砦《とりで》を放棄して拠点へ戻ります！　撤収準備開始！　フィスデイル王国軍はついてきてください！」

端的な指示と共に、味方も動き始めた。ユキトはここでカイと目を合わせ、

「さすがに、もう敵は来ないよな？」

「だと思うよ。かなり数を減らしたはずだ。次の戦いにつながるほどの成果なのは間違いないさ」

「次の戦い……」

「僕らが来たことで情勢が大きく変化するな。敵としては僕らがどう動くかを見定めたいところだろう」

「俺達は……以前話した通りに？」

「そうだね。国の方針にもよるけれど、まずは巣の破壊を優先すべきだし、その助力をするのが筋だ」

「――お二方」

会話をしていると、ナディが接近し――馬上で頭を下げた。

「危機的状況を助けてくれてありがとうございます、二人の勇者様」

「僕らはまだ、勇者と称《たた》えられるほどの功績はないですよ。僕はカイ＝フジワラといいます。人は聖剣使いと呼ぶこともあるだろうけど、好きな風に呼んでもらえれば」

「そうですか？　なら、遠慮なく。もう一度言いますが、私のことはナディで構いません。公《おおやけ》の場ではさすがに敬語が欲しいところですが、誰も見咎《みとが》めることない場所なら、口調も好きにしていいですよ。暴言も、三度目くらいまでなら許容します」

満面の笑み。ユキトはその姿を見て、たくましいと思った。

（俺達が考える王族の姿とは違いすぎるな……いや、霊具を手にして戦うことを余儀なくされた以上、こういう人がむしろ多いのか？）

胸中でユキトが疑問を巡らせていると、ナディは次にユキトに視線を向けた。

「ところで……えっと、お名前をお伺いしても？」

「ユキト＝セガミです」

「ユキト、ですか。先ほどの判断、大変素晴らしいものでした。あなたのおかげで、犠牲者が増えずに済みました」

「いえ……仲間達のおかげです」

「ずいぶんと謙遜《けんそん》しますね……そうだ、こんな戦いの直後なので返事はすぐにと言いませんが、一つ提案を聞いてもらえませんか？」

「……何ですか？」

重要なことなのか、と思いながら言葉を待っていると、

「邪竜との戦いが終わったら、シャディ王国に来る気はありません？　最高待遇を保証しますが、どうですか？」

「……はい？」

彼女の言葉に、ユキトは半《なか》ば呆然《ぼうぜん》となりながら返答した。

＊　＊　＊

敗走――戦局を見れば、ゴーザの作戦は失敗どころか惨敗であり、ザインの目からすれば滑稽《こっけい》極まりない結果だった。もしザインが後方部隊を狙うために魔物を伏せておかなければ、壊滅してもおかしくなかった。

とはいえ、ザインにとってこの内容は想定内と呼べるものであった。自らが生み出した巨人を倒してから期間が空いている。その間に彼らは勝つために鍛練を重ねただろう。となれば、ゴーザの予測を超えるだけの力を持っていることなど、予想してしかるべきだったし、むしろ当然でさえあった。

「で、どうすんだ？」

ザインが内心笑いをこらえながら問い掛ける。それにゴーザは、

「貴様……私を馬鹿にしているのか？」

「僻《ひが》みすぎだ。よく考えろ。ここでお前がいなくなったら面倒がこっちにまで降りかかる。俺としてはさっさと始末したい側なんだよ。信用しろとは言わんが、せめて卑屈《ひくつ》になるなよ。こっちだって焦ってんだ」

まあ嘘《うそ》だけどな、と心の中でザインは付け加える。

「俺が生み出した巨人との戦いから、奴らは大きな戦いがなかった……だが、しっかりと仕上げてきた。その結果があれだな」

「聖剣使い……奴さえいなければ……！」

「落ち着けよ。聖剣使いだけに気をとられるな。リュシルがいたとはいえ、砦内《とりでない》に迅速《じんそく》に侵入し、王女を確保したこと。さらに、きっちり連携もとれていた点。その辺りもまた、驚嘆すべき事実だぜ。来訪者達は自分の意思で戦い方を判断している。戦場で的確に」

「……策の応酬も、通用しないと？」

「それだけで足をすくえるような相手じゃあなくなっているってことだ。今回の奇襲は成功したが、次から魔力の探知能力も引き上げてくるだろ。以前、俺がやったみたいな仕込みも……通用するにしても、工夫が必要だな。しかも一度やったことはもう使えないというオマケつきだ」

ザインの言葉は、憎悪はもちろんあったが感嘆の響きも含んでいた。対峙《たいじ》することはなかったが、遠方から観察していた。来訪者達は以前と比べて、明らかに別人となっている。ユキトのことは特に注視していたが、聖剣使いとは異なり決して派手な戦いぶりではなかったものの、着実に腕が上がっていることは理解できた。

「現状、魔物は大きく減った。まだ残っているが、そいつらをむやみに突撃させてもあっさりやられるだけだな」

「だろうな。かといって、このまま手をこまねいていれば――」

「次に奴らが狙うのは『悪魔の巣』だろ。場合によっては『魔神の巣』も……確認だが、シャディ王国にまだ存在する『魔神の巣』の場所は、バレていないんだよな？」

「現時点では。しかし、露見するのも時間の問題だ」

苦虫を噛《か》みつぶしたような顔でゴーザは告げる。

「いいだろう、シャディ王国は反撃の糸口をつかんだ……しかし『悪魔の巣』を狙うなら

「好都合だ」

「好都合？」

「邪竜様より提示された肝《きも》いりの策がこちらには残っている。戦局を優位に進めていた手前、私に必要はなかったが……あれを使えば、逆転できる」

ザインにとっては初耳だった。それが何であるか尋ねようとした時、

「しかしそれには時間を要する……奴らが巣を破壊している間に、準備をさせてもらうとしよう」

「へえ？　巣を壊されることを前提にするのか？」

「貴様も言っただろう。策の応酬で容易に足をすくえるような相手ではない。今日観察していてそれは理解した。であれば相応の準備を行い、確実に始末できるだけのことをする。この最中に見つからなければ、確実に仕留められる」

（それは俺にとって役に立つ代物か？）

ザインは胸中で呟《つぶや》きながら、ゴーザの言葉に従うように頷《うなず》いた。

「なら俺はどうする？　状況が状況だ。奴らを始末できるなら戦ってやるぜ？」

「……いいだろう。ならば追って指示を伝える」

貴様に頼るのは最初で最後だ——心の声がザインには明瞭に聞こえていた。

立ち去ろうとする後ろ姿を見て、ザインはほくそ笑む。それと同時に来訪者達のことを

頭に浮かべる。

（案外、再会は早そうだな）

戦った人間――ユキトを思い出し、憎悪を膨らませるザイン。それと共に、自身も作戦に向けて行動を開始した。

＊＊＊

その後、ユキト達は別の砦《とりで》へと案内された。そこでナディの説明を受け、一度シャディ王国の王都――テライベルへ進路を向けることになった。

反撃を受けて、信奉者ゴーザも動きが止まるだろう。よって戦力を整えて今度こそ――カイは巣を壊すべきだと主張し、ナディもそれには同意しつつどうするかを決めるため、まずは王都へ進路を向けるという結論となった。

そこからの旅路は魔物も出現せず、非常に穏やかなものだった。ゴーザが魔物を指揮しているのであれば、逐次戦力を投入しても仕方がない、という判断をしているのだと推測できた。幸いフィスディル王国との国境からシャディ王国の王都までにあった『悪魔の巣』は破壊されており、動線上に敵の姿はなく、ユキト達は砦で一度戦闘しただけで、都の土を踏むことができた。

時刻は昼を過ぎたくらい。途中で昼食も済ませ、和やかな雰囲気で王都に入ったのだが、

「おいおい……」

「これは……」

ユキトは困惑し、カイが苦笑する。原因は王都の人々による歓待だった。まるで『魔神の巣』を破壊した時のように、大通りには諸手を挙げてユキト達を歓迎する人々の姿があった。

フィスデイル王国の王都であるゼレンラートに凱旋《がいせん》した時は馬車に乗っていたため、窓越しにその光景を眺めただけだったのだが、今回は騎乗した状態であり、人々もユキト達を直に見ることができた。既に白の勇者として名高いカイだけでなく、黒の勇者の存在も伝わっているのか、念のため警戒して霊具の能力により武装をしたユキトを見て、あれがそうだと視線を送ってくる人々も多かった。

(救世主を、この国も待望していたということか……)

ユキトは考察すると、先頭にいるナディ王女へ目を向ける。

カイやユキトはもちろんだが、もっとも声援を受けていたのは間違いなく彼女だった。

ただそれは王女の無事に安堵《あんど》し、称《たた》えるような雰囲気であり、ユキト達へ向けられる視線とは少し違う。

「慕われているのがわかるな」

「当然だよね」

と、ユキトの呟《つぶや》きにメイが反応した。

「王族って基本、城の中にいて象徴的な存在でしょ？　私は少なくともそんなイメージがあった。でもナディ王女は、全然違うタイプ」

「そうだな。まあ、俺達の世界においても自ら戦っている人がいるにはいるけど……つまりは、そういう人々と共に戦うような人物だと捉えればいいわけだ」

「そっかあ……この国の王族が霊具を使えるってことを踏まえると、他の国の人もそうだよね」

「だろうな。セシルも霊具について説明した時に言っていた……ナディ王女のことを最初に見て少し戸惑ったけど……ああいう姿がこの世界では王族の標準なんだろうな」

人々のために、魔物と戦う――そんな姿を見れば、支持するのは自明の理。

加えて、今回は聖剣使いまでいる。目の前の歓待も当然と言えば当然だった。

（ただ……）

ユキトはカイを見る。涼しい顔をして、時折手を振っているその姿を目に映し、ユキトはふと考える。

（期待が高まれば高まるほど……プレッシャーはかかるよな……）

今までは城の中を本拠としていたので、それほど人々とは接しなかった。セシルの案内で町の人がどう思っているのかは認識しているし、勇者と称《たた》えられる姿も目撃している。けれど、その人々の思いがさらに膨らんだら――

（俺達が、支えていかないと……だよな）

いくらなんでもカイに全てを背負わせるわけには、と胸中で呟《つぶや》きながら大通りを進んでいく。町の奥にある城は真っ白で、権威をしっかり象徴するような強い意思が備わっていた。

やがて城門近くでユキト達は馬を下り、徒歩で城内へ。城は城壁と堀に囲まれており、重厚感に満ちていた。

「ナディ王女、まずは王様と謁見《えっけん》かい？」

カイが尋ねる――既にナディとは何度も話し合っており、いつのまにか砕けた口調で話をするようになっていた。

「そうですね。といっても簡単な挨拶程度なので緊張しなくても良いですよ」

それは無理だろう、とユキトは思いながら謁見の間へ。そこには町の人々と同じく、そしてユキト達が初めてジーク王と出会った時のように、玉座へ向かう赤い絨毯《じゅうたん》の両サイドに、大臣と思《おぼ》しき者達が並んでいた。

こうした状況はフィスデイル王国の時に続き二度目であるため、ユキト自身それほど緊張はない。ただ後方にいる仲間達は――振り向いて表情を確認しようかと考えたが、先頭のナディがズンズンと進んでいくため、それは断念して玉座の下へと向かう。

王の姿は、白いマントを羽織り金色の王冠を頭に乗せる白髪の人物――その顔は引き締まっており、威厳だけでなく戦場で生き残る老兵のような強い印象を受けた。

「ご苦労だった、ナディ」

「陛下、労《ねぎら》いのお言葉感謝致します」

ナディが跪《ひざまず》く。ユキト達もそれに倣《なら》うと、

「フィスデイル王国の方々を迎え入れ、また同時に魔物を大いに減らしました」

「うむ……聖剣使いよ、面を上げてくれ」

顔を伏せた状態のユキトには、カイが顔を上げたのが気配でわかる。

「初めまして、シャディ王国国王陛下。カイ＝フジワラと申します」

「オレッド＝フォルスアン＝シャディだ。私達は諸手を挙げて貴公らを歓迎する。既に滞在するための場所も用意した。共に戦えることを光栄に思う」

「はい、此度《こたび》の戦い……全力を尽くします」

「うむ……ナディ、今後のことについてはそちらに任せてもよいか？」

「はい」

「勇者達よ、これからのことについてはナディから聞くといい」

王女が――もしかすると、戦況を一番知っているのは王女なのかもしれない。

（将軍が抜けた影響が大きいのか……）

そこからいくつか言葉を交わし、謁見《えっけん》は終了する。すぐに話し合いの場が設けられることになったのだが――

「会議に参加するのは僕だけでいいって」

「いやいや……さすがに一人にはできないよ」

カイの言葉に対し側近のユキトが反論すると、

「それじゃあ、リュシルさん、それにエルトには付き合ってもらおうか。メイ、一足先に滞在場所へ行って、準備しておいて」

「わかった」

メイは返事をすると仲間達と共に城を出る。一方ユキト達会議参加組は会議室へと案内された。この場にいるのはユキト達の四人に加えてナディだけだ。

「一つ質問いいか？」

ユキトが尋ねる。それにナディはわかっていると頷《うなず》き、

「どうして私が代表者として話をするか、ですね？」

「ああ、そうだ」

「シャディ王国とゴーザ将軍との戦いは、もし相手がただ魔物を使って侵攻するだけな

ら、防衛も難しくはなかったと思います。元々ゴーザ将軍はかなり慎重で、他の国と比べても邪竜の侵攻は遅かった。でも、どうにも防衛できない状況でした」

ナディは何かを思い出すかのように――瞳の色を、怒りに変える。

「将軍は邪竜が出現した時、対策と称して会議を開きました。どのように戦うのか、他国へ救援に赴《おもむ》くべきか……そうした話し合いなのだと思っていました。けれど」

「そこで、凶刃を振るったのか」

カイが全てを理解したように呟《つぶや》くと、ナディは深々と頷いた。

「異変に気づき騎士や兵士が現場に着いた時には全てが終わっていました。軍部を担う中核の人員が根こそぎ抹殺されたのです。そして将軍は言い残した……今度は国全てをもらい受けると」

「それが、ゴーザという人間の望みか……話し合う前にもう一ついいかい？　どうしてナディは、いまだに信奉者になったゴーザを将軍と呼ぶんだい？」

「人を捨て、私達とは違う存在として信奉者とは向き合っています。多くの人は言った。ゴーザはもはや人ではない。人として扱うような存在ではない。あの外道《げどう》を、滅ぼさなければならないと」

そう語るナディの目の奥には、紛れもなく炎が宿っていた。

「でも私は少し考えが違います。ただ滅ぼすだけではない。将軍には人として……報いを受けてもらう。それが私の考えた向き合い方です」

「人間として、か」

「人を捨てたからといって、邪竜の配下だと認めて戦うというのは、私としては凶行の責を邪竜だけに負わせるようで納得いかなかったのです。散々人を殺《あや》めてきた罪を全て腹の内にたたき込み、人として滅んでもらう。そうでなければ、国民が浮かばれません」

ユキトは彼女の言い分を理解した。邪竜という脅威により、ゴーザという人間の罪がかすんで見える。その一方で、王女はこうも思っているのだろう。邪竜がたぶらかしたことでゴーザは凶行に走ったのだと。

けれど、ゴーザがどのような決断をしたのであれ、罪は罪。だからこそ、人のルールで処断する。それが彼女なりのケジメなのかもしれない。

「なるほど、わかった」

カイは納得したのかそう答え、

「結果、軍事についてはナディ王女に話が回ってきた？」

「はい。元々霊具使いの騎士として軍略の勉強はしていたので、どうにか対応はできました……もちろん、相手が元将軍ということもあって、劣勢に立たされましたが」

——軍事の中核をほぼほぼ失った状況下で、むしろよくぞここまでもたせたと驚嘆すべきことかもしれない。そしてユキトは彼女が背負うものが想像していたよりも遥《はる》かに大き

いと認識する。

希望の象徴で、なおかつ彼女が現在最後の砦《とりで》だ。そんな状況でもナディは超然と戦う意思を示している。これがどれだけ、とんでもないことなのか——

「さて、それでは本題に入りましょう。といっても、現在の方針は地盤固めですね」

「僕もそう思う」

ナディはシャディ王国の地図を取り出し、巣の場所を書き込んでいく。

「現状残っている『悪魔の巣』の位置は、このようなところです」

「……フィスデイル王国と連携をとるための動線はできているけど、まだまだ解放までの道は遠いな」

ユキトはカイの言葉に黙ったまま首肯する。シャディ王国に存在する街道——特に海岸線に沿った道に巣が多く存在する。

「特に痛いのが沿岸部です。交易を国の中心に据えていた私達にとって、海へ出ることを妨げられているのは致命的なのです」

「とはいえ、王都からは遠いため軍を回せない……そもそも、隊を率いるだけの人物もいない」

「そうですね。だから現在まで、私達は王都を中心に防衛網を構築するしかなかった。でもあなた達が来たことと、これまでやってきたことが実を結ぶ」

ナディはそう言うと地図を見下ろした。

「私が率いた者達の中で、指揮を執れる人間が出始めています。よって軍を二つに分け、防衛と攻撃を同時に行う。あなた方には、巣を破壊して欲しいのです」

「……ナディ王女は外には出ない？」

「いえ、帯同します。援軍が来たことで王都を守る余裕もできたので、側近に王都指揮を任せるつもりです」

「そうか……街道沿いにある巣を順次潰《つぶ》していけばいいんだね？」

「はい。巣は南に多いため、沿岸部へ進路を向けるつもりです。それと並行して国内にある『魔神の巣』を探します。フィスデイル王国との国境付近に存在していた巣は破壊しましたが、魔物の出現の仕方から考えて、まだどこかに存在しているのは確定的ですから」

「目星はついているのかい？」

「とりあえずは」

カイは幾度か頷《うなず》いた後、

「わかった……ただ、僕らが一つの隊で動くのは効率も悪い。砦を防衛した時と同じように、二手に分かれて動くことにしようか」

「人選は？　砦の戦いの時と同じか？」

ユキトの問いにカイは首肯し、

「そうだね……メイの隊については、二人ずつに分かれてもらおう。治癒魔法を使える人が他にいたはずだ」

「わかった。問題は、どのくらいの期間で目標達成できるかだけど」

「通達はできるので、馬の用意を始め移動手段は確保できます」

と、ナディはユキト達へ告げる。

「道すがら魔物を討伐する必要性はありますが、街道は整備されているから移動に時間は掛からないはずです」

「巣の規模にもよるけれど、今の僕らなら少人数でも破壊はできる」

カイはそう言い、巣の破壊に自信を覗《のぞ》かせた。

「具体的にどう動くかについては、国のことをよく知るシャディ王国に任せよう。行動計画についてはどのくらいでできる？」

「三日あれば、情報もまとまるかと」

ナディが明言すると、カイは頷《うなず》いた。

「なら、その日まで僕らは生活環境に慣れることにするよ。当面の間、ここに滞在するわけだから」

「わかりました」

ナディが承諾し、話し合いが終わる――そうしてシャディ王国での本格的な解放戦が、静かに始まることとなった。

＊　＊　＊

「おー！　すごくいいね！」

滞在場所に到着した直後、メイがいち早く声を上げ、セシルは周囲を見回す。

案内された屋敷は、白を基調とする壮麗な建物だった。さすがにフィスデイル王国の援軍全員を住まわせることは難しいが、シャディ王国を訪れた来訪者達が今の倍の人数に増えてもまだ余裕であろう大きさの屋敷だった。

屋敷の裏側には庭園もある。敷地の広さから考えて鍛錬などもできそうな様子。さらに屋敷の規模から考えると、中にもダンスホールのような鍛錬に使えそうな空間があるかもしれない。

「……ねえ、メイ」

そんな中、セシルは声を上げた。

「フィスデイル王国の騎士は、全員別所で待機する形なんだけど……」

「セシルはユキトと組んでいるんだから、ここに来るのは当然じゃない？」

セシルは押し黙る。言われてみれば確かにそうなのだが――共に派遣された同僚の騎士からも「セシルは来訪者達といるべき」と言われ、ここにいる。しかし、当のセシルはやや困惑している。

「それにほら、エルトさんもこっちに来るだろうし」

「そう……でしょうけれど、あの人は当然というか……」

「当然？」

「陛下の護衛を任されている人と、私とでは立場が違うし」

肩を並べて戦えるだけでも光栄なことだとセシルは考えている。何しろ彼は、迷宮の攻略者でもあるためだ。

エルトという名は、それこそ大陸全土に知れ渡っていた。無論、来訪者達が知らないのは当然だが、この世界の人々が称《たた》える人物の一人であるのは間違いない。

ただ彼自身、そうではないと考えている節がある。邪竜との戦いが始まった頃、セシルは彼が仲間と雑談しているのを耳にしたことがあった。

『もし本当に人に称えられ、名声に耐えうるだけの力を持っていたのなら……邪竜が出現しても、ちゃんと戦えたはずだ』

彼もまた、自分の力量とふがいなさに悔しさを滲《にじ》ませていた――とはいえセシルにとっては雲の上の人であることに変わりはない。

「同じ騎士でも、あの人は様々な功績がある……それに引き換え私は、きっかけがあってメイ達と共に行動しているけれど、私からしたら恐れ多い」

「ふうん、そうなんだ」

と、メイはさして気にする風でもなく応じる。

「まあまあ、それじゃあこれを機に親交を深めようよ」

「いや、でも……」

「ほらほら、さっさと入ろうよ。それとも、何か気になることがあるの？」

セシルは質問に答えられなかった。二の足を踏んでいる理由は、もちろん別に存在している。

来訪者達は雑談をしながら屋敷の中へと入っていく。国から指定された以上、シャディ王国の王都滞在中は、必然的に屋敷内で過ごすことになる。当然世話役である侍女も常駐しているはずだが――来訪者達との共同生活であるのは間違いない。

セシルとしては、そこが引っかかった。フィスデイル王国の王城においては、来訪者達は最高の待遇でもてなされ、セシルもプライベートな空間は立ち入らなかった。警備のために廊下を歩いたり、ユキト達と話し合いを行ったりすることはあったが、それ以上は踏み込んでいない。

けれど、屋敷内で一緒に生活するとなれば――これ以上来訪者達に対し深入りするのはどうなのか。セシルは既に情を抱いている。これが刃を鈍《にぶ》らせることにはならないし、彼らを元の世界に帰すために尽力するのは当然だと胸に誓ったことだから問題はない。

しかし、ユキトのことについては――

「はいはい、さっさと入る」

なおも逡巡《しゅんじゅん》するセシルの手をメイは引っ張り屋敷へと先導する。結局中へ足を踏み入れると、出迎えてくれたのは広いエントランスと複数の侍女。

「とりあえず屋敷の中を探索しようよ」

「レオナは修学旅行気分だな」

タクマが苦笑している姿が目に映る。セシルは他の来訪者達が雑談に興じ、笑い合う姿を目に留める。

こうした光景は訓練中などでも目にしてきた。輪の中に入ることもあったが、必要以上に関わらないように――いや、そんなことを今更考えても、遅すぎるのかもしれない。

(……距離を置こうとしても、難しいか)

そもそもフィスデイル王国側としても、セシルを来訪者達と行動させようという意思がある。そこでようやくあきらめがつき、

「私は可能なら入口に近い部屋がいいわ。連絡役とかが来たのが見える場所で」

「わかった」

メイは頷《うなず》いた後、仲間達に声を掛ける。それぞれの部屋をどこにするかをみんなが相談

している間に、セシルは入口側の部屋へと入った。そこでようやく一人になる。

「ふう……」

息をつきながら、セシルは窓へ近寄る。外を覗《のぞ》くと、玄関へつながる鉄柵の門がはっきり見えた。

「誰が来たかはすぐにわかるわね……さて、どうしようかしら」

具体的な作戦については地理も把握しているシャディ王国が主導するはずだった。加えて、フィスデイル王国側の部隊指揮はカイやエルトに任せておけば問題ない。

セシル自身、できることは来訪者達と円滑にコミュニケーションをとることと、来訪者達が滞在中にストレスなどを溜《た》めないよう気を配ることくらいだった。ただ、後者についてはそれほど懸念する必要はない。霊具により精神が正常に保たれているし、何より彼ら自身が仲間内で解決できる。

とすると、セシルとしてはユキト達と組んで戦う以外にやることがない。精々訓練に付き合うくらいだろう。今まで来訪者達に情報を伝えるため軍議などにも参加していたが、ここではそういうこともなさそうであり――

コンコン、とふいにノックの音がした。セシルが部屋の扉を開けると、メイがいた。

「どうしたの？」

「ちょっとお誘いを……メイドさんが用意してくれるらしいから、一緒にお茶しない？」

「お茶？」

「うん。庭園がすごく綺麗で、良かったら。美味しいケーキとかも用意してくれるって」

唐突な提案にセシルは少し戸惑ったが、断る理由もなかったので、

「ええ、いいわ」

「なら、こっちに」

メイに連れられ屋敷の中庭へ。そこには白くて丸いテーブルがあり、それを囲むようにして二人の女性がいた。

「あ、来た」

最初に声を上げたのは黒髪を後ろで束ねた女性。カイと共に組む弓の霊具を持つ来訪者であり、名前はアユミだったとセシルは記憶している。

そしてもう一人は、眼鏡を掛けた小柄な少女。旅の道中でよくメイの近くにいたことは憶えていたし、名前は――

「いいのかしら？　私が加わって」

「もちろん。むしろ二人が色々と話をしたいらしくて」

何を、と思ったがセシルは追及せず着席した。メイが隣に座ると、侍女が紅茶の入ったカップを置いていく。

「えっと……アユミと、シオリだったかしら？」

「正解」

メイが答えた。嬉《うれ》しそうな彼女の顔を見て、セシルも自然と口の端に笑みが浮かぶ。

「そういえばセシルって、私以外の女子とはあまり話してないなーって」

「避けていたわけではないから。私は普段騎士として活動しているから、あまり接点がなかっただけで」

なんだか言い訳がましく説明する自分に、セシルは心の中でため息をつく。

「大丈夫大丈夫、わかってるから」

メイはニコニコとしながら返答すると、話をアユミへ向けた。

「私だって、こうしてアユミと話をするのが久しぶりなくらいだしね」

「……所持する霊具の特性から、関わりが少なかっただけよ」

お茶を飲みながら淡々と語るアユミ。その声音は落ち着いている。そんな様子を見てシオリは苦笑した。

「三人は、仲が良いの？」

なんとなくセシルは疑問を寄せる。それを聞いてメイはおもむろに立ち上がる。

「シオリとはクラスでも話していたよ。でもアユミは運動部だったから、よくヒメカとか同じ運動部の女子と関わっていたね」

「そうね」

あくまでトーンを変えずに、アユミは応じる。セシルからすればお茶を飲むために用意した席に不服を感じているようにも見えた。

とはいえメイは笑顔で、シオリは苦笑。どういうシチュエーションなのか疑問に思っていると、メイはアユミ達の背後に立った。

「セシル、別に仲が悪いわけじゃないよ。ただアユミが遠慮してるだけ」

「……遠慮？」

次の瞬間、メイは両手をアユミ達の首に回し抱き寄せた。

「そうそう。小学校の頃からずーっと一緒にいるのに私がアイドルになって疎遠になっちゃったからね！」

「ちょ、ちょっとメイ！」

思わぬ暴露にアユミはカップを取り落としそうになり、一方でシオリはクスクスと笑い始める。

「シオリは変わらずクラスで話してくれるのに、アユミってばアイドル？　そんなの知らないって感じのどこ吹く風みたいな態度で……」

「べ、別にメイに興味がなくなったとは言ってないじゃない。単に忙しそうだし、クラスのみんなだけじゃなくて全校生徒から話しかけられる存在になったわけで、私が傍《そば》にいたら迷惑じゃないかって思っただけよ。そもそも、部活動ばっかりでメイがどんなことをしているのかよく知らなかったから――」

「え？　でもシオリから聞いたよ？　アユミが私のグッズを買いあさっているところを目撃したって」

「シ・オ・リ！」

顔を真っ赤にして怒るアユミにメイとシオリはキャーキャーと騒ぎ始める。そんな三人の姿を見てセシルの顔にも笑顔がこぼれた。

「……なんだか、誤解というよりは元の世界で遠慮があったという話みたいね」

「そうそう」

「それなら、なおさら私がこの場にいるのはそぐわないと思うのだけれど。わだかまり……とは言えないけれど、引っかかるものを解消しようというのなら、私は邪魔にならないのかしら？」

「え？　だってアユミとシオリが、セシルさんて綺麗だね、話がしたいねと言っていたから――」

「「メ・イ！」」

アユミとシオリから注意されるメイを見て、とうとうセシルは破顔した。友人にもみくちゃにされながらメイはなおも笑う。

「そうそう、笑う姿がとても綺麗だから、その方が似合ってるよ」

「……もしかして、元気づけてくれたのかしら？」

「騎士という立場だから、私達に対して気を遣うのはわかるよ。でも、私達だってセシルのことを心配してる……それはわかって欲しいなー、って」

本当に――彼女には頭が上がらない、とセシルは思う。

騎士として戦ってきたセシルはこれまで、今を生きるので精一杯だった。他者のことを考えないわけではない。けれど、そんな余裕があったかと言われれば、首を傾げるほどだった。そんな自分にも、メイは立場を理解した上で寄り添おうとしてくれている。

（これはきっと、生き方の違いか……）

根本的に、人生の捉え方が違っている。価値観の違いと言われれば、場合によってはネガティブな受け取られ方をするかもしれない。けれどセシルにとって、この相違はどこか心地よいものだった。

（来訪者達は、それこそみんなで……支え合って世界を救おうとしている。苦難にも負けないように……）

その中で、自分たちと関わったセシルもまた、同じようになって欲しいと願っている。

そんな風に思ってくれること自体、セシルとしては嬉《うれ》しかったが、それと同時にどこか心苦しくもあった。

（私は本当に、彼らと親しくなっていいのだろうか……）

おそらく他の騎士に尋ねれば構わないと答えるだろう。距離を置こうとしているのは自分だけだ。来訪者達も当然だと答えるだろう。躊躇《ためら》っているのも自分だけだ。

和気藹々《あいあい》と話をするメイ達を眺めながら、セシルは自分があの輪の中に入るべきなのか迷う。そして自分は、どういう関係を望んでいるのか。

「……あの」

ふいにシオリが声を上げた。勇気を出して、という雰囲気であり、そんな彼女にセシルは微笑を向けながら答える。

「どうしたの？」

「質問が……その、どうして私達と距離を置こうとしているのかなって……」

――話したわけでもないのに、真意を突かれてセシルは押し黙った。途端、シオリはどこか申し訳なさそうに、

「あ、ごめんなさい！」

「……なぜ、そんな風に思ったのかしら？」

心の内を当てられて、セシルは問う。それは純然たる興味だった。

「えっと、その……なんというか、接し方を見ていてそう思っただけで……」

「シオリは昔から人間観察が得意で、結構鋭い意見を言ったりするんだよね」

と、メイは補足するように告げると、

「セシル……実際、そうなの？」

「……別に、本音を隠しているわけではないの。ただ、私の考えを主張しても、あまり意味はないだろうと黙っていただけよ」

「どうして？」

小首を傾げるメイの問い掛けに、セシルは視線を逸《そ》らしながら口を開く。

「私は、来訪者のみんなと共に戦えて光栄に思っているし、また同時に必ず元の世界へ帰すために戦っている。そこは間違いなく事実よ。けれど、私はこの世界の人間であり、特別な存在でもない。だから――」

「関係ないよ、そんなの」

セシルの言葉を遮るように、メイは口を開いた。

「出会ったことも、ユキトやカイと共に戦ったことも、偶然だった……でも、そうであったとしても、セシルは私達と一緒に、懸命に戦っている……だからこそ、私達はセシルに笑っていて欲しいと願うんだよ」

「メイ……」

「私達は、セシルが一緒に戦ってくれる仲間だから、こうやって接している。セシルがどんな風に思ってくれているかわかってるから、協力したいと思っている。そこは、憶えていて欲しいな」

そうだそうだとばかりにアユミやシオリは頷《うなず》いている。

「ここにいない他のみんなだって同じように思ってるよ。セシルがどんな風に考えているにしろ、仲間だと思っているからこそこんな風にお茶に誘ったんだと信じてもらえると嬉《うれ》しいよ」

「……そう、ね」

セシルは応じると共に、胸の中がじんわりと温かくなった。共に戦ってきた自分を認め、仲間と思ってくれた——だからフィスデイル王国の人間も、セシルと来訪者達を結びつけようとしているのだ。

「わかったわ……私が大役を務められるかはわからないけれど——」

「まあまあ、そんなに肩に力を入れなくたっていいよ。ほらほら、お茶が冷めるしケーキがもったいない。食べよ！」

メイの言葉を合図とするかのように、彼女達は談笑を始めた。セシルも話に加わり、和やかにお茶会が進む。その折、メイから請われたセシルがシャディ王国について知っている範囲で説明すると、三人とも楽しそうに耳を傾けた。

とても穏やかな——一瞬でも邪竜との戦いを忘れてしまうような、平和な午後。いつまでもこんな風に過ごせればと思ってしまうような、とても心が休まる時間だった。

セシルはメイ達に心の奥底で感謝した。自分の中にあったわだかまりを、彼女たちは取り払った。自分は怯《おび》えていたのかもしれないとセシルは感じた。圧倒的な力を持つ来訪者達に対し、本当に自分が一緒にいて良いのかという漠然とした不安がどこまでもまとわりついていた。

しかし当のメイ達はそれでいいと言ってくれた——ならば、全力を尽くすだけだとセシルは考える。

そうして語らっている時、ふとセシルは城に残ったユキト達のことを思い浮かべた。フィスデイル王国の王城で慣れたとはいえ、城の中で王族と話をしているのだ。緊張だってあるだろう。

(私がメイ達にしてもらったように、ユキトにも緊張をほぐしてあげられたら……)

共に戦うパートナーであるなら——そんなことを思い立った時、セシルはメイが自身の顔を覗《のぞ》き込んでいるのに気づいた。

「ど、どうしたの?」

「ううん……ちょっと物思いにふけっているなー、って」

鋭い、と思うのと同時にセシルは考えを正直に話すことにした。

「まだ城にいるユキトやカイのことを考えていたのよ」

「あー、もしかして今日はお城の中で滞在とかになるのかな?」

「どうかしら。さすがにここへ来るとは思うけれど」

「王女様、なんだかすごかったよね」

　ふいにシオリが発言した。

「霊具を持っているけど、あんなに前に出て……怖くないのかな」

「怖いと思うわ。私は」

　セシルはナディの姿を想像しながら応じる。

「でも、彼女はそれ以上に国を守るべきだと考え、先頭に立ち続けている。霊具による高揚感はあるだろうけれど、完全に恐怖は消えていないでしょう」

「それでも、王女は戦い続ける？」

「そうね。彼女の心の中には様々な感情があるでしょう。国を守らなければならないという使命感、自分が負けたらどうなるのかという恐怖……そうした感情を抱えながら彼女は突っ走っている。驚愕《きょうがく》すべきことね」

「すごいなあ……」

　感嘆の声を上げたシオリを見て、セシルはさらに続ける。

「ただ、そうやって戦えるのは、ひとえに王族としての使命を全うするという教育の結果でしょうね。私達には……来訪者であるあなた達も想像できない考えが頭の中に存在しているはずよ」

　王族――国を背負って立つ人間の大きさに思いを馳《は》せる。そこでセシルは場にそぐわないなと感じ話題を変えることにした。

そこからは、とりとめのない話になったのだが、ふいにセシルは考える。国を、人を守らなければならないという考え。それはカイにも共通する。

(彼は、どんな風に考えているのか)

カイがユキト達の世界において尋常ではない存在であるのはわかっている。それでもなお、この世界に来て聖剣を手にして戦おうとしている事実は驚嘆に値する。

だが、彼は決して王族のように教育を受けてきた人物ではない。その辺りの折り合いはどうつけているのか。

(彼なら大丈夫という不思議な感覚はある……けれど……)

言い知れぬ思いを抱えながら、セシルはメイ達と会話を続けた。

＊　＊　＊

城での話し合いの後、ユキト達は滞在場所の屋敷へ行くことになったのだが——カイはナディ王女へ一つ尋ねた。

それは城を出て馬車を待つ間、ユキトとエルトが雑談に興じている時のやりとりだった。

「あなたはなぜ、そうまでして戦う？」

　ナディは問われたことに対し、最初驚くような目をした。

「そうまでして？」

「僕達の世界では、王というのは象徴であり、人前に出ることはあまりなかった。執政を司り、賢臣から献策を得て国を動かす……それが一番の役目のはずだ。違うかい？」

「はい、確かにあなたの言う通りですね」

　ナディはあっさりと同意する。だが言葉とは裏腹に、瞳には燃えたぎるような情熱があった。

「この世界の王族だって同じです。血を絶やすわけにはいきませんし、何より私が死ねばどうなるか……それが想像できないはずがありません」

「ならば、どうして？」

「だとしても、私はやらなければならなかった。私が立ち上がらなければ、この国は滅ぶと確信したのです」

　カイはその時、彼女が奮い立った理由をなんとなく理解した。将軍が裏切ったということも大きいだろう。けれど理由の大半はおそらく、直感だ。

「ゴーザ将軍が邪竜の配下になったと知った時……いえ、あの人が騎士を殺《あや》めた時、私は自分が動かなければ終わると察しました。兄上は騎士になれるほどの実力はなく、霊具を持てない……けれど、少なくとも王家の血は兄上がいればどうにかなります。だったら、霊具を持てる私が頑張ろうって思っただけです」

「……君が抱えている重圧は相当なものだ」

「はい。軍事において、この私が全てを握っているといっても過言ではありません」

双肩に乗るものを理解しながら、ナディは不敵に笑う。口調に似合わない、凄《すご》みのある笑みだった。

「けれど、それを背負って戦うのが私の役目です。戦場で指揮を執り、兵を鼓舞し、私もまた戦場に立つ。負けてはいけませんし、倒れてもいけない。でも、そうすることでしか国を救えないのなら、私はやる他なかった」

「恐怖は……」

「もちろんありました。でも、膝《ひざ》を抱えて部屋の中でうずくまるようなこともありませんでした。なぜなら私は王族ですから。弱いところは見せられないし、そんな暇もありません」

ナディはそこで苦笑する。

「私の考えは傲慢《ごうまん》で、うぬぼれているかもしれませんし、楽観すぎるかもしれません。いつどこで私が死んでもおかしくなかった。けれど同時に、やりきれると私の体はささやいた」

「矛盾しているね」

「そうですね。でも私はここまで来ました」

ナディは真っ直ぐカイを見据える。

「あなた達が私を助けてくれたこと、それこそ私が報われた瞬間でした。本当に感謝します。今後も、よろしくお願いします」

カイは頷《うなず》きながら、彼女が放つその気――まぶしさを直視することに不安を覚えた。

ナディの根底には、王族としての自覚がある。だからこそ、恐怖を感じても重圧がのしかかっても、耐えられるだけの精神がある。国を背負う者だからこそ、様々な感情を制御し、勝つために体を突き動かしていた。

（けれど……僕はどうだ？）

カイは自問自答する。仲間達は平和に暮らしていた以上、王族と同じような精神を持てなどというのは酷だろう。けれど、現在――この世界の人々はカイにそれを期待しているのではないか。

（完璧に、聖剣使いとして……そうやって演じることが、僕にはできるのか？）

今はまだ、圧倒的な力によって対処できている。自分の力により、最悪の事態に陥ってはいない。ただ、兆候はあった。砦《とりで》における戦い――追撃の際、後方に異常が発生し、場合によっては仲間が倒れていたかもしれない状況。さらに言えば、追撃しようとした部隊

だって混乱が生まれた。そこで判断を誤っていれば——一歩間違えれば大きな痛手を被ってい
た。
　カイはほんのわずかに身震いした。あの戦い、一歩間違えれば大きな痛手を被ってい

た。それが仲間を失い、結果的に信頼を失うことにつながったかもしれない。
　邪竜との戦いが苛烈《かれつ》になればどうなるのか。カイは自分の精神がいつ何時《なんどき》折れてもおか
しくない砂上の楼閣であるのを深く理解していた。
　戦いに負け、蔑《さげす》まれた視線を浴びれば、それだけで——カイは自分の想像をすぐさま振
り払い、考えたことを頭の奥に押し込めた。
（ならば、僕は……一番の手段は、聖剣の力で敵を瞬く間に撃滅することだろうか）
　砦との戦いよりも、より早く。聖剣が強力でも限界があるだろうとカイは推測する。だ
が、信頼を失う——最悪の事態を防ぐには、そうすることが最善であると感じた。
（本当は、僕が考えを改めるべきなのかもしれないけれど……）
　しかし、どうやっても逃れられない——信頼を失うことを病的にまで恐れる感情を止め
るのはできず、どう戦えばいいのかひたすら考え続けた。

第八章　王女の誘い

ユキト達が屋敷で過ごしている間にシャディ王国は方針を決め、その数日後王都テライベルを出発した。行動計画に従い、進路を南へ向ける。

道中にも『悪魔の巣』は存在していたが、魔物の数が予想していたよりも多くなかったため、いずれも破壊が容易だった――その理由は、町に常駐する騎士から情報をもらったことで明確となった。

「敵は海岸線に魔物を集結させているようです」

と、ナディは受け取った情報を移動中に説明する。話を聞くのはカイだが、その後ろで馬を進めるユキトにも会話は聞こえてくる。

「シャディ王国の急所がどこなのか、明瞭にわかっているからこその選択ですね」

「でも、僕達がいる以上は防衛は厳しいと考えるはずだけれど」

と、カイは口元に手を当てながら答えた。

「僕らが『悪魔の巣』を破壊するべく動いているのはわかっているはずだ。ただその対策として魔物を動かしたというのは……ナディ王女から聞く限り、ゴーザは用心深いし思慮深い。魔物を集結させただけでは砦における戦いの二の舞にしかならないと判断できるはずだけれど」

「向こうには何か思惑があるのでしょう」

ナディは冷静に語り、それに応じるための作戦を考え始めた様子。ユキトもまたそれに倣《なら》い、厳しい戦いが待ち受けることを予想し自分にできることを考える。

「現在、一番大きな港町……ルーロードへ私達は進路を向けていますが、そこまでに魔物の姿はほとんど見られなくなりました」

「つまり、沿岸部以外は捨てている……戦力を集中させることに意味がありそうだ」

——なぜ魔物が移動しているのか。それがわかったのは、ユキト達が港町ルーロードに到着してからのことだった。

「魔物が暴れ回っている？」

町に入ってすぐ、騎士がナディへ報告を行った。それによると、海岸線に存在する魔物達が無差別に暴れ回っているらしい。

「はい。近隣の町などに人々を避難させたので、ひとまず犠牲者はいないようですが……」

「なるほど、生活基盤を奪いに来たか」

カイは深刻な表情で呟《つぶや》いた。

「狙いは僕らではなく、戦闘能力を持たない人々や町そのもの……魔物に破壊活動を行わせれば、僕達はそちらに集中するしかなくなる」

「その間に、何か事を起こすってことか」

ユキトは呟《つぶや》いた後、

「なら、できるだけ早く魔物を倒さないと……南部で戦っている間に王都を狙われでもしたら大変だから……とはいえ、二手に分かれるにしろ一気に全てをどうにかするのは……」

「それでは、こうしないか？」

カイはユキトとナディへ提案する。

「町を救う側と、巣を破壊する側に分かれる。海岸線に『魔神の巣』はないという報告だから、暴れている魔物を倒せば町は危機を脱することができる。それと同時に『悪魔の巣』を破壊して回ればいい」

「それが良さそうですね」

ナディは彼の意見に賛同した。

「では、誰が巣の破壊を？」

「僕が巣の破壊を受け持とう。聖剣の力がある方が効率的だろうし、何より今の僕では町の周辺で攻防を繰り広げるのはまずい」

「まずい？」

　ユキトは聞き返したのだが、すぐにその答えを察した。

「周辺に被害が拡大する……かもしれないってことか」

「正解だ。聖剣の力を引き出せるようになってきているけれど、それが逆に加減をしにくくさせている。制御がきかなくなって万が一にも僕らの霊具によって負傷者を出してはいけないし、町を救うのはユキトの方が良いだろう」

「わかった……ナディ王女は——」

「町への事情説明に私は必要ですね？」

「そうだな……カイ、俺と共に帯同するメンバーは——」

　そこから手早く段取りが決まっていく。ユキトは元々組んでいたセシル、レオナ、タクマに加え治療者としてメイとシオリが同行することになった。そこへさらにナディを始めとしたシャディ王国の部隊がつく。リュシルやエルトはカイと帯同し、フィスデイル王国側の騎士達を中心に巣の破壊を行う——布陣としては、ベストだと考えられるものだった。

　ユキト達は港町をすぐに出て急ぎ目的地へ向かう。海岸沿いに馬を走らせ、順次町を助けていく手はずだ。

　案内役の騎士に先導してもらい、移動を始める。その時ナディが口を開いた。

「基本は街道に沿って進みますが、行く先々にある村や町などについても目を光らせないといけませんね」

「沿岸部の地理もわかるのか？」

地図の上だけでなく、その口ぶりは全てを理解しているように聞こえた。

「当然ですよ」

ナディは何でもないことのように応じる。それを聞き、彼女は本気で全てを守るために、ありとあらゆることに手を尽くしてきたのだとわかった。

「細かいところは自信がありませんが、街道に沿って動けばおおよそ当たっているはずです」

そんな風にナディと会話をしていると、ユキトはふと気になることがあった。最初、出会った時に言われた言葉。あれ以降、状況が許さなかったのでついぞ続きを聞くことはなかったし、ユキトも特に返答はしていないのだが、

「……ん？」

視線に気づいたか、ナディはユキトを見据え、

「何か気になることが？」

「ああ、えっと……話の本筋とは外れるから、いいかな」

「それは私があなたのことをシャディ王国へ誘った話ですか？」

先に言われてしまった。こうなればユキトとしては頷《うなず》くしかない。

「うん、まあ……」

「そうですね、その件について私なりに考えていることもありますから、戦いの中で話しましょうか」

戦いの中で――それがどういう意味合いなのか気になったが、ナディはすぐさま正面を向き、

「今はとにかく村や町を救うために急ぎましょう！」

気合いの入った号令の下、ユキトは手綱を強く握りしめた。

＊　＊　＊

いよいよ始まる第二ラウンド――来訪者や王女の動向を観察しながら、ザインは小さくため息をついた。

「負け戦だなあ……」

別に邪竜から制裁を食らってしまうという不安はない。全部ゴーザの責任にすればいいだけの話だ。実際、指示はすれど進言をほとんど耳に入れない以上、ザインとしてはゴーザに対する興味は薄れてしまった。

「それに、おおよそ奴から学べるものも盗み見たからな……で、俺はまさしく負けが確定している戦いに挑むわけだが」

ゴーザに時間稼ぎをしろと要求され、現在ザインは沿岸部にある防風林の中にいた。一際厚みのある場所を見つけ、そこを手頃な潜伏場所としてザインは利用していた。

任務は海岸線の防衛。魔物の指揮も全て任せると言われたが、何のことはない。捨て石にされただけの話であった。

「魔物の数だけは多いが、さすがに聖剣使いどころか他のお仲間の首を狙うのも無理だな」

以前交戦した来訪者の一人、ユキトの姿を思い起こす。あの時と比べ格段に強くなっているはず。ザインもリベンジするために研鑽《けんさん》を積んではいるが、彼の成長速度の方が圧倒的に速いのは間違いない。

「普通に戦えば負けるから、策を練る必要があるわけだが……沿岸部の戦力じゃあどう頑張っても無理だな。かといってここで逃げ帰れば奴らがさらに勢いづく。そのままゴーザがやられれば俺も成果ゼロで終わる。どうしたら――」

その時だった。後方から足音。幾度も聞いたことがある特徴的なもの。邪竜側の情報を伝達する者だ。

振り向くと白いローブ姿でフードを深く被《かぶ》り、真っ白い仮面をつける人間に近しい体格を持った者がいた。

『報告だ』

ずいぶんと高い声が響く。差し出された報告書をザインは無言で受け取ると、

「ゴーザはいいのか？」

『これからすぐに戻る』

「アイツからの報告か？」

どうせ何か小言の類《たぐ》いだろうと高をくくっていたのだが、予想外の返答が来る。

『あの御方からだ』

それは、邪竜のことだ。ザインは眉をひそめ、

「あん？　なぜシャディ王国担当者ではなく俺なんだ？」

『私に聞かれても知らん。指示を受け、私は貴様に渡しただけだ』

「これ、ゴーザは知ってんのか？」

『わからん。私はあの御方から直接指示を受け、こうして貴様に渡した』

つまり、ゴーザを介していない。嘘《うそ》は言っていないだろうと思いながらザインは報告書に目を通すと、

「……おい、何だ？　これは？」

ザインにとって、驚愕《きょうがく》する文言が並んでいた。

「ちょっと待て、何でこんなことを知っている？」

『文面は見ていないし、聞かれても私は答えられない。内容に驚愕《きょうがく》しているのならば、あの御方は全てを見通しているというだけの話だろう』

報告者は述べた直後、踵《きびす》を返した。

『仕事は終わりだ。私はゴーザのところへ戻る』

一方的に告げて相手は去った。しかしザインはそんなことも気に留めず、ただ渡された報告書を眺め続ける。

文面は、邪竜は全てを知っているなどという妄言を信用してしまうほどだった。しかしザインは頭の中で否定する。得た情報を頭の中でかみ砕き、どういう理屈なのかを推測し始める。時間にして数分程度。ザインは、

「……はっ、なるほど。そういうわけか」

一人、全てを理解し呟《つぶや》いた。

「事情がわかれば何のことはない……が、人間にとってはとんでもねえな。これはすぐにでも察知しなければ、終わるな」

ザインは言いながら渡された報告書を握りつぶす。

「この情報を基に作戦を組み立てるのは癪《しゃく》だが、まあ今回はいいだろう。情報の出所……そいつが何を企んでいるのか知らないが、乗っかってやるとするか」

手のひらで資料が燃え始める。魔法を用い、情報を受け取った事実そのものが完璧に抹消された。

「もし作戦が成功したならば……来訪者達は身動きがとれなくなるか、それとも奮い立つのか……どちらにせよ、一回限りの作戦になるな。ま、チャンスが一回増えたってだけよしとするか」

頭の中では先ほどまで悩み抜いていた作戦内容を思い描いていた。どう料理してやろうか――ザインの口の端には笑みが浮かんでいた。

＊　＊　＊

港町を出発した翌日からユキト達の戦いが始まり、それは順調に推移した。

「はああっ！」

霊具に魔力を乗せ、馬上から魔物を両断する。既に馬を走らせるのにも慣れ、武器の扱い方も十分に習熟した。さらに霊具を通して馬に語りかけることで、ある程度動きを操作することさえできるようになっていた。

（本当、霊具は万能だな……）

動物に指示し、動きを制御するなど、不可能と思われることも霊具の力で実現するのは驚きだったが、これが魔法の存在する世界なのだと、ユキトは自らを納得させる。

そして戦況は——下馬して交戦する必要のある敵もいないため、もっぱら騎乗したまま剣を振るっている。あっという間に魔物を駆逐《くちく》し、すぐさま別の場所へ向かおうとしていた。

「あ、ありがとうございます……！」

その時、近くにいた人が声を掛けてきた。近隣の村に暮らす人で、魔物に襲われ街道まで逃げてきたらしい。

ユキトはそれに微笑で応じると、馬を駆りナディの下へ合流する。

「次は？」

「ここからさらに東へ。周辺の敵は……巣も破壊したようです」

カイが率いる隊は現在周辺にいない。壊して回っている『悪魔の巣』は、街道沿いではなく、巧妙に隠されている。

そのため、カイ達は街道から外れた場所で交戦しており、状況の共有はリュシルの使い魔によってなされていた。巣については魔物は多いだろうが、強力な霊具を扱える仲間に加え、リュシルやエルトが帯同している。問題はないどころか負傷者すらもゼロで終わらせることだって可能なはずだった。

ユキト達は馬首を東へ向け、さらに進む。魔物は街道に点在し、時には十数体塊になって行動しているケースもあった。けれどその全てをユキト達は瞬く間に倒すことができた。この調子でいけば、予想していたよりもずっと早期に戦いが終わるのではないか、という予感すら抱くほどだった。

「ねえねえ、ナディ王女」

移動を続けていると、ナディの横にメイがやってきた。

「昼を過ぎたくらいだけど、この先って大きな町が一つあるくらいで他に拠点になりそうな場所ってなかったんじゃない？」

「地図を見て憶えたのですか？」

「うん」

明瞭な返答にナディはどこか嬉《うれ》しそうな顔をして、

「報告では、町の周辺に魔物の群れがいくつもあるらしいので、本日はそれらをたたき潰《つぶ》して終わりになるでしょう」

「なるほど……」

「あの、あなたも戦いが終わったらシャディ王国に来ませんか？」

ユキトに続き、メイにも王女は問い掛けた。するとメイは目を瞬かせ、

「私？」

「はい。有能な人材を集める……王女として当然です。特にあなた達来訪者は、この世界

ではまばゆいほどの力を所持している。勇者ユキトにも勧誘しましたが、いずれ今回加勢に来て頂いた方々に話をさせて頂くつもりです」

確固たる意思で語るナディ——そこには、混じりっけのない純粋さがあった。本心から、二人のことをスカウトしている。

「それは、国に仕えないか、ってことだよね？」

メイが聞き返すと、ナディは即座に首肯し、

「そう。最高待遇を約束しますよ」

「私達の力を見てそう言っているのはわかるんだけど……戦いが終わったら、私達は元の世界に帰るつもりだし——」

「そこです。私が指摘したいのは」

ナディはメイへ首を向け、言い返す。

「根本的な疑問なのですが、どうして帰るって明言しているのですか？」

「……え？」

「この世界に残るという選択肢だってあるのでは？」

ナディにそう言われ、メイは口をつぐんだ。ユキトもまた、そんな選択肢があるとは思ってもみなかった。

いや、それはおそらくこの世界の人間も同じ。なぜなら近くで聞いていたらしいセシル

も、驚きながらナディを見ていたからだ。

「それは……どうして？」

問うメイに対しナディは、

「あなた達は、邪竜を倒す。この世界の人達では成しえなかったことを、達成する……戦いがどういう推移を辿《たど》るかわかりませんが、そこだけは間違いない」

淡々と語るナディの言葉に、ユキト達は黙ることしかできない。

「そして戦いが終わった後……元の世界へ帰る。でもそれは、選択肢の一つでしかないでしょう。この世界で英雄となり、称《たた》えられるのであれば、ここに居続けることも選択に入るのでは？　元の世界へ帰らなければならないなんて、誰が決めたわけでもないはずです」

確かにナディの言う通りではあった。元の世界へ帰る——そういう願いを携えユキト達は戦っている。しかし同時に、そうしなくてもいいという選択肢が存在する。

帰らなければ元の世界でどうなるのか、という根本的な疑問はある。だがそういう懸念があるとしても、ナディが語るように候補の一つではあった。

「むしろ、この世界で英雄と呼ばれ、暮らしていくのは報酬と呼べるのでは？」

「……なるほど、確かに一理あるね」

そしてメイは乗っかった。そこでたまらずユキトは、

「おいおい、帰らないつもりか？」

「その判断は、これからじゃないかな？　だって私達はこの世界をほとんど知らない。迷宮の歴史とか、邪竜とか、霊具とか、少しずつわかり始めているけど、まだまだ知らないことが多いよね」

「ならば、この世界の魅力を語っていくところから、スタートですね」

納得するようにナディは言うと、

「ゴーザ将軍を倒した後、フィスデイル王国へ戻るより前に、たっぷりと歓待してあげましょう」

「そこまでするんだ」

「英雄を引き入れるのですよ？　当然では？」

にこやかに——戦場へ向け駆けている中で、これ以上にないくらいの笑顔を見せた。

ユキトはそれを見て、これこそ王族なのだとどこかで納得した。彼女の言葉には、欲しいものは手に入れるという傲慢《ごうまん》さが確かにある。ユキト達を引き留めるために——認めた存在であるために、喜ばせようとする。それがひいてはシャディ王国という国そのものを豊かにすると信じて。

苛烈《かれつ》な戦場の中にいても、そんな風に考えて戦い続ける。自分達にはない考えだとユキトが思っていた時、遠くから笛の音が聞こえてきた。

「ん……？」

「緊急招集の笛ですね。何か不測の事態が起きたようです」

既にナディの表情は引き締められていた。ユキトが再び戦闘に思考をシフトした時、町の全景が見えてきた。

そして笛の音が聞こえた理由も明瞭になる。城壁を備え、港も保有する大きめの町なのだが、その城壁を囲うようにして魔物の群れが襲いかかっていた。慌てて門を閉じようとする兵士達の姿と、町へ侵入しようと動く魔物の姿が見える。城壁の外で迎撃している騎士達はどうにか耐えているが、魔物の数は多く突破されるのは時間の問題だった。

「少し――急ぎます！」

ナディが声を発すると同時、全員の馬の速度が上がった。その間にも騎士達は奮戦し、どうにか押しとどめているが、やがて耐えきれず魔物に弾き飛ばされる騎士の姿をユキトは目に捉えた。

そしてトドメを刺そうとする魔物――そこへユキトが馬を飛ばし、攻撃が届くよりも先に、接近して馬上から一閃《いっせん》した。

それにより魔物はあっさりと滅び去る。騎士が尻餅をつきながら放心状態になっているのを見て、ユキトは声をかけた。

「大丈夫ですか？」

「あ……ああ」

返事と共に騎士はどうにか立ち上がる。同時にナディを中心とした騎士達の攻撃が始まり、魔物が倒されていく。

しかし、状況は悪い。どうやら魔物達は町へつながる三つの城門へ同時攻撃を仕掛けているらしい。そこでユキトはナディへ、

「どうする!?」

「あなたは先に！」

騎士数人がユキトへ追随するべく近寄ってくる。さらにレオナもついてきたため、ユキトは頷《うなず》き先へ進むことにした。

それと同時に魔物の動き方が変わった。どうやら魔力に反応して攻撃を仕掛けるタイプらしく、矛先を進撃するユキト達へ向けた。

好都合——そんな心の声がユキトの胸の中に響く。交戦を始めると、霊具の力を存分に振るい敵を撃破していく。そのペースは以前と比べものにならない。自分は確実に成長している——確信させるだけの結果が目の前にあった。

(けれど、これでも足りない……)

しかしユキトはそんな風に考える。今までは霊具の力を引き出し強くなれた。けれど、世界を救うためには——まだまだ必要なものは多い。

ユキトはふと、カイの戦いぶりを思い返す。圧倒的な力。それに追いつくことは厳しいかもしれないが、側近と呼ばれるに値するだけの力を身につけなければ――

「ユキト！」

ふいにセシルの声がした。見れば、少し急ぎすぎていたようで孤立する寸前だった。即座に馬を止めると周辺にいた魔物を切り払う。そこにセシルが到着し、

「大丈夫？」

「ああ、平気だ……ごめん、意識を集中させすぎた」

答えながら、周辺を確認。短い戦闘時間で　多くの魔物を撃破していた。後方ではナディ達が戦っており、三つの城門の内、二ヶ所は対処できたと言っていい状況だった。

「ここをお願いします」

ユキトは態勢を立て直しつつある町の騎士達にこの場を任せ、残る一ヶ所へ向け馬を走らせた。この場所に魔物はまだ残っているが、敵の動きも鈍《にぶ》くなり町にいる騎士達で対処できるだろうという判断だった。

少しして三ヶ所目の城門前で交戦が始まる。とはいえ数は決して多くなかったため、ユキト達が霊具の力を存分に振るうことで瞬く間に敵の数が減っていく。

ユキトの剣戟《けんげき》が魔物を両断し、レオナの炎が多数の魔物を焼いていく。傍《そば》にいるセシルや他の騎士達も最善を尽くし――人々に希望をもたらす力を、まざまざと見せつけた。

そして大勢が決した時のことだった。ユキトは魔物が自分達に対し大きく距離をとったのを察知する。

「単純に町を狙ったわけじゃないな……誰かの指揮下に置かれている」

「問題は、それが誰なのか、ね」

ユキトの言葉にセシルは応じ、辺りに目を凝らした。もしそれがゴーザであれば、倒せるチャンスかもしれない。

「ナディ王女によると、俺達が救援に来るまで、ゴーザ以外の信奉者は発見できなかった。だからもし、ここでの攻撃で魔物を率いている信奉者がいるとしたら……」

「ゴーザ本人か、それとも確認されていなかった人類の裏切者か」

「あるいは、もう一つ」

ユキトの言葉にセシルは眉をひそめ、

「もう一つ？」

「ああ……他の場所にいた信奉者が援護に来ている」

魔物の咆哮《ほうこう》が聞こえた。それと同時にナディの傍《そば》にいた騎士の一人がやってくる。

「町の北門に魔物が接近しています」

「わかりました」

ユキト達は即座にそちらへ向かう。北門へ来ると、そこには少しずつ近づいてくる魔物の軍勢が見えた。

「数が多いな……」

「第一陣で城門付近を崩し、第二陣で完全に押しつぶすという作戦だったのでは？」

ナディが近寄ってきて一言。ユキトが見ると、不敵な笑みを浮かべる彼女がいた。

「騎馬隊の機動力を生かして、一気に決着をつけましょうか」

そして彼女が指示を下そうとした時だった。

「――待て」

ユキトが声を発した。低く小さな声だったが、すぐさまナディは動きを止めた。

「どうしましたか？」

「……突撃をするのは、駄目だ」

視界に捉えた。魔物の軍勢――その奥に、人影がいることを。

「ユキト、あれは……」

「ああ。ナディ王女、このまま留《とど》まって戦うことはできるか？」

「構いませんが……あれは、人？」

「信奉者だ」

ユキトは鋭い視線を向ける。その先にいたのは、見覚えのある存在だった。

「――よお！　元気だったか！」

まるで友との再会のような声を放つ信奉者は、魔物を率い今度こそユキト達を始末しようという烈気をみなぎらせていた。

「……ザイン」

ユキトは自らの予想が当たったことを理解し、また同時に自らの思考が今まで以上に鋭くなるのを感じた。それは間違いなく、本能により体が反応した結果だった。

ザインは一定の距離を置いて魔物と共に立ち止まり、ユキト達と対峙《たいじ》する。

「さすがに、油断はしてくれないか」

「当たり前だろ」

ユキトは一言返し前に出た。既に下馬して近くにいた騎士へ馬を預け、霊具を握りしめ戦闘態勢に入った。

「ナディ王女、アイツは俺が倒す」

「ずいぶんと燃えていますが……因縁の相手ですか？」

ナディの質問に、ユキトは身の内が熱くなるのを自覚する。だが同時に、頭の中が冷え思考が鋭敏になっていることもわかる。

「そうだな。何をしてくるかわからない相手だ。ナディ王女が相手にするのは危険すぎる」

「……わかりました」

ナディは即座に指示を飛ばす。騎士達が布陣を敷いても、ザインはその様子をただ眺めるだけ。

突っ込んできたら相応の攻撃を仕掛けるつもりだったユキトだが、相手はそこまで読んでいるのか動かなかった。

「こんな場所に来るってことは、フィスデイル王国侵攻はあきらめたのか？」

「まさか。物事には順序ってもんがある。お前達がシャディ王国へ来てしまった以上、こちらもそれなりに動く必要があったってだけの話だ」

ザインは右手を翻《ひるがえ》す。そこに大ぶりの短剣が握られていた。

「この距離からでもわかるぜ。どうやら相当強くなっている――が、それだけで俺を倒せるとは思うなよ？」

「……確かに、危険な相手のようですね」

会話の間に、ナディはどこか納得したように呟《つぶや》いた。

「勇者ユキト、武運を祈ります」

「ありがとう。セシル、援護を頼む」

「わかったわ」

「レオナとタクマはナディ王女の援護を。奴の周囲にいる魔物を倒して孤立させれば、あるいは——」

「そんなに甘くねえことを、教えてやるぜ！」

ザインが絶叫と共に短剣をヒュン、と振ると魔物達が突撃を開始した。獅子《しし》のような形をした魔物、スケルトン、鎧《よろい》をまとった騎士——様々な魔物がユキト達へ押し寄せてくる。

それに対しユキトは真っ直ぐ駆けた。ただザインだけを見据え、他の魔物へは目もくれず突き進む。一方でザインは短剣を持たない左手を振って魔物達へ指示を出した。

ユキトは即座に応じた。正面から迫る魔物に対し剣を一閃《いっせん》。相手が攻撃を仕掛けるよりも先に、斬撃をたたき込み吹き飛ばす。

次いで騎士の姿をした魔物が横から迫るが、動きを見極め応戦。相手が得物の剣を振り下ろす前に剣戟《けんげき》を決め、こちらも消滅。続けざまに、ザインへの進路を塞《ふさ》ぐ魔物に対し、ユキトは間合いを詰めて瞬殺する。

剣の振り方、足運び、魔物の気配察知能力——その全てが以前ザインと相まみえた時よりも遙《はる》かにレベルが上がっていた。それがわかったのかザインは、

「もう足止めにすらなんねえな」

感想を述べた。直後、ユキトは両足に力を入れ、走った。跳躍と呼べるほどの勢いで、瞬く間にザインへ肉薄する。

「はっ！」

だがザインは即応し、ユキトが放った斬撃を短剣で弾き返した。

「想像以上の成長だ！　やっぱあの時に始末しておけば良かったか！」

ザインの咆哮《ほうこう》を聞きながらユキトは追撃を仕掛ける。渾身《こんしん》の魔力を込めた剣戟であり、短剣で防がれても強引に押し込む──そういう意図だった。

しかしザインはそれを受けた直後、踏ん張ることなく吹き飛ばされた。その体が地面を離れ──十メートルほど飛んでいったところで、ザインは体勢を崩さず着地する。

「力ではもう無理だな。かといって、技で勝負なんてもってのほかだ」

「ここで決着をつける」

「つれねえなあ。因縁の相手として、長く楽しもうって気はないのか？」

「お前を野放しにはしておけない。ここで終わらせる」

強い言葉に、ザインは笑みを浮かべる。次いでユキトではなくその奥へ視線を移し、

「あれが王女か……来訪者は無理でも、王女様を始末できれば万々歳なんだが、それもまた厳しそうだな」

ザインが身じろぎした。それにユキトの体はピクリと反応──わずかな筋肉の動きも見逃さない。それがわかっているのか相手は笑みを浮かべ、

「はっ……ちょっとでもおかしな真似《まね》をすれば斬りかかるってわけか。で、こっちは前と

状況が同じ」

ナディを含めた騎士達と魔物が交戦を始める。レオナやタクマがいることもあり、戦いはユキト達が優勢だった。

「そっちは前と同じく時間を稼げばいい――」

「そのつもりはない」

「ほう?」

「戦いの推移なんて関係なく、ここで倒す」

「やる気だねえ……ま、そっちからしたら何をしでかすかわからん存在だからな。当然か」

――ユキトとしても、これだけ執着することは驚きだったが、そうさせるだけの気配を滲《にじ》ませていた。

(コイツは……野放しにできない)

そう感じたのは、決して不気味な雰囲気を醸し出しているせいだけではない――第六感とも言うべきものであったが、ユキトは強い危機感を抱いていた。

セシルがユキトの横へ来る。前と同じく二対一の戦い。大きな違いは、ユキトの技量が大幅にレベルアップしていること。一方でザインの動きに変化はほとんどない。まだ本気を出していないのは間違いないはずだが、それでもセシルとなら押し切れるという予感があった。

しかし、ここで――ザインは予想外の行動に出る。

「ま、仕方がねえ……本当なら、いざという時のとっておきだったんだが、少しは気張らないといけないなあ」

ザインが魔力を噴出する。前回と同じかと思ったが、それだけではなかった。

突然、ザインの影が伸びる。かと思ったらそれが形を成し、やがて人の姿をとった。

「つい最近、体得した技だ。たっぷり楽しんでいけ」

その漆黒は、ザインの姿を象《かたど》っていた――短剣に至るまで再現されたものであり、分身のように自分自身を作成する魔法だった。

「これで数的有利は崩れた……それじゃあ改めて始めようか！」

ザインは魔力をさらに膨らませ、突撃する。ユキトは即座に応戦。凄《すさ》まじい速度で放たれた短剣を、真正面から受け止める。

戦場に金属音がこだました。ユキトはザインの醜悪な笑みを見据えながら、静かに魔力を高め、それを解放する。

双方の魔力がぶつかり、弾け、やがて衝撃波を伴い相殺された。ユキトとザインは反動で距離を置いたが、両者ともすかさず攻撃しようとする。

だが、それよりも先にザインの影がユキトの横から接近し――

「はっ！」

動きを捉え、セシルが影の剣を受け止めた。

「セシル！」

「影は私が抑える！」

ユキトは彼女を信じ、ザインへ特攻を仕掛ける。それに相手は、

「いいねえ！　そのむき出しの敵意！」

迫るユキトにそんな言葉を投げながら、渾身《こんしん》の斬撃を短剣で受けた。

「やっぱ戦うなら、正義だの何だの御託を並べられるより、はっきりと殺意を向けられた方が面白え！」

「悪いが、お前の軽口に付き合っている暇はない！」

切り返す。ユキトはさらに魔力を高め、ザインの力を真正面から打ち崩そうとする。

その戦法は、この一騎打ちにおいてもっとも効果的だった――ユキトはこの時点でザインが持つ魔力の多寡《たか》を察している。幾度となく戦い、鍛錬を続けたことにより、対峙《たいじ》する相手の魔力を奥深くまで見通すことができるようになった。無論、ユキトが観測できる範囲にも限界があるので、隠蔽《いんぺい》能力の高い敵であるなら判断が難しくなる。よって過信はできない。

だが、一度戦った経験のあるザイン相手ならば、その力を捕捉できた――結果、ユキト

は魔力の器についてほぼ把握した。短剣の技量などもあるため全能力を看破したわけではない。しかし、自身の魔力量よりもザインの力は下。であれば、成長したユキトの力で押し込めば――そういう目論見《もくろみ》だったが、

「さすがだな」

ザインは霊具の剣戟《けんげき》をいなし、距離を置く。即座にユキトは追撃を仕掛けたが、魔物が進路を阻《はば》んだ。今のユキトであれば瞬殺できる敵だったが、そのわずかな時間足を止めたことにより、ザインは間合いから大きく外れた。

「俺の力まで完璧にわかっている……いやいや、すげえな。こっちは奥の手まで出してこれだからな。やってられるかって話だ」

悪態をつきながらもザインの目は獰猛《どうもう》なまま。むしろ仕掛けてくるユキトの首にどうやって短剣を突き立てるか。そのことだけをひたすら考えているように見受けられた。

双方が一時立ち止まる。しかしユキト達が向かい合う間に、周囲の状況は刻一刻と変化していく。魔物の数は多かったが、タクマやレオナが騎士と連携してどんどん数を減らしていく。

ザインにしてみれば時間が経過するごとに劣勢になるのは間違いない。ユキトを倒そうと躍起になっているが、現状のまま戦い続ければ退路を塞《ふさ》ぐこともできる――

「何を考えているかわかるぜ」

ユキトが戦法を頭の中でまとめ始めた時、ザインは告げる。

「一気に仕留めるか、消耗戦に持ち込むか。お前はどちらでもいい……さて、俺からしてみれば心底厄介なシチュエーションだ。やれやれ、こんな場所まで来てやりたくもない役目を背負った結果がこれだ」

「……お前は、ここに俺達がいることがわかった上で来ているだろ」

ユキトは相手を見据えながら語る。

「ならお前は、自分の意思でここにいる」

「……確かに、聖剣使いと町を救っている霊具使いとでどちらが与《くみ》しやすいかは考えたがなあ」

肩をすくめるザイン。ユキトとしては攻撃できたはずだが、それをさせないだけの迫力と気配を発し始めた。まるで、来いとばかりに視線でユキトを挑発している。

それはハッタリかもしれない。再び全力で仕掛ければ倒せるかもしれない。だが、ユキトは目を細め注視する。何か、隠し持っている——そう思わせるだけの何かが、ザインにはあった。

「さて、大勢は決したな」

おもむろにザインが発言した。魔物は多くが駆逐《くちく》され、彼の周辺にはほとんど残っていない。あと少しでタクマやレオナが魔物を倒しユキトの援護に回るはず。

セシルはいまだ影と戦闘中だが、分身はザインの魔力までは完璧に再現できないらしく、切り結んではいるが彼女が押しているような戦況。ユキトは問題ないと判断した。ならば、残るはザインだけ。ユキトは呼吸を整え、意を決して攻め立てようとした。

その時、

「さあて、そろそろ退散とするか」

「逃がすと思うか？」

ユキトは切っ先をザインへ向ける。だが、

「そちらの戦力はおおよそ分析できた……お前だってここが決着の場だとは思っていないだろ？」

ユキトが走る。ザインはなおも笑みを浮かべたまま、

「次だ——こっちも腸《はらわた》が煮えくり返っているさ。次で、本当に終わらせてやるぜ」

刹那、ユキトの真正面の地面が——隆起した。思わぬ状況に立ち止まると、何が起こったか瞬時に理解する。

魔物——土の中に潜伏していたのか、蛇のような巨大な魔物が出現し、ザインを頭に乗せていた。

「じゃあな！」

そして邪悪な笑みを浮かべたまま、ザインは跳躍する。魔力を足に溜《た》めたのか、それは

恐ろしいほどの距離を稼ぐ。

「くっ……！」

ユキトは追うべく足に力を入れたが、状況がそれを許さなかった。ザインの足下から出現した個体だけではない。別所にも——合計二体、蛇の魔物が出現した。

そちらに気をとられた瞬間、ザインの姿がなくなる。ユキトは舌打ちしながら、すぐに思考を戦場へ向けた。

（落ち着け……！　ここで選択を誤れば、被害が出る……！）

まずは手近にいる蛇の魔物と対峙《たいじ》する。巨大ではあったが、即座に魔力を込め、その胴体へ一閃《いっせん》した。

巨大な魔物との戦いについても訓練していた。胴を薙《な》ぐと蛇は咆哮《ほうこう》を上げ、大きく体をくねらせる。

「タクマ！　レオナ！」

ユキトが叫ぶと同時、二人は即座に動いた。先んじてタクマは自身が握る剣を振る。すると冷気が発せられ、蛇の胴体下半分を凍らせ拘束した。

さらにレオナの炎が蛇の上半身にまとわりついたかと思うと、その身を焦がし始める。

炎と氷——対極に位置する二つの攻撃を受けた蛇は完全に動きを止め、甲高《かんだか》い悲鳴を上げる。

そしてユキトは渾身《こんしん》の剣戟《けんげき》——魔力の刃を見舞った。いつも放つ三日月よりも、ずっと大きい光の斬撃が、ユキトのすくい上げるような軌道を描く剣先から放たれた。それは恐ろしい速度で蛇の頭部へ向かい——両断することに成功した。

カイのように光の剣を作り出すことはできないが、巨大な魔物を相手にしても戦うことができる——ユキトは鍛錬の成果が表れたことで確かな手応えを感じた。

魔物が崩れ落ちて滅び始めた時、ユキトは二体目をと視線を彷徨《さまよ》わせる。残る一体はユキト達に目もくれず町へ向かっていた。それをナディを含めた騎士達が足止めをするべく攻撃している状況。先ほど倒した蛇の魔物と指揮系統が違う。どうやらあちらは、町を狙うことを優先としている。

この戦況で、ユキトは感じることがあった。砦《とりで》の戦い、最後の最後で後方の部隊を狙い撃ちした。それを踏まえると、

(あの奇襲はザインの仕業だったということか……ナディ王女はゴーザとやり方が違うと語っていたし、間違いない。前線に立つ俺達ではなく別のものを狙っている。今回は、騎士や町の人間を——)

「ナディ王女！」

援護するべく急行する。その時、ナディの放つ旋風が蛇の顔面を直撃し、動きを縫い止めていた。

　だが攻撃に対し蛇の魔物は体勢を立て直し——攻撃したナディへ向け、口を開ける。即座に周囲にいた騎士が彼女を守るべく盾となり、

（間に合うか⁉）

　ユキトは魔力を高め、全力で剣を振った。魔力の刃が切っ先から放たれ、それは大気を駆け抜け——今にも騎士を飲み込もうとしていた蛇の頭部に、直撃した。

　これにより蛇は動きを止める。そこへタクマの氷がその胴体を拘束。次いでレオナの炎が蛇の体を焼いた。

　ナディ達は退避し、そこからは一体目と同じだった。ユキトは再度魔力の刃を放ち、その頭部を両断することに成功。危機的状況を脱することに成功した。

「倒した、けど……」

　一方、ザインを取り逃がした。ユキトは苦い表情を見せつつも、被害を最小限に抑えたことは良かったと感じた。

「ユキト」

　セシルが近寄ってくる。影と戦っていた彼女だが、怪我《けが》はなさそうだった。

「大丈夫か？」

「問題ないわ。影はザインの姿が見えなくなると同時に消えた」

「そうか……ヤツ自身が言っていた。戦力を分析できたと……次の戦いで、最大限の警戒

をしなくちゃいけないな」

　息をつき、ユキトはセシルへ向き直る。

「カイと合流したら報告もしないと」

「そうね。ではナディ王女と――」

「勇者ユキト、ありがとうございました」

　そこにナディが近寄ってきた。

「あのままでは騎士が飲まれていたでしょう」

「無事で良かった……ともあれ、ゴーザとは異なる信奉者を見つけたな」

「はい。あの信奉者についてわかっていることはありますか？」

「アイツ……ザインは、フィスデイル王国へ攻撃をしていた信奉者だ」

「それが今この国に……フィスデイル王国の援軍が来たから、でしょうか？」

「おそらくは。フィスデイル王国へ仕掛けることは現状難しいと判断して、ザインをシャディ王国へ侵攻する信奉者の援護に回したんだ。そして次の戦い……おそらくゴーザとの決戦で、再び顔を合わせることになると思う」

「そうですね……遠目で見た限り力については不明瞭なところがありますが……あれは下手するとゴーザ将軍より厄介な相手かもしれません」

　と、ナディは蛇の魔物によって隆起した地面を見やる。

「いつ仕込んだのかわかりませんが、逃げるためにこれほどの準備をする相手です。謀略を巡らせる能力だって、将軍より上かもしれませんね」

「本当に、厄介だな……ともあれ撤退したし、当面攻めてはこないと思う。その間に急いで、沿岸部の町を解放しよう」

「そうですね」

ナディは頷《うなず》き、配下の騎士達へ号令を掛けた。それと共にユキトは剣を鞘《さや》に収める。

「ザイン……」

ユキトの頭には、先の言葉が思い出される。次で、本当に終わらせる。

「そうだな……次で決着をつけないと」

激戦になることが予想でき、ユキトは改めて気合いを入れ直す。

絶対に、勝たなければ——そんな感情を胸に、ユキトはナディの後に続き、町へと向かった。


ユキト達が町へ入った後、夕刻前にカイ達がやってきた。負傷者はゼロであり、この調子でいけば沿岸部の解放は予想よりも早く終わるだろうとのことだった。

「けれど、懸念が生まれた……巨人を生み出したザインの存在か……」

夕日が沈み始める時間帯、ユキトとカイ、それにセシルの三人は相談を始める。詰め所の前であり、今日はここと複数の宿で騎士や仲間達が休む手はずになっている。

「俺達との戦いで、戦力を分析していたと語っていた」

ユキトはそう言ってカイの方へ視線を向ける。

「こっちの能力に合わせて、作戦を立てるってことだろうな」

「おそらくゴーザと戦う際、一緒に相手をしなければならないな」

「正直、ザインと戦った俺からしたら、誰かと協力する姿は想像できないけど――」

「共闘、ということかもしれません」

横から割って入るように、エルトがユキト達へ話しかけてきた。

「邪竜からの指示で、手を組んで戦えと……とはいえ、信奉者同士に仲間意識などはないでしょう」

「だとすると、互いが互いを利用して好き勝手に……？」

「おそらくは」

エルトの言葉にユキトは確かにと納得する。そうであれば、ザインが嬉々《きき》として動いているのも理解できる。

「そこが、厄介さを助長しているね」

と、カイは腕を組み考え込む。

「ゴーザという信奉者は、ナディ王女もいるから行動を読める可能性がある。けれどザインは、二度戦ったわけだが……何もつかめていない」

「ここまでの戦いぶりから見てわかるのは、どうあっても俺達の意表を突こうとすることくらいだ」

「最悪の想定をしても、それを上回る可能性があるな……」

カイの顔が厳しくなる。彼がどこまで懸念しているのかユキトは想像すらできないが、

「カイにとって、最悪のケースというのは何だ？」

「……状況にもよるから、一概には言えないけれど、何より防ぎたいのは犠牲者が多数生じることだ」

ユキトもそれには同意する。犠牲者が出る――騎士団の面々もそうだし、仲間についても犠牲者など出してはならないと思う。

「ザインは二度僕らと戦った。そしてユキトと切り結んで、その成長性については察したわけだ。真正面から戦っても勝てない……そう考えたのであれば、十中八九搦《から》め手をとってくる」

「巨人を生み出したように、だろ？」

「そうだ。けれど、ああいう存在を作るのであれば、まだいい。事前に察知できるよう手はずを整えることができる。最大の問題は、罠《わな》を仕掛けられこちらが逃げられない状況になることだ」

カイは語りながらなおも顔が険しい。ザインと戦うリスクを、最大限に考慮している様子だった。

「そうならないように……いや、そうなっても対応できる準備を……」

「できるのか？」

「やってみせる」

強い言葉だった。それにユキトは頷《うなず》き、

「そこまで言うなら……俺にできることはあるか？」

「今は大丈夫だ。もし問題があれば報告するよ。僕はひとまず町の状況を確認する。ユキトは休んでくれ」

それで話は終了し、カイは立ち去る。その後ろ姿を見ながらユキトは一言。

「……大丈夫かな」

「戦場で張り詰めている様子ですが、問題にはならないと思います」

発言したのは、エルトだった。

「巣の破壊に帯同していますが、戦いぶりは変わりませんし、冷静に物事を判断しています」

「そう、か……」

「ザインという存在により戦いがどう動くのか不安になるのはわかりますが、それで萎《い》縮《しゅく》するのもまずいですしね」

確かに、と内心で同意はしたが、ユキトは心の中にある疑念を振り払えなかった。

ザインは間違いなく今回以上の——ひいては巨人を生み出した以上の何かを仕込んでくる可能性が高い。

(戦力を分析して……その上で、アイツは何をしてくる……？)

「——こういう時こそ、私達の出番だよ」

と、ふいにメイが声を掛けてきた。会話を聞いていたのか彼女は笑みを浮かべ、

「カイも言っていたでしょ？　何かあったら頼らせてもらうって」

「……そうだな」

カイだって手の届かない部分がある。それを補うのは仲間の役目。

「今はとりあえず……脅威は去ったわけだし、明日に備えて休もうか。以降の予定については——」

「残っている巣は少なくなりました。このままさらに東へ進み、発見できている巣を壊せば終わりとなります」

エルトはユキトに説明すると、

「その後は一度都へ戻るでしょう」

「敵の居所がわかれば、本拠へ向かう。そうでなければ……」

「見つかっていれば、おそらく『魔神の巣』へ攻撃を仕掛けるべく準備を始めるでしょう。もっとも、巣が壊せてもゴーザという信奉者を打倒するまでは滞在することになるかもしれませんが……」

エルトは一度周囲を見回す。

「とはいえ、この国へ入り恐ろしいほど短期間で成果を上げています。フィスデイル王国にとっても、シャディ王国にとっても非常に良い結果でしょう」

「そう、だな」

頷《うなず》きはしたが、敵も黙っているとは思えない。事を有利に進めているのは確かだが、後に激戦を迎えるのは間違いないので気を引き締めなくてはいけない。

(世界を蹂躙《じゅうりん》しようとしていた敵だ。これで終わるとは思えない)

「勝って兜《かぶと》の緒を締めよ、って雰囲気かな？」

メイが指摘する。ユキトは即座に首肯し、

「そうだな、目先の勝利に酔ってはいけない。もし大宴会をやるなら、巣を潰《つぶ》して信奉者を倒してからだ」

「そうだね……さて、私も準備しないと」

「準備？」

「後方役として色々やることが増えたって話。心配はいらないよ。前線で戦っているユキト達と比べたら、大した仕事じゃないし」

笑いかけた後、彼女は立ち去った。残されたユキトは一度息をつき、

「俺は……とりあえず休むか」

「今日は激戦だったし、ゆっくり休んで」

セシルが言う。その目にはユキトを労《ねぎら》う色がはっきりと見て取れた。

「ザインという信奉者との戦い……神経をすり減らしたはずよ。ああいう強敵との戦いは、自覚している以上に疲労が生まれているものだから」

「そういうセシルだって、疲れているんじゃないか？」

「私は……あくまで影を相手にしていただけだから」

返答するセシルに対し、ユキトはじっと目を向ける。

「本当か？」

「……ユキト？」

「セシルは立場が違うし、騎士としての役割があるだろ。でも俺達にとっては大切な仲間だ。心配するのは当然だろ？」

ユキトの言葉に彼女はキョトンとなる。その場に残っていたエルトもセシルを見据えて言った。

「騎士セシル、あなたも休むべきです」

「しかし……」

「戦士ユキトの言う通りです。特にあなたの霊具は周囲の状況を探りながら行使するもの。強敵との戦闘では戦場全体に気を遣っているはず。そうした行為は間違いなく大きな負担になっている」

その言葉に、セシルも小さく頷《うなず》き同意する。

「わかりました……先に休みます」

「はい。戦士ユキト、状況は少しずつ改善していますが、油断はできない。明日もよろしくお願いします」

「はい」

返事をし、ユキトは詰め所へ入る。そしてあてがわれた部屋の中で、一人大きく息を吐いた。

「確実に勝利に近づいている……でも、この不安感は……」

敵の奇襲を二度も退けたのは事実。しかし、ユキトは薄氷の上を歩くような感覚に捕らわれた。今日の戦いも一歩間違えたら騎士だけでなく、王女や仲間が犠牲になっていたかもしれない。

カイはそれを踏まえ作戦を立てたはずだった。けれど、次の戦いも同じように乗り切れるのか。

「とはいえ、俺は自分にできること……全力を尽くす。それしかないか」

ユキトはそう呟《つぶや》き、祖父の言葉を思い出す。全身全霊を――幾度も胸に刻みながら、体を休めるべく準備を始めた。

＊　＊　＊

来訪者達と遭遇後、ザインはシャディ王国の沿岸部から離脱し、ゴーザのいる場所へ帰ってきた。

「今頃海岸線は壊滅状態だな。だが、それで良かったんだろ？」

『ああ……それでいい』

ゴーザの声だったが、それは空間内にこだました。

ザインの立っている場所は、魔法による小さな明かりが照らす範囲以外、暗闇で覆われほとんど何も見えない。虚空に一人佇《たたず》んでいるような状況だが、その中で真正面に、途轍《とてつ》もなく濃い気配を漂わせる存在があった。

それはゴーザに他ならないのだが、姿は見えない。いや、それは目に見えないというのではなく――

「そっちの策は成就した、ってことでいいんだな？」

『そうだ。今まさに、私はこの国を滅ぼす存在となった』

「敵も異変を遠からず察知し、居所をつかむだろ。相手が準備をする間に、魔物を集めるか？」

『そうだな』

「乾坤一擲《けんこんいってき》の決戦ってわけだ」

『賭けではない。これは勝利の決まった戦いだ』

（ずいぶんな自信だな。力を得て、自意識も肥大しているのか）

ザインは正確にゴーザの心情を把握する。

「ただ、問題が一つあるだろ。お前動けないいんじゃないか？」

『時間を掛ければそれも解消される……そもそも敵としては事態を把握したならば、どのような形であってもこの私の下に来るだろう』

「それを迎え撃つって寸法か……なら、こっちもそれに乗じて好きにやらせてもらうとするか」

『攻撃を仕掛け手痛い反撃を食らったと聞いたが？』

「別に怪我《けが》しちゃいねえよ。ま、敵の戦力は改めて確認しないといけなかったからな。ただまあ、さすがに聖剣使いに挑んでも勝てないから、俺はあくまで別の人間を狙う。お前のやり方に合わせて動くさ」

そう告げた後、ザインは虚空を見据え、

「肝心の聖剣使いは、そっちに任せるぜ」

『いいだろう』

最大の獲物をザインが提示したため、ゴーザは満足という様子だった。

『この力ならば聖剣もどうということはない』

「かもしれないな。さて、俺は準備を進めてくる……が、その前に一つ確認だ。例の件はどうなった？」

『既に契約は解消した。今の私にアイツはもう必要ない。この力を用いてあの御方と連絡がとれる』

「わかった。なら後は好きにさせてもらう。上手くいくことを祈っているぜ」

ザインはゴーザの声に背を向け歩き出した。静寂に包まれた空間を、カツカツという靴音を響かせながら進んでいく。

「さて、と……」

ザインは頭の中を整理する。特に重要なのは、先日もらった資料の情報。

（あれをゴーザが知らない……俺だけに知らせたっていうのは、ゴーザに渡しても意味がない、あるいは利用できないと判断した）

それに加え――来訪者に関する情報であったため、戦闘経験の豊富なザインへ知らせた可能性もあった。

(だが、それだけでは理由にならない。ゴーザと情報を共有すれば、聖剣使いを欺《あざむ》く策を考えつくだろう。何せゴーザはシャディ王国のことをつぶさに知っている。罠《わな》を仕掛けるための場所の選定だってできたはずだ。しかし、そうはしなかった)

ザイン自身、例の資料の内容をゴーザに伝える気はなかった。それは下手に言えばゴーザが余計なことをしでかすかもしれないという予感もあったためだが、主たる理由は別にあった。

(資料を作った奴は、何もかも把握している。俺だけに資料を渡せば俺だけがそれを利用する。そう動くだろうと確信している)

ザインにしてみれば、気に食わない部分もあった。これを利用し、望む結果を出せ——命令されているようにも感じられる。

「邪竜からの資料ってことは、邪竜は当然承知している……いや、既に顔を合わせていてもおかしくはない」

情報レベルから考えて、来訪者達の近しいところにいる——それを踏まえればどういう存在なのかおおよそわかるが、ザインは首を小さく振った。

「推理は後にするか……」

と、ふいに立ち止まる。暗闇の中に、以前沿岸部で連絡を寄越《よこ》してきた存在が立っていた。

「よお、調子はどうだ？」

『……貴様が、これをやったのか？』

「契約解消のことか？　ああ、そうだ。ゴーザがああなった以上、必要ないだろと言ったらあっさり認めただけだ。無論、俺が進言したのは理由がある。その能力を見込んで、やってもらいたいことがあるんでな」

『何だ？』

「俺は俺で今回の戦いに勝つため色々仕込んでいる最中なんだが、戦力が圧倒的に足りない。そこで、だ。あんたの力を借りたい」

『ゴーザの協力があれば可能ではないのか？』

「あいつは協力しろなんて持ちかけても頷《うなず》かないし、策の肝《きも》……そこはヤツの力じゃなく、本物の悪魔の力……それを活用したい」

相手――悪魔は無言となった。とはいえ拒否するという様子はなく、

『……何をする？』

「引き受けてくれるのか？」

『そちらには借りがある。面倒な仕事から解放してもらったという、な。その分は働こうというだけの話だ』

「ああ、それで構わないぜ」

『だが、いいのか？　我らは貴様らと比べて魔力量は大きいが――』

「わかっているさ」

　と、ザインは肩をすくめた。

「これは俺の推測なんだが、邪竜サマは最初、お前らを利用して大陸を制圧しようとしていたんじゃないか？　所持する魔力も、その肉体の強度も、全てが人間より遥《はる》か上。人が勝てる道理はない……まさしく、人間を蹂躙《じゅうりん》するために生まれた存在だ」

　悪魔は何も答えない。けれどザインはさらに告げる。

「だが、調査を続ける内にそれは難しいという結論になった。理由は霊具だ。武具の中で、悪魔に有効な……魔神の眷属《けんぞく》に大きい効果を発揮する能力を持つ霊具が存在する。確か『退魔《たいま》』だったか。そうした特性を持つ霊具がある以上、悪魔が主導の蹂躙は難しいと判断し、連絡役として使うことになった」

『何が言いたい？』

「しかし、もしその退魔の問題がなければ、あんたらは人類にとって脅威となる」

『蹂躙するだけの力を持つという自負はある。だが、今回の来訪者で退魔の力を所持する使い手はいるだろう――』

「そこだよ。実はフィスデイル王国からの援軍は、聖剣所持者を除き退魔の力を保有する霊具を持っていない。退魔に似た性質を持つ武具はあるが、本当の退魔はゼロだ」

悪魔はその言葉に沈黙する。

「もちろん霊具が成長して退魔の効力を得る可能性はある。だが、それ以外では……だからあんたらの能力は十分に活用できる。とはいえ、これは一発限りの策だ。悪魔がいることがわかれば、フィスデイル王国は今後派遣する隊の中に退魔持ちを連れてくる。悪魔という存在をまだ認知していないからこそできる作戦だ」

『……なるほど、理解した。では具体的にどうする？』

「相手を罠《わな》にはめそっちが始末する。罠を発動させた瞬間にあんたが攻撃すれば終わりそうなもんだが……状況がどうなるかわからん。罠にはめたはいいが攻撃で倒せる状況下にない可能性だってある。確実性を高めるなら、この場所を利用しようじゃないか」

ザインはぐるりと周囲を見回す。視界のほとんどは漆黒の暗闇に覆われているが、構造物から発せられる魔力を嫌というほど認識できた。

「ここは、魔神の中でもとりわけ強力なやつがいたって話だな？　おかげでいまだに魔力が滞留している……そいつを集積してあんたに付与しちまえば、聖剣使い以外に負けることはなくなるだろ」

そこまで言うと、ザインは意味深な笑みを浮かべた。

「どうせやるなら、とりわけ広い場所で仕込むとするか。霊具の成長で退魔能力を有したとしても、勝てるだけの力……そこまでいけば、完璧だ」

『――いいだろう』

悪魔は淡々と返答した後、大気を震わせるように魔力を放った。たちまち白いローブや仮面が弾け体が膨らみ――漆黒の体躯《たいく》が姿を現した。

ザインは今後の計画を算段し、実行に移すべく動き始める。決戦の舞台、それはまさしくすぐそこまで迫っていた。

＊＊＊

ユキトがザインと遭遇して以降、カイは移動方法などを少し変更して再び信奉者が現れても問題ないように手はずを整えた。

それと同時に作戦についても方針を切り替えた。今まで通り巣の破壊と町の救出を行うが、それはより早く――つまり、ザインが再び攻め寄せるより前に、決着をつけようというものだった。

それが功を奏したか、あるいはザインがあきらめたのか不明だが、再度遭遇しないいま、ユキト達は目標を達成。観測した巣を全て破壊し、町を全て救い出した――まだ魔物は残っている以上、何もかも解決できたわけではないが、物流経路は確保できたため後は常駐する騎士団に任せ、ユキト達は王都テライベルに帰還することになった。

砦《とりで》で王女を救ったことに加え、今度は沿岸部の解放——ユキト達の評価はこれ以上にないほど高まり、シャディ王国王都に戻ってきた際の歓待ぶりと熱狂はユキト達がびっくりするほどだった。

「屋敷を確保してもらっていて良かったな……」

ユキトは屋敷に入ると、ようやく一息ついた。もしどこかの宿屋にでも滞在していたら、人々が詰めかけて大騒ぎになっていただろう。けれど滞在場所としてあてがわれた屋敷周辺は区画ごと封鎖され、群衆が入れないようにされていた。

「次が、最後の戦いになりそうだね」

傍《かたわ》らにいたメイが告げる。ユキトはそれに同意し頷《うなず》いた——理由は、先ほど城で聞いた内容からだ。

ユキトとメイは屋敷内の食堂へ行く。そこで仲間達とセシルに集まってもらい、全員へ向かって話を始めた。

「カイとエルトはまだ城内で打ち合わせがあるから残っているけど、もう少ししたら戻ってくるはずだ。で、次に言い渡された作戦だけど……いよいよ、シャディ王国における最後の戦いになりそうだ」

ユキトはテーブルの上にシャディ王国の地図を広げる。城側から受け取ったもので、都の西側――そこに大きな赤丸が記されていた。

「シャディ王国王都テライベルから二日ほど馬で進んだ場所に山岳地帯がある。そこにどうやら『魔神の巣』が存在し、信奉者ゴーザもそこにいるらしい」

「いると断定しているのは何か理由があるのか？」

尋ねたのはタクマ。ユキトはそこで城での会話を思い出し、

「ゴーザの魔力が観測できた……しかも、遠方からでもわかるほど魔力が大きくなっているみたいだ」

「つまり何かしたと」

「そうだ。山岳地帯には魔物がはびこっていて、斥候《せっこう》を送ることもままならず、仮にそういう人を送るにしても俺達の動員は必須だし時間も掛かる……加えて魔力は日に日に高まっているらしく、早急に攻撃するしかないと判断したらしい」

「調査はなしか」

「ああ。その上で相手の陣地へ踏み込み『魔神の巣』を破壊するわけだから、最初に『魔神の巣』を破壊した時と同様、激戦が予想される。そして今回の作戦だけど」

ユキトは簡潔に巣の破壊手段について説明をした。以前、巣を壊した時のように魔法による破壊を行うのだが、その手法が前回とは違っていた。

「今回は色々な理由で仕込みが難しいため、シャディ王国は切り札を出すことにした。そ

れは国が保管している最強の霊具……といっても、損傷していて武器としての使用はできない。けれど、内蔵する膨大な魔力は利用できる」

その発言を受けて、レオナが声を上げた。

「霊具を、仕込みの代わりにするってこと？」

「そうだ。フィスデイル王国が行った作戦……大地から魔力を借り受けた力に匹敵する霊具がこのシャディ王国にはある……壊れていたけど捨てるに捨てられなかった一品だが、このためにこそ残していたと、王国の人間は口を揃《そろ》えて言っていた」

ユキトはそこまで述べた後、別の話題を口にする。

「俺達がこの世界に召喚されたのも、そうした道具を用いたから……今後も大規模な作戦では、こうした強力な道具が出てくるかもしれないな」

ユキトは語りながら地図へ目を向ける。

「作戦としては、何より優先すべきは『魔神の巣』を破壊すること。逆に言えば、それ以外は……ゴーザやザインといった信奉者についても無視していい」

いいのか、という視線がユキトへ注がれる。ただ唯一、セシルだけは理解したらしく、

「魔物を増やせなくなれば、ゴーザもザインも身動きがとれなくなる……というわけね」

「正解だ。手駒がなくなればゴーザは何もできなくなる。加えて、彼は将軍だった経歴から人間だった頃の魔力を解析して、居所を見つけられる……今回ゴーザを見つけたのもそ

の追跡魔法だ。巣さえ壊せば、ゴーザは孤立し容易に倒せる……そしてザインについても、巣がなくなれば退却するしかない」

「その魔法を応用して、ザインも見つけられないの？」

ふとした疑問がレオナの口から漏《も》れた。それに対しユキトは当然の意見とばかりに頷《うなず》きつつ、

「カイも指摘していたよ。でも、ザインについては解析が難しい……邪竜の魔力については不明瞭な部分が多く、追跡魔法を作るのが困難らしい。ゴーザは……人間である頃の情報が多いことに加え、人の気配が濃いからできたらしい」

「もし解析するとしたら……」

「ザインについては、そもそも出自がわからないからな。人間だった頃の気配が残っているにしろ、どういう人間だったかヒントがない以上、調べようがないって話だ」

「なるほどね……」

レオナは納得する声を上げると、話を促すように、

「で、とにかく敵の拠点を潰《つぶ》すと……うん、それが正解だと思うな」

「俺達は数日後、巣の破壊を行うため出陣する……それが達成されれば、孤立したゴーザならばシャディ王国に任せていいから、俺達はフィスデイル王国へ戻る。ただ、ここで負ければ、今までの成果が無為となるかもしれない……気合いを入れてくれ」

締めの言葉で話し合いは終了。仲間達は思い思いに過ごし始める。

本来、出陣までに色々準備しなくてはいけないのだが、用意はシャディ王国がやってくれることになったため、ユキト達は鍛錬をしつつ屋敷内で自由に過ごすことができる。

（数日で何ができるかわからないけど、やれることはやっておこう）

ユキトは今以上のレベルアップを――タクマやレオナを誘って訓練をしようと考え至った時、屋敷にカイ達が帰ってきた。

「ああ、おかえり――」

そこで口が止まった。彼やエルトだけでなく、なぜかナディの姿があったのだ。

「ナディ王女？　どうし――」

「出陣前日は気が立っていますし、戦いが終わればすぐに帰るでしょう。よってちゃんと交流する機会があるのは今しかないなと思いまして」

不敵な笑み。ユキトへ告げたように、勧誘――シャディ王国へ来てくれないかという要望を、他の仲間にも言うべく舞台を用意する気だった。

「それに、砦《とりで》との戦いに沿岸部の転戦……ここまでお礼らしいお礼もしてきませんでしたから、この辺りでしっかりシャディ王国から歓待を受けてもらわないと」

「いや、別にそれは……」

「というわけで、用意致しました！」

ナディの言葉と共に、エントランスの扉が開く。そこから、多数の人物が屋敷に入ってくる。

「選《よ》りすぐりの食材と宮廷料理人を連れてきたので、今日は思いっきり食べて飲んで語り明かしましょう！」

ユキトは呆然《ぼうぜん》となったのだが、カイやエルトが苦笑いをする姿を見て、これはどうしようもないんだなと確信。それでも一応、

「……とりあえず、止めようにも止められないんだな？」

「ええ！」

両手を腰に当て満面に笑みを浮かべるナディの姿を見て、ユキトもまた苦笑した。


最初は苦笑から始まった急造の宴会だったが、いつしかユキト達はそれを楽しんでいた。交易により栄えた国であるためか、様々な食材がテーブルに並ぶ。その多くがユキト達の口に合うもので、あれもこれもと食べ進めている間に心も宴に染まってきた。

最初ナディは酒も出そうとしていたが、それはさすがにとユキトやカイが全力で止めた。すごすごと引き下がる彼女は、それならと高級な果物を使ったフルーツジュースを提供した。一口飲めば、甘い香りが口の中に広がる――元の世界でも飲んだことのないような、言葉をなくすほどの美味だった。

「どうですか？　シャディ王国の本気は？」

「……お見それしました」

　これにはユキトも白旗を上げた。それで満足したか、ナディはしてやったりという顔をする。言葉遣いとは裏腹に、ずいぶんと押しの強い王女だとユキトは思った。

　気づけば仲間達も話に花を咲かせ、思い思いに楽しんでいた。振り返れば、シャディ王国へ辿《たど》り着いてからここまで全力で戦い続けてきた。フィスデイル王国の王城にいた時も、質の良い食事ではあったにしろ、テーブルを埋め尽くすばかりの料理を前にすることはなかった。

　一瞬、向こうに残っている仲間が気にはなったけれど――ユキトの心の内に気づいたのか、リュシルが小声でいった。

「この国へ赴《おもむ》いた報酬ということで、許してくれるのではないかしら？　もしそれで納得がいかなければ、彼らにはフィスデイル王国側が何かしらお礼をするけれど」

　その言葉にカイは「お願いするよ」と返し、あっさりと話がついた。

　よって誰もが遠慮することなく、宴は進んでいく。ナディは仲間達へしきりに声を掛け、カイはそんな様子を眺めながらゆっくり食事を進め、メイは友人達と延々と喋《しゃべ》り続け、セシルもそれに混ざり笑っている姿があった。

　特にセシルの姿がユキトにとっては新鮮で、仲睦《なかむつ》まじい光景を見ていると、自分の心もまた穏やかになっていく気がした。

「お、一人で黄昏《たそが》れているのか？」

と、そこへタクマが近寄りユキトの隣へ座った。元々そこには別の人がいたのだが、当人はよそで別の仲間と話をしていた。

「いやあ、食う物全部がうまいってヤバいよなあ……見事な歓待だよ。確かにちょっとくらいこの国にいてもいいんじゃないかって思うもんな」

「……ナディ王女からの誘いとか、受けたのか？」

「ああ。本命はユキトだろうけど」

会話をする間にレオナもまた近寄ってくる。そして、

「お、タクマ。明日の訓練一緒にやらない？」

「おお、いいぜ。ユキトも参加するか？」

「ああ。是非……けど、訓練でいいのか？　決戦後はフィスデイル王国へ戻るから、町中を見て回るとかは今しかできないぞ？」

「そういうのもアリだけど、俺はやめとくよ。メイとかは外に出る予定らしいけどなあ」

と、タクマは何かを思い出したかのように「あ」と呟《つぶや》くと、ユキトへ顔を近づけ小声で、

「セシルさんも行くらしいが、ユキトは行かないのか？」

「……何でセシルが行くから俺も、ってことになるんだ？」

「そりゃあ、何でって……なあ？」

横にいるレオナに同意を求めるタクマ。そうだそうだと言わんばかりにレオナはしきりに頷《うなず》いている。

どういう意図があってなのかは——ユキトは即座に何が言いたいのか理解はできた。けれど、

「あのな、タクマ。俺とセシルは別に——」

「パートナーだろ？　わかってるって。でもそのパートナーとより強く連携するには、もう少し交流があってもいいんじゃないか？」

提案としては一理ある——とユキトは思ったが、訳知り顔で見つめてくるタクマの姿を見て反発心が湧いた。

「いや……そもそも、俺達は顔を知られているし大騒ぎになるだけだろ」

「さっきナディ王女に聞いたけど、その辺りは魔法でどうとでもできるらしいぞ」

二の句が継げなくなる。とはいえ、

「……いや、明日は訓練をしよう」

「む、そうか。ユキトがそう言うのなら、仕方がない」

タクマはあっさりと引き下がった。しかし、

「これを機に聞きたいんだが……セシルさんのことはどう思っているんだ？」

「どうって……大切なパートナーであるのは間違いないけど」

「それだけか？」

「やけに突っかかってくるな……」

「いやいや、今後の戦いにおいて重要だと思わないか？」

尋ねられ、ユキトはチラッとセシルの方を窺《うかが》う。メイやシオリとなおも話をしている彼女は、本当に楽しそうだった。

「別に素直になれとか思い切ってアタックしろよとかは言わないぞ。ただ、どういう風に思っているか……それくらいは、ちゃんと伝えるべきだぞ」

「……どうして、だ？」

「後悔しないように」

その言葉を聞いて、ユキトは口が止まった。レオナもまたタクマの台詞《せりふ》に反応し、彼を凝視する。

「俺達がやっていることは戦争だ。霊具の力で俺ですら冷静になって戦えているけど、いつ何時《なんどき》何が起こるかわからない……だから後悔しないよう、先んじてやっておくべきなんじゃないかと思う」

「……まるで、経験したみたいな口ぶりだな」

「そうだな」

あっさりとタクマは応じた。驚いていると、彼は話し始めた。

「この世界のことを思えば、大した話じゃないって。俺さ、小さい頃に毎日遊んでいた友人がいたんだ。男友達で、幼稚園から小学校卒業まで……顔を合わせない日はなかったくらいに一緒にいた。けど、中学に進学する寸前に友達が遠くへ引っ越した」

何か懐かしむような感じて、タクマは身の上を語る。

「もちろん連絡先は交換したよ。でも、顔を合わせなくなったと同時に中学に入学してさ。結局、電話はおろかアプリでやりとり一つしなかった。それを寂しいと思った時もあったけど、中学に入って忙しくなったから、と言い訳をして何もしなかった」

中学の話である以上、数年前の出来事。しかし彼の口ぶりからは、その歳月では決して癒えない傷が確かに存在していることが感じ取れた。

「ある時、ふっと思い立って俺は連絡を入れてみようと思った。でも、連絡先をメモした紙が見つからない。スマホのアドレス帳を見たけど連絡先は登録してなかった。はじめから登録していなかったのか、あるいは自分で消したかもしれない……結局、相手からも連絡は来なくて今に至る」

「それについて、どう思ったの？」

レオナが質問をした。するとタクマは、

「そうだなあ……別れた時は、まさかこんなことになるなんて考えてもみなかったな。だから、もしやり直せるなら……遠くに行っても友達だと一言声を掛けたいと思った……俺の話は戦争のあるこの世界にしたら、ちっぽけなものかもしれない。でも、後悔しないようにというのは、教訓になりそうだろ？」

「……そうだな」

　ユキトは納得しながらも、自分の気持ちを口にすることは――微妙だと感じた。そもそも、ユキト自身気持ちの整理がついていない面が強い。セシルのことをどのように思っているのか、自分自身が聞きたいくらいだった。

「正直な話、俺もよくわかっていないんだよ」

「あー、なるほどな……変に突っ込んだ質問をするのはまずかったか？」

「いや、どうなんだろう……他ならぬセシルがどう考えているのかもわからないし、何より」

「何より？」

「俺達は、帰ることを目的としている。ナディ王女は残る選択肢だってあるとは言っているけれど、俺達の意識は基本的に元の世界への帰還を前提としている……だろ？」

「まあ、そうだな」

　タクマの返事に続き、レオナもまた頷《うなず》く。だから、とユキトは付け加え、

「その方針が揺らがないのであれば、色々と伝える資格は……ないんじゃないかって」

「ま、これから考えていけばいいんじゃない？」

レオナは言いながら近くのテーブルに置いてある果物を一つ手に取った。

「私達はこれからも、この国に来たように大陸各地で戦うことになるよね。その中でこの世界に愛着が湧いたなら……改めて、考えればいいんじゃないの？　あたしはそう思うけど」

「……そうだな」

ユキトは頷き、結論を先延ばしにする。というより、まだ定まっていない以上、保留にする他なかった。

（セシルは……どう考えているんだろう）

ふと疑問が湧いた。けれどそれを尋ねるつもりはなかった。

「ま、今結論を出す必要はないしなあ。だから、ゆっくり考えればいいさ。でも、後悔は残さないようにしろ、と俺はアドバイスしておくぞ」

タクマは笑う。そんな表情を見てユキトは、

「……ありがとう、タクマ」

「ん？　俺は別に何もしてないぞ」

「それでも、ありがとう……何か悩み事があったら、相談していいか？」

「ユキトにはカイがいるだろ」

「カイはカイで忙しいからな。俺は側近という立ち位置だけどさ……」

「愚痴《ぐち》とかでもいいぜ。カイがずいぶんと人使いが荒い、とかさ」

そこでユキト達は同時に笑った。

「不満はないよ。いつも自分に側近なんて務まるのか、という緊張の連続だ」

「迷惑を掛けないように、という思考だな」

「まったくもってその通りだ……今回の作戦が終わってからも、戦いの際はタクマやレオナの力を借りることになると思う……いいよな？」

「もちろん、いいぜ」

「あたしも」

両者があっさりと受け入れてくれてユキトは内心ホッとする。

「二人の連携はかなりの練度だし、俺としては安心するよ」

「中学からの知り合いだからな」

「ま、付き合い長いし霊具の能力もあって、相手が何を思っているのかおぼろげにわかるんだよね」

レオナはそこまで言うと、タクマの方を見た。

「今後もビシバシ働かせるから、そのつもりで」

「気絶しないように頑張るさ」

そんなやりとりを聞いてユキトはなおも笑いつつ、明日の訓練について、相談を始めたのだった。

＊　＊　＊

宴はその日和やかな形で終わり、翌日は各々好きなように動くことにした。

カイやエルトは城へ赴《おもむ》き、ユキトはタクマ達と訓練を開始。そうした中でセシルは元々、誰かと共に剣の鍛錬をしようと思っていた。しかし宴の席でメイに誘われ、街へ繰り出すこととなった。

「さすが、交易の街だね」

大通りを見回している時、メイからそんな感想が漏《も》れた。商店の規模などはフィスデイル王国の王都であるゼレンラートと比肩できるレベル。ただ決定的に違うのは立ち並ぶ露店の商品。見たこともないようなデザインの装飾品などが多い。

他国や他大陸と交易をしているが故の品揃《しなぞろ》え。しかしセシルはこの町並みも邪竜が出現する前とは異なることを知っている。もし交易が正常ならば、装飾品の他に多種多様な食料品なども並んでいるはずだった。けれどそれはなく、現在並べられている物は戦いの以前に在庫として抱えていた物なのだろうと推測できた。

「──今回の作戦が成功したら、もっと豪華になりますよ」

そんな台詞《せりふ》を発したのは、他ならぬナディだった。

本来なら王女の出現に人々は驚き沸き立つはずだ。なおかつそこに来訪者であるメイ、シオリ、アユミという三人も加わっている。二度の凱旋《がいせん》により顔を知っている者は多いはずで、囲まれて身動きがとれないなどという事態になりかねなかった。

けれど、今回は事情が違っていた。町の人は王女を見ても一般人に接するような態度。これはナディが使用している魔法によるものだ。

「これ、本当に大丈夫なのですか？」

セシルは確認のために問い掛ける。それにナディは手をパタパタと振りながら、

「問題ありません。この都には魔法使用を禁じるための処置が施されていますが、私の魔法はそれをすり抜けるものなので」

──一般的に、魔法というのは極めればおおよそ何でもできるようになる。火や雷を生み出す行為は霊具と比べれば威力は劣るが、どんな攻撃でも多種多様に使えるという汎用《はんよう》性がある。

さらに言えば変装にも利用でき、他者を操ることだって可能。よって魔法は不用意に使えないように、各国が独自に対策を講じている。普通は魔法を使用しただけで騎士達に気

づかれ、捕まってしまう。

だから町中では魔法は使えないし、霊具の発動も魔力が反応するため不可能だが、ナディは現在変装魔法を用いている。これはシャディ王国が保有する魔力探知をすり抜けるものらしい。

「黙っておいてくださいね。こうした魔法があると知られたら怒られるので」

「どうしてこんな魔法を？」

メイが尋ねると、ナディはぐるりと町中を見回した。

「魔法を開発してでも知るべきことだと考えました。人々が暮らす姿というのを」

「それは、執政のために？」

「そういうことです。邪竜が襲来する前は、月のうち半分くらいはこうして歩き回っていましたが」

言葉の直後、ナディが中年の女性から声を掛けられる。

「やあ！　今日はずいぶん大所帯だねえ！」

「はい、後でお店に寄るのでよろしく！」

馴染《なじ》みの人物らしく、彼女は軽快な挨拶で応じる。丁寧で王族としての品位を維持するのとは異なる、親しみやすい口調だった。それを見たメイは、

「町の人と接するために、口調も変えてるの？」

「……ええ、丁寧なままでは距離を置かれる可能性もありますからね」

「ちなみに、どっちが本来の口調？」

「どちら……微妙な質問ですね」

「それじゃあさ、一人でいる時はどっちの口調？　さすがに砕けた方？」

「……そう、ですね」

「ならこうして一緒にいる間くらいは、それで通してもらえると、親近感が湧くかなあ」

にこやかに語るメイにナディは少し驚いた後、笑う。王女の心情にずいぶんと踏み込んでいるはずなのだが、それでも相手に不快な思いをさせていない——それはひとえに、メイの力によるものだ。

「——わかった。ならそうさせてもらう」

メイとナディは笑い合う。そんな微笑《ほほえ》ましい光景を見て、セシルを含めアユミやシオリも、顔がほころぶ。

「それじゃあ、ナディ王女……あ、呼び方も変えていい？」

「私は最初から気軽に呼んでと言っているけど？」

「あ、そっか。じゃあナディ、話を戻すけど、魔法を使って町を見物しているのは、勉強ってことでいいの？」

「私にとってはそう。でも、今だけは違う」

ナディはぐるりと町を見回す。邪竜の影響を受けてはいるが、決して閑散としているわけではない。先ほどナディが声を掛けられたように、王都で暮らす人々は、快活に笑っている。

それはフィスデイル王国の王都ゼレンラートでも同じだった——馬車が大通りを走り、店の人が呼び込みをして、多くの人が笑っている。たとえ苦しい状況でも、今を生きている。ナディはこの光景を、メイ達に見てもらいたかったようだ。

「この国のよさを知ってもらうにはこうするのが一番だしね」

「昨日、色んな人に声を掛けていたね」

と、メイはさらに言及する。

「以前話をしていたけど……それをやるために宴を？」

「あくまでそれはオマケ。国を救ってくれているみんなを労《ねぎら》いたかったというのが一番の理由……とはいえ、勧誘くらいはしてもいいでしょ？　シャディ王国をより繁栄させるために……優秀な人を迎えたいと思うのは当然だと思わない？」

そこまで語ったナディは、話の矛先をセシルへ向ける。

「その中にはセシル、あなたも含まれている」

「わ、私が……!?」

「霊具の強さは勇者ユキトと共に戦っている姿を見てしかと理解した……あなたの場合は

郷里がフィスデイル王国にあるし難しいかもしれないけど、頭の隅にでも留めてくれればいい。好待遇を約束するよ？」

言われ、戸惑うセシル。とはいえ、霊具使いということを踏まえれば彼女がそう言うのもおかしくはないと思い直す。

「あなた達からすれば、節操のない人間だと思われても仕方がないけどね。この戦いに勝利したとしても、シャディ王国はまだ困難な道が続くと考えれば、こうやって口説くのも納得できない？」

――軍事に関する実権を王女が持っている現状に鑑みれば、当然の話かもしれない。

「優秀な人を多く受け入れる……シャディ王国は邪竜との戦争を通じ、そうやって生まれ変わるしかない」

「大なり小なり、全ての国が変革を求められるかと思います」

セシルはナディに告げる。

「その中で、国をどうしていくべきか……憂うのは当然かと」

「そうだね。ま、あなた達はそこまで深く考えなくてもいいよ。今はただ……数日後に迫る出陣に備えて英気を養ってくれれば」

ナディはそこまで語った後、別の話題を口にした。

「ただ、そうだなあ……もう少しあなた達のことを知りたい、かな？　例えば、黒の勇者

について は……」

「あー、うん……」

と、なぜかメイは言葉を濁《にご》す。そんな様子にナディは眉をひそめ、

「どうしたの？」

「実を言うと、あんまり知らないんだよね」

「……あなた達はクラスメイトと言っていたよね？　あんまり親しくなかった？」

「目立たない存在だったのは確かかな」

メイが告げると、ナディは首をシオリやアユミへ向けた。

「そちらも同じ？」

「そうね」

最初に応じたのはアユミ。肩をすくめながら、

「彼には悪いけど……その、私は名前をギリギリ知ってたくらい」

「アユミは運動部だし、接点なかったから当然かなあ」

「私にとっては……この世界で躍動するユキトしか知らないけど、少なくとも彼がすごいことをしているのはわかる」

どこか興奮を伴いながら――アユミは話す。

「最初の訓練の時、タクマが言っていたこと。あれは間違いなく、クラス全員同意見だっ

た。巨人との決戦でも臆することなく、自分にできることを最大限努力している。もちろん無茶をしている面もある。けれど、それでも……人を惹《ひ》きつけるだけの何かがある」

「彼はきっと、そのことを自覚していない」

と、ナディはアユミに続き口を開いた。

「あくまで彼は、カイを支えていこうと考えているみたいだけど」

「それは私も思った」

「一緒に話をしていて私も思ったよ」

メイもまた、賛同する。

「でも、ユキトがやっていることはすごいことだよ。もっと自信持ってもいいと思うけどなあ」

「カイと同様、彼を支えていけばいい」

ナディが断言した。次いでその瞳がセシルへ向けられる。

「黒の勇者という異名を持っている以上、それが何より正しい道だと思うけど？」

「はい、そうですね」

セシルも心の底から同意する――それと共に、頭の中にユキトの戦いぶりが思い起こされた。

霊具の力によるものが大きいとはいえ、その戦いぶりは目を見張るものだった。今でも鮮烈に思い出せるし、これからの戦いもまたそうだろう。むしろ、彼らの世界で目立たない存在――そう言われる方が首を傾げるくらいだった。

「邪竜との戦いで、彼自身何か変わろうとしている……ならば、私達はそれを受け入れ、支えていくべきかと」

「うん、そうね」

セシルの言葉にナディは頷《うなず》き、

「ただ、人となりを少しでも知りたいかな……他に、彼について何か知っていることはあるの？」

「……あ、そういえば」

応じたのはシオリだった。王女に対し面と向かって話をするのが恐縮なのか、少々オドオドとした様子を見せつつ、

「よく本を借りに来ていたかなあ……図書館に私もよく行っていたから憶えてる」

「本か。この世界の文字も読めるみたいだし、そっち路線で攻めるのもアリかな？」

「攻めるって……」

戸惑うシオリは発言するが、それにも構わずナディは告げる。

「ま、一つの方法として考えておくとしますか……それでここからが重要だけど、みんなはユキトのことをどう思っているの？」

続けざまに投げかけられた質問に対し、セシル達は一様に口をつぐんだ。

どう――とは、どういう意味を指しているのか。

「……私は異世界に来てから積極的に関わっているけど」

最初に話し始めたのは、メイだった。

「この世界のために頑張って戦っている姿は、胸を打たれる。それはカイも同じだし、他のみんなも一緒……ただ、やっぱり最初に剣を手に取る決意をしたユキトに対しては、少し特別かもね」

「それは――」

ナディが口を開く。彼女が何を言おうとしているのかメイはわかったらしく、

「でも、それは……信頼できる仲間として、かな？」

「そうだね」

シオリが賛同する。アユミも頷《うなず》くと、ここでナディが一つメイへと問い掛けた。

「それ以上の感情はないと？」

「あー、恋愛云々《うんぬん》ってことかな？　それは……私は、そういうのにあんまり興味がないからなあ。もっと熱中できるものがあったから」

「アイドル、だね」

シオリが笑みを見せる。それは友人であるメイが大舞台の上に立っていることを誇らし

いと感じている様子だった。

「私は……アユミもそうだけど、メイの姿を追っかけるので精一杯だったよ。だからまあ、恋愛云々については……興味はあったけど、あまり触れてこなかったよね」

「シオリ、言っておくけど私は……」

「部活のことも含めて、他に大切なものがあった、だよね？」

先んじて告げるシオリの言葉に、アユミは押し黙りながら小さく頷《うなず》いた。

「そうね……メイ本人には言ってなかったけど」

「でも私達は、友人としてメイのことを応援してた」

「二人とも、ありがと」

互いに笑い合う姿を見て、セシルやナディもまた笑みを浮かべる。それと同時に、厳しい戦いの中で彼女達を――来訪者達を守っていくのだと、改めて決意をする。

それはナディも同じだったようで、セシルへ視線を向けた。

「……私も、あの輪に加わっても良いと思う？」

「ナディ王女であれば、すんなり溶け込めるかと」

「あなたは少し違うようね？」

「私は……騎士ですから」

「言い訳しているようにも聞こえるけれど？」

セシルは返事できない。それは紛れもない真実だったからだ。

「……ま、その点についてはあなた自身の問題だから、とやかく言わないことにする」

けれど追及はせず、ナディは穏やかな目でメイ達を見る。

「接していていい人達だとわかる。是が非でも、守りたいと思ってしまう」

言葉を受け――セシルは深々と頷《うなず》いた。

「はい。こちらの都合に巻き込まれながら、それでもなお前を向いています」

「彼女達のことは、直接聞いたよ。友人関係だったけど、メイが忙しくなったことで、話す機会が少なくなったって」

「私も、聞いています」

「こんな場所でだけど、彼女達はそれまでの空白期間を埋めようとしているのかもしれない。あなたの言う通り、彼女達は理不尽な形でこの世界へやってきた。なら、せめて彼女達がこの世界へ来て良かったと思えることを、増やしてあげないといけないね」

良かったと――セシルは驚きナディを見た。瞳は真剣で、同時に強い決意をみなぎらせていた。

「理不尽だから、良かったと思う資格がない……というわけではないでしょ？」

「はい、まさしく」

「あなたもずいぶん思い悩んでいるみたいだけれど、そう考えるなら接し方も変えられるでしょ？」

「……お見通しですね」

「それは買いかぶり——さて、あなたの助言通りに輪の中へ加わるとしましょうか」

ナディがメイ達へ近寄る。すると、

「あ、ナディ。そういえば一つ頼みが」

「頼み？」

「アイドル活動……宴の席で少し話をしたけど、そうした活動をしたいと思ってて」

「なるほど、支援して欲しいと？」

「うん」

「この世界でも、活動するんだ⁉」

シオリが驚いたように叫ぶ。それにメイは当然とばかりに頷いて、

「むしろこうした世界だからこそ、必要だと思わない？」

「もしステージに上がるんだったら、呼んでね⁉」

「当たり前だよ……あ、そういえば言っていなかったけど、実は一度庭園で歌ったりしたんだよ」

「えーっ⁉」

なぜ誘ってくれなかったのかと抗議をするシオリ達を見ながら、セシルは自分がユキト

との関係性を問われなかったことを、少し安堵《あんど》していた。

もし、訊かれたらどう答えるつもりだったのか。ただ察しの良いメイは、胸の内にあるものを看破したかもしれない――

ふと、メイがセシルと視線を合わせた。笑みを浮かべる彼女を見て、

(もしかすると……気づいているのかもしれない)

根拠はなかったが、そんなことを考えた。

自覚はしている。ユキトに対する感情が、日に日に高まっていくのを。彼を見かけると、その姿を視線で追いかけている自分に気づく。

重症だと思うのと同時に、これはきっと村を救ってくれたことに対する恩があるからだと言い聞かせるようにしていた。セシルにとってユキトはまさしく英雄である以上、気にならないはずがない――

「ほら、そんな顔をしないで」

ふと、ナディが再び横に来ていた。思わず身構えてしまったのだが、彼女はセシルに対し騎士ではなく、友人のように接する。

「いくつも紹介したいお店があるから、まずはそこに行くことにするね」

「はい、それでよろしいかと」

「……セシルも砕けた口調でいいのに」

ナディの指摘に対し、セシルは黙ったまま首を左右に振る。

「私は、騎士なので」

「ま、それならそれでいいか……それじゃあ、行こう！」

ナディが先導する形で歩き出す。それにセシルは少し躊躇《ためら》いながらも、ついていった。

＊　＊　＊

そうして穏やかな日々が過ぎ――いよいよ、ユキト達が戦場へ赴《おもむ》く日がやってきた。

明け方、日が昇り始めた直後にユキトは屋敷のエントランスへやってきた。カイは既に待っており、他の仲間も起床し、支度を済ませている。

「……シャディ王国へ来てから幾度となく戦ったけれど、間違いなく今回が一番の激戦になる」

ユキト達は一斉に頷《うなず》く。しかし同時にある思いを胸に秘めていた。

「今、僕らは全員同じことを思っているはずだ……目前の苦難をはね除《の》けるくらいでなければ、邪竜に勝つなんて夢のまた夢だと」

ユキトは心の底から同意する。他の仲間達も、沈黙はしていたが表情で肯定の意を示していた。

「ある意味で正念場だ……苦戦するかもしれない。しかし僕らは絶対に勝つ……みんな、ついてきてくれ」

「任せろ」

タクマが応じた。他の仲間達も賛同し、みんなの心は一つになった。

「ありがとう――では、行こうか」

カイは背を向け、先陣を切って歩き出す。ユキト達も後に続き、屋敷を出る。

最後に一度だけ、屋敷を振り返った。ここへ戻ってくることはおそらくない。短い滞在期間ではあったが、楽しいと呼べるような時間を過ごせただろう。

「……王女には、感謝しないといけないな」

戦いが終わった後、礼を言おう――さすがに、シャディ王国へ来ないかという誘いを承諾することはできないけれど。

そしてユキト達は騎乗し、都を出る。見送りの人々から喝采《かっさい》を受け、一路ゴーザの待つ山岳地帯へ進んでいく。

「……この戦いに勝利すれば、大陸解放の機運も高まる」

カイは馬を歩ませながら言った。

「フィスデイル王国に続きシャディ王国から魔物がいなくなれば、それだけ他国への支援もできる。この国は交易なども行っているから、単純に軍を派遣する以上の効果が出るはずだ」

「私達の国がまず信奉者を倒して、大陸解放に弾みをつけましょう」

ナディの言葉だ。カイの隣で馬を進める彼女は、空を見上げる。

「なんとしても終わらせないといけません……ゴーザ将軍との戦いに終止符を打たなければ」

前方から多数の騎士がやってくる。王都周辺に常駐している騎士団だ。

「私達も総力戦の構えです。あなた達だけに頼りません」

「ありがとう。僕も聖剣の力を活用し、全力を尽くすことを約束しよう」

――盤石《ばんじゃく》の布陣。最高の支援。ユキトはこの時、勝てるという強い感情が間違いなく胸の中にあった。

カイは揺るぎない存在感を示し、聖剣所持者として使命を全うしている。仲間達に不安や懸念はない。大丈夫だと、自らに言い聞かせた。

ただもしかして、と考えることもあった――直感と言うこともはばかられるような、小さな違和感。しかしそれは大きな落とし穴になるかもしれないという予感。

それらを押し殺し、ユキトは戦場へ向かう。頭の片隅に残り続ける懸念を振り払いながら、カイ達の後を追い続けた。

第九章　信奉者の策謀

ユキト達が『魔神の巣』のある山に辿《たど》り着いたのは、都を出立しおよそ一日と少し。山の麓《ふもと》に陣地をとり、一泊野営を行い朝から進軍を開始していた。

「敵は近づいてこないな……」

ユキトは野営をし始めた直後から幾度か気配を探った。山の方から明確に魔力を感じるのだが、夜の内ですら動く気配がなかった。

目の前に存在する山の手前には森が存在していた。ユキトは前回『魔神の巣』を破壊した際も森の中を進んだことを思い起こす。あの時は奇襲で手こずった部分もあったが、今回はその経験を踏まえ、備えや心構えは済ませてあった。

森へ侵入する準備を進め、ユキトは黒衣を身にまとい、いつでも行ける状態になった。加えてキィン、と既に聞き慣れたあの音が鳴り、

（これを制御する方法も考えないといけないな……）

「ユキト」

思案していると、カイからの呼びかけ。首を向けると既に戦闘態勢に入った彼の姿があ

った。

「組むメンバーは今まで通りだ」

「わかった……ナディ王女は？」

「今回は騎士団を率いている以上、前線には出ない。それは王女にも通達してある」

無難な判断だとユキトは感じ、

「メイ達はどうするんだ？」

「ナディ王女と共にいるようにお願いをしたよ」

「そっか……俺は敵の動きによって立ち回りを変える。もしザインに遭遇したら――」

「ユキトに任せても？」

「ああ」

力強い返事にカイは「わかった」と答える。と、そこへ、

「カイ様」

エルトが名を呼びながら近づいてきた。

「フィスデイル王国の騎士達の準備、完了しました」

「ナディ王女の方も準備できたみたい」

リュシルもまた接近してくる。

「私達二人はカイと共に動くことにするわね」

「はい」

リュシルとエルト――この二人がいればカイとしても心強いのは間違いなく、現時点でベストな布陣だと断言できた。

「厳しい戦いが予想されます」

エルトはユキト達へ告げる。

「ここまでの遠征で、フィスデイル王国の騎士達は犠牲者を出さずに済んでいます……しかし、此度《こたび》の戦いにおいて、そうもいかないでしょう」

「死なせないさ」

強く、カイが言い切る。敵の策がわからない以上、果たして本当にそうできるのか断言はできない。けれど彼自身、そのように戦う――固く決意しているようだった。

有無を言わせぬカイの様子にエルトは小さく笑う。一見すると無謀な表明にも聞こえるが、彼は力のある言葉に全幅の信頼を置いているようだった。

「ならば、白の勇者様の力に、期待しましょう」

エルトはそう言って立ち去る。騎士達も、聖剣を使うカイのことを誰よりも頼りにしていることがわかった。

ユキトもまた同じだったが、カイを見れば期待と共に責任を背負っている姿があり、

(何か声を掛けるべきなのか……？)

「――どうしたの？」

リュシルが声を掛けてくる。それに対しユキトはかぶりを振り、

「いや、その……」

口にしかけて、踏みとどまった。こんなところでカイのことが心配だ、と言うのはまずいだろうという判断だった。

「えっと、ごめん。戦いの前で緊張しているのかもしれない」

「そう。何かあったらすぐに言って」

告げた後、リュシルはおもむろにユキトへ近づき、

「――カイのことは私やエルトが精一杯カバーするからね」

ユキトの内心の懸念を察したか、そのように言った。それを聞いたユキトは小さく頷《うなず》き、漠然とした不安を隅に追いやる。

けれど、決して不安がゼロになることはなかった――淡々と準備を進めるカイを見て、何か見落としているような、あるいは気づいていない何かがあるような気がしてくる。

（カイは……）

心の内で呟《つぶや》いた時、準備が完了したという合図が出た。それでユキトもとうとう考えるのを中断し、号令を待つ。

「では、進もう。作戦開始だ」

カイが仲間や騎士達へ言い、しっかりとした足取りかつ、警戒しながら森へ足を踏み入れた。これまでのように四人一組で行動し、ユキトの傍《かたわ》らにはセシルが控える。

気配を探ると、そこかしこから魔力を感じることができた。ただそれは魔物とは異なるものであり、

「……セシル、ずいぶんと魔力が濃いな」

「元々、そういう場所みたいだけど……事前に調べた限り、あの山の近くには迷宮がある」

「迷宮？」

「フィスデイル王国内の迷宮以外に、大陸各地には魔神のすみかとも言える迷宮が多くある……シャディ王国で有名なのは、今から向かう場所……ディウルスの迷宮」

ユキトは木々の間から山を見据える。

「当然だけど、現在迷宮に主はいない。大昔に攻略されたから。けれど、迷宮自体は存在し、建造物が魔力を発している。魔力が出ないよう処理はしているはずだけど、それでも周囲にある魔力が刺激を受けている」

「つまり魔力の濃さは迷宮による影響だと？」

「けれどこの魔力濃度はそれだけでは説明がつかない……というより、迷宮の魔力を利用した何かが――」

彼女が言いかけた時だった。突如周囲にあった魔力が殺気立つ。魔物だ、と判断した直後ユキトは剣を構え、魔物を視界に捉えた。

「前回と同じ奇襲だ！」

カイが声を発すると同時、ユキト達は交戦を開始した。真っ先に近寄ってきた四足歩行の魔物を瞬殺すると、続けざまに後方の騎士へ突撃しようとした鎧《よろい》の魔物へ接近し、撃破した。

魔物の種類はバラバラで、統制もほとんどとれていない。どういう意図で行った攻撃なのかは不明だが――ユキトは持ち前の能力により、冷静に対処する。

カイを含め仲間達は以前も経験しているためか、この状況にあっさりと適応して魔物を撃滅していく。ナディを始めとしたシャディ王国の人間も、事前に言い含めてあったので魔物を上手く引きつけ誘導するなど混乱せず対処。およそ五分で周囲の魔物を殲滅《せんめつ》できた。

「……これで倒せると思ったのか？」

「僕らを疲弊させようという作戦かもしれない」

ユキトの呟《つぶや》きに対し、カイは聖剣を素振りしながら答えた。

「道中で魔物を潜ませておき、こちらの体力と精神力を削る。僕達も幾度も奇襲を受ければそれだけで士気も下がる……その中でもし負傷させられたら敵にとっては万々歳だ」

「怪我《けが》については治療できるが……」

「いくら魔法でも応急に塞《ふさ》いだ傷というのは、違和感が残る。それを積み重ねればパフォーマンスも落ちてしまう。敵はそういう意図かもしれない」

カイは周囲に目を凝らした後、一つ頷《うなず》いた。

「魔物はいなくなったな……とはいえ、魔力の濃さは相変わらずだ。最大限の警戒をしながら進もう」

カイの言葉と共に移動を再開。広範囲に漂う魔力の中から魔物を探知するのは困難な状況ではあるが――ユキトは意識を集中させる。

(魔物の存在と、漂う魔力……その二つには、違いがあるはずだ)

明確な相違はなくとも、何かしら異なる要素があるはずだと考え――その推測は正しく、歩き進める内にユキトはおぼろげにつかみ始める。

(セシルが解説した通り、漂う魔力は自然発生したわけじゃないな。これは間違いなく敵の計略だ。そして魔物は……)

「カイ、前方に魔物の気配があるけど」

指摘にカイは一度ユキトへ振り向き、

「そっちも気づいたなら、確定か」

「カイもやっていたのか？」

「お互い考えることは同じだね……どうする？　魔物がいない場所を選んで移動するのも可能だけれど」

「倒すべきです」

後方にいるナディからの言葉だった。

「退路を確保する意味合いもありますから。少なくとも魔物が移動している気配はないわけですし、察知している分だけ撃破すれば終わりでしょう」

「そうだね……このまま進んで倒す。奇襲は既に失敗している以上、数と配置に気をつければ対処は難しくない」

――そして数分後、魔物と交戦し、わずかな時間でユキト達は倒すことに成功した。やがて仲間達も魔力に慣れ、索敵《さくてき》もきっちりできるようになると、もはや奇襲に対しては怖くなくなった。

「敵の目論見《もくろみ》は防いだかな……」

「これで終わりとは思えないけど、ね」

カイが返答した矢先、ユキト達は森を抜け川に出た。斜面に沿って流れるやや勾配のあるもので、どうやら山の麓《ふもと》を源泉にしているようだ。

「この川沿いに進めば、迷宮に辿《たど》り着きます」

ナディは川岸まで近づいて告げる。

「肝心の巣も……どうやら、迷宮近くのようです」

「あれか……」

ここに至り、肉眼で巣の存在を確認できた。木々の奥、山の岩壁が見えるのだが、まるで山と一体化しているような『魔神の巣』が、確かに存在していた。

（距離は近い……ザインやゴーザの姿がないのは気になるが――）

そこで巣の方角から強烈な魔力を感じ取った。魔物ではない。それらを率いるような存在だ。

「来たか……？　でも、川沿いを戦場にするのは危ないよな」

「川を渡らなくとも、辿《たど》り着けそうな雰囲気だ」

カイはそう判断した後、巣へ視線を投げた。

「このまま川に沿って……とはいえ、少し河川から距離を置いて移動しよう」

再び移動を開始するが、魔物の姿は見えない。待ち構えているのか、それとも別に伏兵がいるのか――

その時だった。真正面に人影。それは三度目の遭遇だった。

「ザイン……！」

「おっと、まだ戦う気はないぜ」

たった一人、魔物も率いず佇《たたず》んでいるザインの姿があった。背後は森で、剣の間合いからは遥《はる》かに遠く、接近して仕掛けることなどできない距離。

「とはいえ、別に案内する必要もなさそうだ。森を真っ直ぐ進めば、すんなり目的のものには辿り着くぜ。そこで、決着といこうじゃねえか」

「ずいぶん丁寧な対応だが、どういう風の吹き回しだ？」

「俺は単にゴーザに頼まれたからやっているだけだ。ヤツとは共闘関係で手助けする義理なんてないが、ああまでしたんだ。その努力を少しは認めて手を貸してやろうと思っただけさ」

「努力……？」

ナディが声を発した。何をしたのかと尋ねたい様子だったが、それより先にザインはユキト達へ背を向けた。

「尻尾を巻いて逃げ帰ってもいいぜ？　ま、何を言おうが絶対に来るだろうけど――な！」

ザインが走り去る。途端、カイやユキトは弾かれたように走り出した。

他の仲間やナディ達はそれに追随し、これまでとは比べものにならないペースで駆けていく。周囲の魔力を探るが、魔物の気配はまったくない。先ほどまで奇襲があったとは思えない不気味さだった。

（さっきの魔物達は何だ……？）

ユキトは敵の意図を見抜こうとする。考えられるのは、

「カイ、さっきの魔物は俺達の動きを確認したのかもしれない」

「動き、とは？」

「奇襲にどれだけ素早く対処できるのか……つまり、戦力分析だ」

「なるほど、ゴーザという信奉者は将軍だった。僕らは軍として動いている以上、個々に役割がある。それを解析し、戦いを有利に進めようとしたか――」

森を抜ける。目前にあったもの。それは岩場だった。

大小様々な岩が転がっており、おそらく山が何かしらの理由で崩れたことが原因だと推測される。そしてまだ距離は少しあるが、真正面に岩壁と、それに張り付くような形で存在する『魔神の巣』。ザインはユキト達と巣の間で魔物と共に立っていた。加えて巣の周囲にも大量の魔物が控え、岩場の左右には森が広がっている。

「乱戦になるな……」

カイは聖剣を構えた。ユキトもそれに合わせて戦闘態勢に入ろうとしたが――

「……確認だけど、ナディ王女。ゴーザは？」

「いない……ですが……気配はします」

ナディは視線を彷徨《さまよ》わせる。

「開発した魔法により、ゴーザ将軍の気配は観測できます。けれど、これは――」

『――控えよ、シャディ王国の騎士、そして来訪者ども』

声が聞こえた。野太く、また周囲に響く声。それがどこから発せられたものなのかユキトは瞬時に理解し、

「……おい、まさか」

「そう、そのまさかだ」

ザインが喜悦の表情を見せる。ユキト達の驚く姿。それを見るのを楽しみにしていたという風に。

「そんなこと、できるはずがないって思うよなあ？　だが、実現した……いや、してしまったと言うべきだな。俺達は人間じゃない……だからこそ、達成できてしまったわけだ」

『――王女、とうとうこの私が引導を渡す日が来た』

間違いなく、声は巣から聞こえてくる。けれど巣の周辺にゴーザの姿はない。

いや、違う。声は――巣そのものから響いていた。

『今日、シャディ王国崩壊の日が始まる。この私が……巣と融合を果たしたゴーザ＝ドゥレスが、全てを終わらせる』

「というわけだ。せっかくあんなにまでなって頑張ってくれるんだ。なら俺も、って気になるだろ？」

ユキトはザインの笑みを見ながら、その後方――巣の手前にいる魔物達を見据える。多

くは今まで見てきた雑多な敵だったが、中には今まで遭遇してきた個体とは大きく異なる存在もいた。

「あれは……」

「ああ、気づいたか。魔物も変えた……というより、作ったと言い換えた方がいいな。邪竜サマには直属の配下がいてなあ。ゴーザが巣の力を利用してそれを真似《まね》てみたんだが、どうだ？」

姿は漆黒で、ユキト達人間と比べて二回りは体格が大きい。鎧《よろい》に身を固める個体もいれば、筋骨隆々の体躯《たいく》をむき出しにしている個体もいる。さらに頭部は人間のように目も鼻も口もあるが、異形と呼ぶに差し支えないほど、人間で言えば怒りを湛《こら》えているようにも見受けられるその顔つき。加えて、背にはどうやら漆黒の翼を持っている。

ユキトは敵の姿を見据え、呟《つぶや》く。

「……悪魔」

「お？　何だ、来訪者連中の世界にもそうした言葉があんのか？　そうだ、邪竜サマの直属……かつて魔神の眷属《けんぞく》として天神と渡り合った、悪魔だ」

ゆっくりと進み出る悪魔達。邪竜の配下を模倣《もほう》したものとはいえ、魔力はユキト達を震《しん》撼《かん》させるに十分すぎる量を抱えていた。

あれらに加え、ザインがいる——ユキトは解説をする相手を注視した。まだ何もしてこない。だが、策を弄《ろう》しているのは間違いない。

「警戒しているなあ。ま、そう思ってくれていた方がこっちとしてはやりやすい。それじゃあ――」

ザインは一転、獲物を狩る獣のような目つきとなる。

「改めて、始めるとするか！」

ザインが先陣を切る。同時、複数の悪魔が背にある翼を広げ、突撃を開始した。

「っ……！」

ただそうした状況で、ナディを含めシャディ王国の面々は動けなかった。あまりに驚愕《きょうがく》すべき状況。特にゴーザが巣と融合したなどという事実。そこから情報を処理し切れていない様子だった。

これ自体も、ザイン達の策であるとすれば――ユキトはいまだ混乱する頭の中、体を動かした。それは紛れもなく本能だった。このまま迎え撃てば、間違いなく負ける。だからこそ、動かなければならない。

「カイ！」

ユキトは名を呼び、叫ぶ。

「俺がザインを止める！　巣を破壊する算段を――」

言い終えぬ内に、接近してきたザインと刃を交わす。三度目の戦い。だが今回ばかりは時間稼ぎというわけにはいかない。

「楽しもうぜ！」

ザインは声と共に影を生み出す。しかしそれに合わせセシルがユキトの背後を守り――仲間達も悪魔と交戦を開始した。

＊　＊　＊

ユキトが叫び、他の仲間が悪魔と交戦を開始した時、カイは後方を振り返る。

「ナディ王女！」

呼びかけ、さらに彼女の方へ近づく。そこでゴーザの変貌ぶりにフリーズしていた騎士達が動く。悪魔が襲いかかってきたことで我に返ったらしい。強靱《きょうじん》な肉体を持つ悪魔相手では、霊具使いでも手こずるかと思われたが、特級以上の霊具を扱うカイ達であれば、対応は可能なようだった。

「ふっ――！」

カイの近くにいたアユミが弓を構え、悪魔に狙いを定めて矢を放った。それは最短距離で悪魔の頭部へ突き刺さり――体がよろめき、動きが止まった。

「普通の矢ではダメか。なら――」

彼女は右手を振る。光の粒子が舞うと共に矢が生まれた。それを弓へつがえさらに魔力を込める。キィイン、と甲高《かんだか》い音が鳴り魔力が膨らんでいく。あれならおそらく倒せるはずだとカイは判断し、ナディへ話しかけた。

「本来、作戦では巣を破壊するべくゴーザと巣を引き離すはずだった」

「え、ええ……そうですね」

――ゴーザはシャディ王国の軍事力をつぶさに把握している。ということは、巣を壊せる霊具があるのも知っている。よって巣を守るための策を施しているはず。そういう前提でカイ達は作戦を組み立てた。

しかし、そういった作戦が無意味になってしまった。まさかゴーザが『魔神の巣』と融合したなどと――荒唐無稽《こうとうむけい》ではあったが、現実に起こっている以上、対応策を考えなければならない。

「魔力の……観測は？」

「巣そのものからゴーザの気配を感じます」

近くにいた魔法使い、巣の破壊を担当する男性がナディへ言った。

「加えて、巣には以前破壊した『魔神の巣』とは異なる魔力が……おそらく、結界の類《たぐ》いではないかと思われます。こちらの使用する霊具を把握している以上、それに対抗するためのものかと」

「遠距離から魔法を飛ばしても駄目ですね……ということは――」

「結界を壊してから、魔法を打ち込むしかなさそうだ」

カイは告げながら戦況を確認する。悪魔は確かに脅威だが、圧倒されているわけではなかった。

フィスデイル王国の騎士と、シャディィ王国の騎士が連携して対処できている。とはいえ悪魔の数は多く、かつ他の魔物だって倒さなければならない。持久戦に持ち込むにしてもリスクはある。

「魔法と僕の聖剣……その二つを組み合わせ、強引に巣を破壊する」

「できますか？」

「フィスデイル王国で戦った巨人の教訓を生かして、巨大な構造物を壊すための技法は習得しているよ。聖剣の一撃であれば、いかに強固な結界を構築しても、破壊はできるはず。そして計画通りに魔法を当てれば……」

「それしかなさそうですね……リュシルさん」

ナディィは待機しているリュシルへ呼びかける。

「あなたに部隊の半分を託します」

「それで、巣を破壊すると？」

「本当は私が行きたいのですが……」

「それは止《や》めておくべきだ」

と、カイはナディ達の会話に割って入るように告げた。

「退路の確保が必要な上、あなたまで同行するとなったらシャディ王国の面々の指揮は誰がするという話になる」

「そうですね……では、どういう布陣で？」

「巣の手前にはかなりの魔物がいる……悪魔も存在している以上、こちらも相応の戦力を振り分ける必要がある……メイ」

と、カイはメイに呼びかけた。

「メイはナディ王女と共にいて欲しい。それとシオリを除いた隊のメンバー二人についてては僕らに同行してもらいたい」

「……直接的な戦闘能力は――」

「わかっている。強化魔法の支援が欲しいんだ」

サポーターを加えてさらに戦力を増強する――メイは納得して隊の中から二人を呼んだが、

「でも、危険なことに変わりはない」

「うん、最大限の警戒はする……そしてシオリには、ユキト達の援護をして欲しい」

カイはシオリが握る霊具を見据える。それは鉄製の杖《つえ》。その先端についている宝玉が、見方によって色合いが変化するという特殊な物。

霊具は『七色の宝杖《ほうじょう》』と名付けられていた。特級霊具であるが、何かしら特筆した能力を有しているわけではない。ただ、地水火風様々な魔法を扱えるという汎用的《はんようてき》な能力に優れた霊具だ。

「といっても、ユキトやセシルを直接的に、というわけではないよ。周囲にいる悪魔や魔物を倒す露払《つゆはら》い的な役割だ」

次いでカイは周囲を見回し、

「──レオナ！」

丁度騎士と連携して悪魔を倒した彼女に呼びかけた。

「同行を頼む！」

「私!?」

「広範囲に敵と戦える人間が必要だ！　タクマ、そっちは──」

「俺は大丈夫だ！　さっさと倒してこい！」

発破を掛ける声と共に、タクマもまたレオナと同様に騎士との連携で悪魔を打倒した。

戦場は乱戦の気配を見せ、さらに後続から魔物が来る。

「あまり悠長にはしていられないな……メイ、後は頼むよ」

「わかった。気をつけて」

「ナディ王女――」

「ここはお任せください。私達が絶対に戦線を維持します」

それを聞いてカイは大きく頷《うなず》き、号令を掛ける。

「攻撃を――開始する！」

仲間達が一斉に動き始めた。ユキトを含め少数を後方に残すような形での攻撃。カイは直感していた。そうしなければ、巣を破壊できないと。

カイ達は乱戦状態に陥っている場所を抜け、魔物や悪魔しかいない場所まですぐに到達。そこでカイは剣を掲げた。一瞬で光が天へと伸び、その剣が――振り下ろされる。

巨人を削ったカイの光の剣は、砦《とりで》における戦闘からさらに進化していた。しかし、振り下ろされる剣に対し、魔物は避けきれず食らったが――悪魔は翼を広げ、かわしてみせた。

「動きが速いな……」

カイはすぐさま光を消した。悪魔は俊敏であり、長いままでは懐に潜り込まれたら致命的だと悟ったためだ。

「魔物はともかく、悪魔は光の剣では捉えられない――」

悪魔達が散開する。正面だけでなく右や左からも近づき、囲うように襲ってくる。

さらに魔物達もそれに追随した。一方向ではなく多方面から攻められれば、光の剣は振るいにくい。下手に横へ剣を薙《な》げば味方に当たる危険性が出てくる。

「乱戦に持ち込みたいわけか……僕の能力をしっかり見極めている」

「なら、どうしますか？」

問い掛けたのはエルトだった。彼が握る霊具からは、カイの仲間が持つ霊具と同じような強い魔力を感じることができた。

「無論、これは想定の内だ……巣へ攻撃を仕掛けるのに戦力を厚くしたのはこれを打破するため……リュシルさん、あなたの力も借りるよ」

「存分に使って」

フィスデイル王国とシャディ王国の騎士、双方に指示を出しながらリュシルは応じた。他国の騎士であっても従わせるその指揮能力。この戦場において貴重なものだった。

「とにかく、僕の剣とシャディ王国が持っていた霊具による魔法……これを当てるために接近する。道中の敵は迎撃しつつ、移動を優先に……走る！」

号令と共にカイは足を大きく踏み出した。同時に悪魔も接近してくる。

だがカイはそれを読み切り、体を傾け攻撃をかわし一閃《いっせん》した。途端、胴体が両断される悪魔。聖剣の力であれば、一撃だった。

「僕が前に出る！　他の人はついてきてくれ！」

立て続けに悪魔を打ち倒し、カイはさらに突き進む。

『これでもなお、来るか』

ゴーザがカイの様子を見て呟《つぶや》いた。直後、巣の中から魔物が一気に出現する。しかしカイ達はそれでも怯《ひる》まず、歩みを進める。

「王女に代わって、決着をつけよう――ゴーザ！」

カイは叫び聖剣の力を解放した。それは巣と融合したゴーザでさえ、わずかに呻《うめ》くほどのものだった。

発せられた魔力は空気を震わせ、戦場において一際存在感を高めた。周囲にいた仲間達ですら驚くほどのものであり、カイの魔力によって味方がにわかに沸き立った。

士気が上がり、なおかつ魔物達さえもカイの力に臆すような様子を見せ――途端、ゴーザが叫ぶ。

『聖剣使い、貴様を倒せば……やれ！』

命令により、魔物達が弾かれたように走り出す。悪魔も追随し、カイ達は真正面からぶつかった。

聖剣が迫り来る悪魔を一刀両断にする。さらに立て続けに剣で複数の魔物を一蹴する。力の差は歴然であり、どれだけ魔物をけしかけてもカイ達が止まることはなかった。

「はああっ！」

迎撃するのはカイだけではない。カイの斬撃の間隙《かんげき》を縫うように迫ってくる悪魔と最初に対峙《たいじ》したのはレオナだった。炎をまとわせた斧《おの》の一撃が悪魔の体へたたき込まれる。

結果、彼女の渾身《こんしん》の一閃《いっせん》は悪魔の体を両断することに成功する――それまでの戦いでは一撃とまではいかなかった。しかしカイの力を間近で受けたこと。それが自身の魔力を活性化させて潜在能力を引き上げた――

「これなら……いける！」

カイは仲間達が力を引き出せば悪魔を一撃で打倒できると確信し、叫んだ。レオナに続き、他の仲間達も霊具から力を引き出して悪魔を一撃で倒している。

だが、他の騎士達は違う。カイの気に当てられ士気が上がり連携攻撃によってスムーズに敵を倒せてはいるが、さすがに悪魔を瞬殺できるほどのカイ達のペースには劣る。

巣を破壊するための魔法を使う人間を守る必要もあり、このペースで悪魔を倒し強行突破するのは苦しい。とはいえ、士気の高さがいつまで続くのかわからない――

「カイ」

そんな時、呼びかけたのは魔法で悪魔を撃滅するリュシルだった。

「私が騎士達を無理矢理にでも引っ張るわ」

「……しかし」

「ゴーザが次の一手を決める前に、決着をつける。そのつもりでしょ？」

問われカイは小さく頷《うなず》いた。聖剣の力で撃滅する――これまでに導き出した、信頼を失わない方法。そしてそれは、奇遇にも今の戦況で最適な選択と言えるもの。

だが、騎士と仲間とで足並みが揃《そろ》っていなければ――

「私が、どうにか対処する。カイは気にせず突っ走ればいい」

「それで……大丈夫なのかい？」

「してみせるよ」

リュシルの強い言葉にカイは一時押し黙った。そして、

「……わかった」

カイは承諾し、仲間達へ告げる。

「このまま突破して巣の根元まで近づく！」

仲間達は一斉に返事をして呼応。同時、カイは真正面にいた悪魔を倒し、駆け出した。

後方に仲間達が追随し、カイの左右から押し寄せてくる敵を迎撃する。さらにその後方にフィスデイル王国とシャディ王国の部隊が続く。

彼らは数を利用して敵の対処を始めた。カイ達の討伐速度に並ぶことはないが、それでもリュシルが指示を下し、エルトが加勢することによって、食らいついていく。

『ぐ……！』

ゴーザもこれは予想外だったのか、小さなうめき声を上げた。ただ魔物の指示は止めず、動きを変えた。強引に突破しようとするカイ達と騎士を分断するべく、横から攻撃を

仕掛ける。

　だがそれはリュシル達には予想できた動きだった――彼女が新たな命令を発する。騎士達が散開し、左右の敵に応じる者とカイ達に追随する者に分かれた。

「退路を確保する！」

　敵を食い止める役目をエルトが担い、彼は霊具の力を発揮させた。

　刹那、魔物達が一瞬動きを止めた。原因は彼が霊具の力により騎士の幻影を作り出したためだ。

　魔力だけを見れば、本物とまったく変わらない。姿形も見事に再現し、負傷し流血している騎士まで生み出している。

　すると魔物の動きに明確な変化があった。明らかに本物と幻影を混同し、幻影にも攻撃を向け始めた。幻影そのものに攻撃力はほとんどないが、実物のように触れることはできる――よって、幻影に攻撃をして隙《すき》を晒《さら》している敵を、本物の騎士が倒していくという事態が発生した。

「このまま戦線を維持します！」

　幻影の数は次第に増えていく。それがカイの走る前線にまで生じ始めた時、

「これほどの規模を……？」

「エルトは迷宮踏破者ということもあって、魔力も相応に多い……けれど、幻影は生み出

せば生み出すほどに魔力を消費する」

カイに帯同するリュシルが解説を行う。

「だからそう長くはもたないし、一度見せれば相手に魔力を見極められて二度と使えなくなる……エルトはここが使い時と考えたようね」

「なら、それに応えるべく進もう！」

カイはさらに勢いを増した。幻影によって生み出された騎士に攪乱《かくらん》されて魔物達の動きが鈍《にぶ》る。それによりさらに前進でき——とうとう、巣の眼前にまで到達した。

「融合しているとはいえ、ゴーザが巨大になったわけではないはず」

リュシルは巣を見上げ、なおかつ魔物を倒しながら告げる。

「だからどこかに人間だった時の体……核が存在する……」

「外部から見極められるか……？」

カイは目を凝らす。聖剣の力によって魔力をさらに精査することが可能となり、巣の全容が見えてくる。

「……ゴーザの気配がどうかはわからないが、いくつか魔力の集積点があるね」

「報告が」

ここで破壊魔法を使用する魔法使いが言った。

「調査魔法によれば、巣の中央……その場所にゴーザの気配があります」

「ダミーである可能性は？」

「低いと思います。巣と一体化し、なおかつ悪魔などを生み出している以上、巣の力をフル活用しなければならないでしょう。現在も魔物を作っていると考えれば、魔力を利用し生成しているはずなので、一番魔力が集まっている場所にいるのはほぼ確実かと」

カイはその言葉に頷《うなず》き、アユミへ目を向けた。

「アユミ、当該の場所に攻撃してくれ」

「私でいいの？」

「ああ。逃げるのかそれとも動けないのか……そして、巣の強度がどれだけなのか確かめたい」

指示を受けアユミは弓を構えた。引き絞り高まる魔力。その間にも巣から現れた魔物が襲いかかってくるが、士気の高い今のカイ達に対処は難しくなかった。

なおかつ巣から出てくる魔物の勢いも次第に弱まっている。たとえ巣と融合しても、魔物の生成速度はそれほど変わらず、今は溜《た》め込んだ魔物を放出しているだけ——魔物が減り続ける中、とうとうアユミが矢を放った。

限界まで収束させた魔力は、黄金の輝きを持った光の矢となって大気中を駆け抜ける。

次の瞬間巣を直撃し、構造物がガラガラといくらか崩れ地面へ落ちた。

『貴様……！』

「動きはありません……あの場所です！」

「準備を」

カイは告げると同時に剣を構える。

「リュシルさん、アユミ。援護を頼めるかい？」

「いいわよ」

「もちろん」

両者の同意を得た直後、魔法使い達が魔法を起動させる。聖剣と同様に大気を震わせる濃密な魔力。とはいえ、それを身に受ければタダでは済まないとわかっているゴーザもまた魔力を高めた。

『貴様らの目論見《もくろみ》はわかっているぞ……！』

直後、カイは跳躍した。常人では到底あり得ない高さまで跳ぶと、さらに空中を蹴る。魔力により足場を作るという、以前の訓練でユキトがやっていたのと同じことをした。

『馬鹿め！　いかに聖剣使いといえど無防備になれば――！』

ゴーザが動く。巣自体の魔力が震え、アユミが撃ち抜いた場所に光弾が生まれた。

「魔法か！」

『人間の時に習得した技法も、役立つものだな！』

勝ち誇ったようにゴーザが叫ぶと、数十はあろうかという光弾が空中に生まれ、それらが一斉にカイへと放たれた。膨大な数による攻撃。とはいえ他ならぬカイ自身、さしたる障害と捉えていなかった。

カイは光弾をたたき落としながら、ゴーザへ迫る。しかしそれだけでは対処しきれない数の魔法が――

ゴーザが勝ちを確信したかもしれないその時、多数の光が光弾を消し飛ばした。アユミによる攻撃と、リュシルによる魔法だった。

『ちぃ……！』

ゴーザが舌打ちすると共にアユミが撃ち抜いた場所に変化が生まれた。ボコボコとまるで肉塊が動くかのように、巣が膨らんでいく。

『聖剣の力で打倒する気か……！　だが、刃さえ届かなければ――』

「いや、本命は僕の剣じゃない」

大気を蹴り巣へ肉薄したカイは、膨れ上がった場所へ向け斬撃を放った。それは巣を大きく削り、破片が周囲に飛び散った。

「たとえあなたを倒しても、巣の機能は失われない……あなたと共に巣を破壊するのが、もっとも効率的かつ早く倒せる」

刹那、地上で一際光り輝くものが生まれた。巨大な光の槍《やり》――巣を壊すための魔法が完成し、今まさに放たれようとしていた。

カイはさらに幾度か剣をたたき込み、巣の中心を大きく傷つけていく。この時点でカイは、巣全体が巨人のように魔力を弾く構造になっていることに気づいた。聖剣による直接攻撃は有効だが、光の剣を伸ばしてもゴーザに届かないか、効果は薄い。よって聖剣で巣を砕き魔力を削り、切り札の魔法でトドメを刺す――それがベストだと改めて確信する。

そして、剣で巣を砕き進めた先に――表層部分と比べて強度が少ない場所に到達した。

「巣全体の強度を上げることは完璧にできなかったようだね。ここまでやれば十分……あの魔法は、ひとたび着弾すれば連鎖的に誘爆を引き起こすものだ。ゴーザ……あなたの野望も、これで終わりだ」

『ま、待て……今魔法を放てば貴様も無事では――』

カイは空中を蹴り、巣から大きく離れる。一瞬の出来事であり、ゴーザはその動きに呆《ぼう》然《ぜん》としたらしい。言葉は何もなかった。

「今だ！」

カイが地上へ叫ぶと同時、光の槍が射出された。アユミの放った矢と同様、大気を駆け抜けたのは一瞬。直後、巣の中心に魔法が激突し、光が膨れ上がった。

『あ……があああああああ……！』

巣の中心が轟音《ごうおん》を上げ爆発を始めた。カイの言葉通り、爆発は四方に分散し、巣を完璧に破壊していく。巣の奥深くから次々と誘爆しているためか、表層部分が魔力を弾く効果が施されていても、ほとんど意味がないようだった。

爆発が終わると、巣はガラガラと音を立てて崩れ始めた。ゴーザは沈黙したままで、その命が終わったのをカイは悟る。

「……既に捨てているとはいえ、元人間だ。僕らは……初めて、人を殺《あや》めたことになる」

カイは崩壊していく巣を見つめ呟《つぶや》いた。

「この感情を、乗り越えなければならない……これから、精神的にも厳しい戦いが待っているな」

カイは言いながら地面へと着地した。すぐさま仲間が駆け寄り、アユミが真っ先に口を開いた。

「怪我《けが》はない？」

「問題ないよ。後は魔物の掃討か……後方は？」

「現在のところ、魔物や悪魔の数は減っているわね」

答えはリュシルからだった。

「問題はザインという信奉者だけど」

「心配だけど、魔物を無視するわけにもいかないか……」

壊れていく巣の中から、魔物や悪魔が這《は》い出てくる。残った魔物達は明らかにカイ達へ狙いを定めていた。このまま後退すれば確実に背を狙われる羽目になる。

「倒すしかないな……まだいけるかい？」

「問題はない」

レオナが斧《おの》を構え臨戦態勢に。他の仲間達、騎士達も応じる構えを見せた。

「魔物を素早く倒し、王女達と合流する」

同時、カイ達は迫る魔物達と交戦を開始した。いまだ残る信奉者については多少気にはなったが、

（ユキト、頼む）

心で念じながら聖剣を振るい続け――直後、カイにとって予想外の出来事が起こった。

＊　＊　＊

「おー、ゴーザは結構頑張ったな」

巣が崩壊した時、ザインは驚愕《きょうがく》するわけでも、悲しむわけでもなかった。ただ淡々と事実を受け入れ、なおもユキトと対峙《たいじ》する。

「聖剣使い相手に十分健闘したんじゃないか？」

「……これで、終わりだ」

ユキトは宣言しながらも警戒は緩めない。余裕綽々《しゃくしゃく》という様子のザインを見て、むし

ろどんな策を持っているのか警戒を強くした。

「ああ、ゴーザによる戦いは——終わりだな」

引っかかるような物言い。やはり、まだ——

「さて、俺はどうするか……」

「前のように巨人でも出すのか？」

「まさか。あんだけの仕込みをしたらそっちにバレるだろ」

肩をすくめるザイン。

「過去の手が通用するって考えるほど、俺もマヌケじゃねえ。魔力で魔物を紛れさせ伏せる作戦、大地の霊脈を使う作戦、そして地中に魔物を仕込んでおく……と、ここまで俺は色々と手を替え、品を替えてやってきたわけだが、そのどれもがもう使えない」

確かにザインの言う通り、同じ轍《てつ》を踏まないよう最大限意識を集中させ気配を探っているのは事実だった。

「だがなあ、一つだけ……ここで状況をひっくり返せる手がある」

しかしザインは告げる。何をするのかとユキトが魔力を高め、さらに背後を守るセシルもザインの動きを見逃すまいと視線を集中させた。

「といっても、別に聖剣使いを倒せるとはつゆほども考えていない……が、この状況は色々と良いとは思わないか？」

状況——ユキトが相手の真意を探ろうとした時のことだった。

それは、まさしく想定外の出来事。ユキト達の左右にある森。それが——森自体が突如、動き始めた。

「……っ!?」

視界に捉えた瞬間、木々そのものが枝を手とし、根を足としてユキト達へ迫ろうとしていた。

「魔力がおかしいからといって、まさか森そのものが魔物とは思わねえだろ？」

「迎撃を！」

後方にいたナディが号令を掛けた。無茶苦茶な数の木々が押し寄せ、ユキトは対応に迫られる。

（まずい、これは……！）

ここに至り全てを理解した。カイ達はエルトが退路を確保しているとはいえ、ユキト達の所へ戻るには魔物の壁を突破しなければならない。本来なら『魔神の巣』を破壊したので魔物が増えることがない以上、ゆっくり戦ってもいい。けれどザインがいるため全力で戻ってくるのは間違いなかった。

しかし、大量の魔物によりその壁が分厚くなればどうなるか。

「味方がいる状況だ。あの馬鹿でかい光の剣を使うわけにもいかないよな？」

ザインが駆ける。ユキトは瞬間的にそれに応じ、幾度となく刃を合わせる。

「これ以上ないくらいって好機だ。ここで仕留めさせてもらうぜ！」

宣言と同時にザインは魔力を高めユキトの剣を弾き飛ばした。それで体勢が崩れることはなかったが、左右から迫る魔物が視界にちらつき集中しきれない。

（ザインの狙いは……！）

「そっちもわかってんだろ？」

再び相手が来る。セシルが援護に入ろうにも、ザインが生み出した影によって阻《はば》まれ一騎打ちを迫られる。

とはいえ、相手の刃はユキトを倒そうという雰囲気ではなかった。隙《すき》あらば、突破しようという気概。それは間違いなく、

（俺じゃなくて……ナディ王女か！）

ユキトは苛烈《かれつ》に攻め立てるザインを食い止める。周囲の状況は悪くなる一方であり、そちらに気をやられ目前に迫るザインに集中することができない。

セシルも影と交戦して身動きがとれない状況。これを打開するためにはシャディ王国の騎士団が魔物を掃討するか、あるいはユキト達以外に残っている霊具使いの誰かが援護に回ることだけ。

しかし、それもかなり厳しい――ナディの近くにいる仲間は攻撃能力が皆無に近いメイ

だけであり、支援はできてもザインの動きを止められない。かといって他の霊具使いで近くにいるのはタクマとシオリだけ。両者は迫る魔物を騎士達と共に食い止めており、二人がいなくなれば戦線維持が難しいような状況だった。

（カイ達が戻ってくるのを待つしかないか……！）

ユキトは奥歯をかみしめ、目の前の敵と相対し続ける。霊具使いであるユキト達を分断するのも計算の内で間違いない。それどころか、どれほどの戦力を巣の破壊に費やすかさえ、読み切った可能性すらある。

（砦《とりで》の戦いと沿岸部の戦い……それらを観察し、俺達の戦力を分析。ゴーザの能力を考慮し、どれだけカイが仲間を引き連れ攻撃するかを計算した――）

ユキトはザインの刃を弾く。ただ時間を稼ぐだけではない。背後にいるナディを守るための戦い。単に切り結べばいいという状況ではないため、さらに動きが鈍《にぶ》る。

（しかし――）

「……目論見《もくろみ》はわかったよ。だが、俺がお前を食い止めれば終わりだ」

「ああ、確かになあ。俺としては、この策を最後まで遂行する……それしか道はねえ！」

ザインが走る。それはユキトへ挑むのではなく、すり抜けるための動きだった。

即座に応戦し、動きを阻《はば》むべく剣を振る。やりにくい、と感じながらもユキトはザインの短剣を防ぎ、いなし、動きを止める。周囲に構っている余裕はなかった。

ナディを無事に退却させれば相手の目論見《もくろみ》を打破できるが――背後にも魔物の気配があることに気づく。どうやら戦場にいた魔物がこっちにも来たのか、退路を塞《ふさ》いでいる。それを突破するにも時間が掛かるはずだった。

ならカイを待つしかないが、戻ってくるまで如何《いか》ほどか――ユキトは剣を強く握りしめながらザインと戦い続ける。時間にして数分も満たない。しかしそれでいて果てしなく長い時間。

そうした戦況に変化が起きたのは、左側に異様な気配を感じ取ったためだった。ザインを大きく弾いて一瞬だけ見ると、木々のような姿をした魔物の間に、悪魔がいた。

その存在だけ、他とは一線を画す魔力を持っていることが距離を置いていてもわかった。さらに何かある――そう思った時、

「ユキト！　こっちは大丈夫！」

後方からメイの声がした。気配で察する。彼女がどうやら魔法を行使しナディを援護した。それればかりでなく、騎士達が動いている。王女を守るための準備が整ったらしかった。

少なくとも、突破されても対応できるだけの備えはできた。ならば、反撃に――そう思った時だった。

「ふっ！」

ザインが接近してくる。ユキトはそれをどうにか振り払いながら、なおも執拗《しつよう》に迫ってくる敵と目を合わせ、

「お前の目論見は潰《つい》えた。これで――」

「終わり、と言いたいんだろ？　ああ、残念だが」

ザインはユキトの間合いから脱する。次いで、

「俺の目的は――王女じゃないぜ？」

瞠目《どうもく》した時、悪魔の雄叫《おたけ》びが聞こえた。野太く、それでいて周囲を威圧する声を聞き、ユキトは首を向ける。今まさに、悪魔とタクマが交戦しようとしていた。

「はああっ！」

初撃で倒す――タクマの決断をユキトはつぶさに理解した。氷が爆《は》ぜ、悪魔を凍結させて拘束する。

頭部だけは唯一凍らせず、首を切って終わらせるという策は一撃で仕留める手段としては最適解だった。強力な魔力を抱えているが、十分打倒できる。そういう判断をタクマは瞬間的に下し、剣を振った。

しかし――彼の剣が悪魔の首を捉え、両断しようと振り抜いた腕が、完全に止まる。

「……何っ⁉」

タクマが叫んだ瞬間、バキィン――と、氷が砕ける音がした。悪魔の右腕が解放され、

タクマに迫る。

刹那、ユキトは理解する。悪魔が保有する魔力の量は多いものの、タクマの霊具であれば対処はできた。しかし悪魔の能力は他の魔物とは違っていた。

悪魔は、自身の魔力を操作して首へ放たれた斬撃を防ぎきり、魔力を高めた右腕を、

「タクマ！」

叫んだ時には全てが遅かった。隙《すき》だらけになっていたタクマの胸元に、悪魔の右腕が突き込まれ――刺し貫いた。

「あっ……」

近くでセシルの呻《うめ》くような声が聞こえた。ユキトは体中が沸騰したかのように熱くなり、そちらへ向かおうとするが、

「させるか！」

だがザインがそれを阻《はば》もうとする――が、限界まで魔力を高めたユキトを前に、突如足を止める。

「っと……これはヤベえ――」

ユキトの剣が猛然と近づいてきたザインへ放たれた。踏み込みも技の切れも剣を薙《な》ぐ速度も全てが今までの中で最高。怒りに任せ、自分の体など顧《かえり》みない一撃であり、ザインは避けきれず受けるしかなかった。

ユキトが振り抜いた瞬間、ザインの体が後方へすっ飛んでいく。さらにセシルも影を弾き飛ばし、後続にいたシャディ王国の騎士が数人、影へ仕掛けた。

同時に、ユキトはタクマの下へ駆け出した。セシルが追随する音が後方から聞こえ、悪魔へ接近する。

一方の悪魔は崩れ落ちるタクマを放置し、次の狙いを近くにいたシオリに定めた。だが、それよりも早くユキトが到達し、次の瞬間体に強化魔法が身に宿った。

メイによる支援だと確信しながら、ユキトは悪魔へ剣を振り抜く。

「おおおおっ！」

悪魔は対抗するべく拳《こぶし》を振りかざすが、それよりも先にユキトの刃が悪魔の首へ到達。そこに魔力を大いに宿していたが、両断に――成功した。

途端ギシッ、と体にきしむような痛みが走る。無理な動きと無茶な魔力収束により一気に限界が近くなった。だが、まだだとユキトは自分に言い聞かせる。まだザインは倒せていない――

「ああ、やっぱりな……仲間がそうなったら、周囲の状況が見えなくなる」

ザインの声が聞こえた。吹き飛ばしたはずだが、近くに到達したのかそれとも――

（――影だ）

後方に飛んだ影とは違う個体。ユキトが視線を転じた時、全てが終わっていた。ザインが生んだ二体目の影が倒れるタクマの近くで立ち尽くすシオリの背後に構え、短剣で、背中から彼女の胸を刺し貫いていた。

「……かはっ」

彼女の口から鮮血が舞う。影を斬ろうとセシルが迫った時にはその姿がかき消えていた。

「――シオリ！」

脇目も振らず駆け寄っていくメイ。ユキトは辺りを警戒しながらタクマへ声を掛ける。

「大丈夫か⁉」

「……悪い」

彼は苦しみながらも弱々しく笑ってみせた。ワナワナと震えながらユキトは彼を抱きかかえようとした時、

「後は任せた……前を向いてくれ。後悔だけは、するなよ」

最後まで、ユキトを気遣う言葉を残し――タクマは、動かなくなった。

「あ……」

体の芯と、頭の中が恐ろしいほど冷え切っていた。それと共に身の内に業火が燃え始めている。

感情を整理できないまま、ユキトは気配を探りながらザインのいた方向に目をやった。

騎士達が攻撃しようとしているが、その全てを周辺にいる魔物や悪魔が阻《はば》んでいる。当人は短剣を握りしめ、

「一人やっちまえば、どれだけ霊具の効力で頭を冷やそうとしても無理だとわかっていた。だから影に気づかなかっただろ？　まあ、どうあっても守ることはできなかっただろうが、な」

ユキトは一瞬だけ横手に目を向ける。メイの治療もむなしく、シオリが息を引き取る光景があった。

「シオリ……！　シオリ！」

名を呼び、涙をこぼすメイの姿を見て、ユキトはさらに怒りと、冷え切った感情が膨らんでいくのを感じた。

「これは誰の責任か？　色々と考え方があるだろう。だが、一番は後方にこれだけの霊具使いしか残していなかった……そう指示を出した――」

何も聞きたくなかった。ユキトはメイの強化魔法がまだ残る中で疾駆《しっく》した。悪魔が来ようが関係ない。その全てを蹴散らし、ザインを倒す。

「ああ、言っておくがお前まで倒せるとは思ってない。お前の実力は、俺が一番よく知っている」

ガアッ、と何か音がした。それと共にユキトは落下し始めた。落とし穴――とはいえそ

れはユキトの体を地底奥深くまで誘うような規模ではない。精々半身を穴に入れる程度のもの。けれどその落差は、ユキトを次の行動に移させるのを決定的に遅らせる。

「だが意識を俺に集中させれば、それに乗じて罠《わな》に対応できなくさせられる――これで、お前の顔を見なくて済むのは助かった」

穴の地面に着地した瞬間、足下が発光した。転移魔法だと確信した矢先、ユキトは即座に脱出しようとしたが、間に合わなかった。

「じゃあな、黒の勇者。お前が死ぬところを見られないのは残念だがなあ」

視界が白く染まる。何かないかとユキトが周囲を見回し――戻ってくるカイの姿を目に留めた。

遠くからでも表情がわかった。頭が冷え切り、金属音が鳴り響く時以上に集中力を高めたユキトは、カイの表情を捉えた。顔を引きつらせ、絶望しているような――それでいて、その表情は仲間が死んでしまったことによる悲しみとは、何か違う感情を宿しているような気がした。

彼の顔が頭の中に焼き付いたと同時、完全に光に包まれる。転移すると認識した直後、誰かがユキトの右肩をつかんだ。

それは一瞬の出来事。気づけば真っ暗な空間に放り出され、バランスを崩しユキトは地面に倒れ込む。

「っ……⁉」

固い感触が伝わってくる。しかし周囲は何も見えず、ユキトは握りしめる剣の感触だけを自覚し、頭が混乱し始めた。

それを打開したのは――女性の声だった。

「明かりよ」

真っ暗な空間に、魔法による白い光が生み出された。声と共にその姿を確認したユキトは、

「セ、セシル……？」

ユキトの肩をつかみ、自らも転移に巻き込まれた彼女がそこにいた。

＊　＊　＊

巣を破壊し、魔物を撃滅したカイが戻ってきた時、全てが終わっていた。倒れる二人の仲間、いなくなった側近と騎士。魔物に守られつつも、シャディ王国の騎士に包囲された信奉者は、聖剣を握りしめるカイへ目を向け、

「ああ、戻ってきたか。予想以上に早かったな。ま、そこそこ質は良いにしてもがむしゃらに突撃するだけの魔物だけなら、このくらいが限界か」

ザインは短剣を収める。次いで口の端を歪《ゆが》ませ、

「惨状を見て……相手が上回っていたとか、お前は最善を尽くしたとか、色々と言い訳もできるだろうし、お前を励ます言葉を掛ける人間も多いだろう」

カイは何も言い返せない。目前の状況を眺めることしかできない。

「だが、こう思ったはずだ……ゴーザと戦うために用意した戦力には思った以上に余裕があった。事実だろ？　でなければ、あれだけ派手にやって犠牲が出ないわけがない。だから、本来ならもっと後方に待機させていても良かった……俺も正直賭けだったぜ。ゴーザの能力を見て八割方いけるだろうと踏んでいたが、それでも最後は白の勇者、あんたの決断によるものだからな」

「最初から、後方を狙うつもりだったと？」

カイに代わり、エルトが前に出て問い質《ただ》した。するとザインは当然のように首肯し、

「俺とゴーザは共闘していた。俺が前線に出ているのを見て、ヤツはそれを利用しようと動いた……俺も同じだ。ゴーザの動きに合わせて策を用いた。結果、来訪者二人を直接殺せたし、黒の勇者もまあ……確実に始末できただろう」

始末――カイの思考はフリーズしたまま。呆然《ぼうぜん》とし、動けない。

「この戦いの責任なんてものは、そうだなあ。少なくともシャディ王国としてはゴーザを倒し、巣も破壊できた。なおかつこんな戦況じゃあ、俺にできることは高が知れている。

そちらの勝ちと見ていいし、来訪者の犠牲が出たとはいえ、それを誰かの責にするなんてことはないだろう」

ナディが拳《こぶし》を構える。指揮官として後方にいた彼女だが、前線に出ていないのを後悔しているような雰囲気があった。

「だがな、白の勇者。誰も言わないだろうから、この俺が――直接手を下した俺がはっきり言ってやる」

ザインはいまだ何も声を発しないカイを見据え、

「そこに転がっている二人は、お前が殺した――お前の采配によって、死んだんだ」

エルトが疾駆《しっく》する。レオナや他の仲間達も魔力を高め、ザインへ突き進む。

「最後はお前の決断で、同胞は動いた。ほんの少し見誤った……それで、二人は死ぬことになった」

エルト達の剣が悪魔や魔物を屠《ほふ》り、ザインへ到達する。そしてレオナが炎をまとわせた一撃を見舞った時、ザインの体は黒く染まった。

「影……!?」

彼女が驚愕《きょうがく》する間に、ザインの分身が崩れていく。

「じゃあな、白の勇者。次は邪竜サマとの決戦時か？　もっとも、お前が今後戦場に立てるかどうかは知らないが」

その体が完全に消え去り――カイの近くにいたリュシルが呟《つぶや》いた。

「二人を仕留めた時、既に離脱していたと考えるのが妥当みたい……まだ魔物は殲滅《せんめつ》できていない。引き続き迎え撃って！」

彼女の号令で騎士達が動く。疲労も溜《た》まっているはずだが、残る力を振り絞り魔物と相対し、倒していく。

悪魔は魔力を多く抱えた個体はおおかた滅んでいたことが幸いし、犠牲者が増えるような状況にはならなそうだった。ここでナディがカイ達に近寄ってきて、

「ごめんなさい、私が――」

「謝ることではないわ」

カイではなく、リュシルがナディへ応じる。

「転移した状況を教えて」

「ユキトが罠《わな》にはまり、それを助けるために騎士セシルが……転移魔法についての検証はできていませんが、おそらく、この山に存在する迷宮の中に行ったのだと思います」

「迷宮に魔物はいないはずだし、そもそも入口は封印されているはずよね？」

「肝心の迷宮は、あの巣の真下にあります……巣を作成する途中で迷宮に干渉してどこからか入り込めたのかもしれません。入口は魔力遮断能力を付与した岩などを利用して塞《ふさ》いでいるため、霊具では破壊できず……入って確認するにも時間が必要ですが――」

ナディはすぐさま周囲にいる騎士達へ指示を出す。

「魔物を迎撃次第、迷宮へ入る準備を！　中にも魔物がいるかもしれないので、王都へ連絡して早急に動ける手はずを！」

騎士達が声を張り上げ応じ、まずは目先の敵を処理し始める。信奉者という指揮官がいなくなったため、魔物の動きは以前ほどのキレはなく、騎士達でも十分対応できた。

しかし、その中でカイだけは動けなかった。ザインの言葉が頭の中でこだまする。お前が殺したと。

（ああ……そうだ）

カイはそれを心の内で肯定する。

（僕が……判断を誤ったために……）

魔物が総崩れとなり始める。騎士達はこれ以上にないほどの連帯感で、いよいよ魔物を殲滅《せんめつ》にかかる。それは間違いなく、倒れた二人を弔《とむら》うために。そしてユキトとセシルを捜索するために、全力を挙げている。

けれど、カイはそれでもなお動けなかった。仕方がないことだと、誰もカイを非難する者はいなかった。

やがて魔物達を滅ぼすと、仲間達が亡くなった二人の下へ駆け寄っていく。そんな光景を遠巻きに眺めるカイは、メイやアユミが泣く声を、はっきりと耳にした。

他の仲間達も、慟哭《どうこく》の声を響かせる。その中でただ一人カイだけが、いまだ立ち尽くし涙一つ流さなかった。

そして心は――どこまでも、失敗した事実を悔やみ、非難される恐怖で埋め尽くされている。

悲しむことすらできないカイは、自分自身がこれほど卑《いや》しかったのかと、自責の念に駆られ続け、どこまでも動けなかった。

＊＊＊

「――ここは……？」

呟《つぶや》きながら、ユキトは明かりで照らされた場所を見回した。滑らかな床。岩肌ではない建造物のような壁面。人工的に作成されたと思《おぼ》しきこの場所に、ユキトの集中は途切れ頭の中は疑問符で埋め尽くされる。

「迷宮、ね。今回の作戦へ赴《おもむ》く間に話した、ディウルスの迷宮」

セシルは答えながら自身の体を確認した。

「怪我《けが》はないわね……ユキトはどう？」

「俺も、とりあえず問題ない」

「そう……」

沈黙が生じた。当然だった。先ほどの光景——仲間が死んでしまった事実を、改めて突きつけられたからだ。

完璧な作戦だった。騎士でも王女でもなく、来訪者を狙い撃ちにした作戦。ユキトは今更ながらザインの作戦の性悪さを理解する。戦いの総大将であったゴーザでさえ、利用した。ザイン自身は共闘などと語っていたが、その実ゴーザは使い捨ての駒にされたような形だった。

「……う」

ふいに、セシルが声を上げた。仲間のために——タクマとシオリのために、体を震わせる。さらに瞳に涙を溜《た》め、

「ごめんなさい……泣いている暇なんてないのだけれど」

「そう、だな」

ユキトは頷《うなず》きつつ、心にぽっかりと穴が開いたような気がした。

泣くよりも、感情が追いついていなかった。どうすれば良かったのかという、後悔ばかりが頭の中を駆け巡る。

けれどいつまでもこの場に留《とど》まってはいけない。そこでユキトはまず、一番の疑問を片付けることにした。

「……というより、セシル。何でついてきたんだ？　肩をつかんだということは、自分も巻き込まれるつもりだったんだろ？」

「ああいう転移魔法は、転移人数がオーバーすれば効果が打ち消されるか発動しないの。だから、私が加わることで発動を無効にしようとしたのだけれど」

セシルは深呼吸をして自分自身を落ち着かせながら、答えた。

「でも、そこまで甘くなかったわね」

「そっか……結果、迷宮の中か」

周囲に魔物の気配はない。かといって例えばここが迷宮の入口でないのはユキトも理解できる。

「迷宮だとしたら、出入口があるはずだよな？」

「攻略済みであるなら、封印処理が施されているはずよ」

「封印？」

「入口自体、魔法遮断効果……霊具や魔法など、魔力を完全に遮断する効果を付与した岩などで物理的に封鎖するの。フィスデイル王国にある迷宮……あそこは『魔紅玉』を設置すれば何度でも復活するけれど、他の迷宮はそうした事例はない。けれど放置もできない。迷宮そのものが魔力を持っているから、入口を放置すれば魔物の巣になってしまう」

「だから物理的に封鎖か……魔力を遮断するから、魔物も入れないと」

「そうよ。けれどここに転移した以上、ザイン達はどこかに入口を作った……あるいは、巣を形成する過程でつながったか」

「どちらにせよ、抜け出す場所はあるってことだな。問題は……」

ユキトは改めて周囲を見回す。広い空間ではあるのだが、当然ながら現在位置などわかるはずもない。

「入口はどこなのか……厳しい状況だな」

「そうね」

セシルは応じながらも辺りに目を配らせる。光明を見いだそうと、既に思考を切り替え、自分達が生き残るために神経を集中させる。

「周囲に魔物の姿はないけれど……入口がある以上、必ずいるはず」

「単に俺達を閉じ込めただけではないよな……」

転移先が迷宮の中であるのは地上にいる面々にも予想できるはずだった。つまりここへ放り込んだだけではいずれ助けが来る。確実に仕留めるために、戦力を置いておくことは必定。

「ただこの迷宮内で数日……過ごすだけでも相当精神的にきそうだけど、な」

「そうね。でも、覚悟しなければならないかしら」

「かもな……ありがとう、セシル」

ふいに漏《も》れたお礼に対し、セシルはユキトを見る。

「突然、どうしたの？」

「たぶん俺一人だったら、気が動転して何もできなかった」

「たいしたことはしていないわ。それに」

「それに？」

聞き返したが、セシルは答えず別の話題を口にした。

「とにかく、まずは動きましょう。魔物については気配を探って確認する」

「わかった」

ユキトは頷《うなず》き、歩き出す。靴音が反響し、迷宮内に響き渡る。

「遮音の魔法とか使うべきか？」

「そうね……明かりについても避けるべきかしら。でも、視界の確保はやりたいし……難しいところね」

結局、音は遮断し明かりはそのままに。ただ、魔法を使うことについてはジリジリと魔力が減っていく以上、注意しなければならない。

（基本は温存したいけど……かといって、音を放置はまずいしな）

ユキトは胸中で呟《つぶや》きながら、迷宮内を進んでいく。まだ魔物の気配はない。通路はかなり大きく、天井も高いため、明かりで見える範囲でもずいぶん殺風景な印象を受ける。

「セシル、迷宮の構造については――」

「ここがどういう形状なのかはさすがにわからないわ。さらに言えば、踏破されているといっても信奉者の支配下にあったのであれば、罠《わな》の類《たぐ》いも注意しなければならない。歩くことでおおよそでも構造がわかれば良いのだけれど――」

セシルの言葉が止まる。理由は明白で、真正面から気配を感じ取ったためだ。ユキトも神経を研ぎ澄まし、真正面の状況を探る。

それほど距離は遠くない。だがある程度まで近寄らなければ察することができなかった魔力。

「迷宮内の魔力により、気配探知がしにくくなっているのか？」

「かも、しれないわね」

ユキトは剣を握りしめ、近づいていく。明かりがあるため敵は既に気づいていてもおかしくない。だが何も動かず、ユキト達が来るのを待っているようだった。

やがて、通路と比べてさらに広い空間に出た。明かりに照らされた範囲では、何もない空間。セシルが明かりの範囲を広げると、魔物らしき者の足が見え、声が聞こえた。

『……予定では、一人のはずだったんだが』

「今まで喋《しゃべ》らないとか、ずいぶんと律儀じゃないか」

ユキトは剣を構えながら声のする正面を見据える。

「襲いかかってきて構わないんだぞ？」

『事の顛末《てんまつ》くらいは知りたいだろうという慈悲だ』

「優しいな……いや、俺達に絶望を味合わせるためとか、そういう意図か？」

『正解だ。この場所に私を配置した元人間……ザインから、そう教わったからな』

光が届く範囲に、それは足を踏み出した。漆黒の体躯《たいく》を持つ悪魔――だが、その姿を見てユキトは目を見開く。

「お前、は……」

『貴様達がここにいることからも、作戦は完璧に遂行されたようだな』

見た目は、タクマを殺《あや》めた悪魔と酷似していた。

『地上にいたのは、私のコピーだ。ああ、そういえば名くらいは告げておくべきか。我が名はベルド。あの御方から名を賜り、活動する者だ。人間達からは悪魔などと呼ばれているな』

「……口ぶりからして、元人間か？」

『貴様達と一緒にするな』

ズアッ――と襲いかかるような圧が、悪魔ベルドから伝わってくる。

『我らはあの御方の力の源……魔神という存在により生み出された。人間とは違う』

「あの御方ってのは邪竜か……で、邪竜の持っている魔神の力から、生まれたと」

『そういう解釈で構わん。そして転移してきた人間を殺すようにとザインから指示を受けた』

「アイツの言うことはあっさり聞くんだな？」

『ヤツには借りがある。そして我らは、主の命令を忠実に遂行する者……一度限りの契約ではあるが、それを果たすまではザインの流儀に合わせることにしている』

悪魔が一歩ユキト達へ近寄る。その動きだけで相当なプレッシャーが伝わってくる。

地上にいたのはコピー。そうであると確信させられるほどに、目の前にいる悪魔は力の大きさが違いすぎた。

さらに、悪魔ベルドの後方には魔物。視界で確認できる個体はそう多くないが、接近したためひしめき合うほどの数がいることはわかる。

『安心しろ、こいつらを差し向けはしない』

ユキトの視線に気づいたか、ベルドは語り始める。

『単なる逃亡を防ぐための壁だ。しかし私を無視するか、あるいは私と戦わず背を向けて逃げるのであれば、襲いかかるよう指示している』

「……俺達は、自分が仕留めると」

『そうだ。とはいえ、選択肢くらいはやろう。どちらか好きな方を選べ。魔物をけしかけられ、迷宮内を逃げ惑いながら戦う道か、この私に生か死の戦いを挑むか』

（……どちらも、キツそうだな）

ここで気になるのはどれだけの時間を稼げれば味方が来るのか、ということだった。

（迷宮に転移したというのは予想できるだろうけど、問題はそれがわかった上で捜索にどれだけの時間を必要とするのか）

ユキトはゆっくりと息を吐く。あの場にいた満身創痍《まんしんそうい》の騎士達を思い出す。まず彼らの治療を優先し、回復した者から捜索を始める。とはいえ、封印処理を施している迷宮の、さらに魔物がいるであろう場所まで助けに入るというのは――

（迷宮の規模を無視したとして、どれだけ急いでも数日は必要だな……もし封印を解除するには王都にある道具が必要とかになったら、もっと掛かるか）

そして、魔物の大軍に追われ戦い続けられる道を選んでも、さすがにそう長くはもたない。

「……やるしか、なさそうだな」

ユキトは決断し一歩前に出る。セシルも同じ見解だったか、剣に魔力を集め臨戦態勢に入った。

『いいだろう……だが一つ、頼みがある』

悪魔ベルドが突如告げる。何を、と疑問に思った矢先、

『頼むから――この力を私が体感する前に、死んでくれるなよ？』

魔力がさらに引き上がった。加えて、悪魔の立つ床面が怪しく紫色に発光を始める。

それが魔法陣であり、悪魔に強化をもたらすものだと理解した直後、ベルドはユキトへ肉薄した。見極めることができるギリギリのレベル。もし反応が一歩でも遅れていたら、吹き飛ばされて終わりだった。

悪魔が放ったのは拳《こぶし》。しかしその手にはまるで刃のような長い爪がある。それを用いて引き裂くような――いや、おそらくあれで斬るつもりだろうとユキトは断じた。

受けるのか、かわすのか。ユキトは条件反射的に避ける選択をした。もし迷って反応が遅れれば全てが間に合わなくなると本能的に察しての行動だった。

爪をギリギリ避けながらユキトは後退する。しかし悪魔はそれに追随し、再び腕を振った。今度こそ回避する余裕がなく、ユキトは刃のような爪を剣で受けた。

次の瞬間、

「っ……!?」

どれだけ耐えても体が持って行かれるような衝撃だった。全力で魔力を振り絞り、受け流すべく体を動かすが――ユキトは悟った。すぐに脱しなければ。

だがその判断すら、一手遅かった。ユキトは剣でどうにか受け流したが、キィンと乾いた音が生じた。後退しながらユキトは何が起こったか確かめる。

爪の一撃に耐えきれず、ユキトが持つ剣の先端から半分までが、綺麗に折られていた。

『終わりだな』

さらに悪魔が肉薄する。気が動転し、半分の長さになった剣でどう応じるのか――迷う間に、次の攻撃が来る。

動けない、とユキトが思った瞬間、前方に影が生まれた。それがセシルだと理解した直後、彼女の剣が悪魔の爪を受けた。

「くっ……!?」

『来訪者と比べても弱々しい力で、よくやる。それは後ろの人間を救いたいがためか？』

悪魔が笑う。そして、

『だが、無駄だ』

一瞬だった。セシルの剣を弾いた矢先、その爪が、セシルの体を通過した。

「――!!」

ユキトは声にならない声を上げ、彼女を抱え、後方に退いた。

セシルを見る。衣服や鎧《よろい》を突き破り、爪が通った場所から出血していた。当人に意識はあるようだったが、痛みで顔は苦しげだった。

「ユキ、ト……！」

『まだ剣を握る気力はあるか。寸前でわずかに間合いを外したな。それがなければ始末できたものを』

悪魔の言う通り、剣だけは握りしめている。しかし、彼女が戦えないことは明白だった。

『どうする?』

悪魔はユキトへ問い掛けた。それに対する選択肢は一つしかない。

『今ここで戦うか、それとも逃げるか……好きにしてくれて構わん。だが、ここで命を懸けず逃げに徹するのであれば、死よりも苦しい地獄が待っているかもしれんぞ?』

ユキトは無言で剣を鞘《さや》に収め、セシルの剣を手に取ってから、彼女を抱え悪魔に背を向け走り出した。

明かりを持たず、漆黒の空間を研ぎ澄ませた感覚を頼りに走る。壁や床に魔力が宿っているため、意識すれば暗闇でも走ることが可能だった。

途端、背後から聞こえる魔物の雄叫《おたけ》び。だがそれにも構わず持ちうる限りの魔力を用いて疾走する。

(俺達の転移先が迷宮の最奥であったなら、逃げ場はほとんどない……けれど、とにかく時間を稼ぐしか……!)

「く、うっ……!」

抱えているセシルが呻《うめ》く。揺れるために痛みが走っている様子だった。

「ごめん、セシル。少し辛抱《しんぼう》してくれ……!」

まだ背後から雄叫びが聞こえる。追ってくる個体は複数いるようだが、全力疾走すれば撒《ま》くことはできそうだった。

（後はこれで、敵に見つからないのを祈るしかないか……）

ユキト自身、絶望的だと内心で悟る。悪魔――ひいてはザインは全てを読み切った上でこの作戦を実行したに違いなかった。

あの場所に悪魔がいたのは、迷宮から力を得るため。そして絶対にユキト達を逃がさないため。残された手は逃げの一手しかないが、

（悪魔をすり抜けるのは無理だ……一撃で俺の霊具が破壊するほどの攻撃力に、身体能力も上回っている……逃げられる道理がない）

考える間に息切れが始まる。霊具を使用している時にはほとんどなかった感覚。ザインとの戦いから連戦続きで疲労が蓄積している――そう悟った時、正面に違和感を覚えた。

暗闇で見えないが、真正面に何かおかしなものがある。壁か、と思いながら少し速度を緩めて足を踏み出すと、問題なく通過することができた。

「何だ……？」

ユキトは暗闇の中で見回す。しかし先ほどの違和感は霧散し、頭には疑問符が生まれた。

「わからないが……迷宮というのは特殊な場所だ。踏破されていたとしても、何が起きたっておかしくないか」

そこでユキトは魔物の雄叫びが聞こえなくなっているのに気づく。どうにか距離を置い

たのだと認識すると共に、足にずっしりと疲労が溜《た》まっているのを自覚した。

「……明かりよ」

セシルは抱えられたまま、魔法によってどうにか明かりを生み出す。ユキトは彼女を床に下ろし、壁を背にして座らせた。

「大丈夫か？」

「……ええ」

声は弱々しかったが、彼女は息をつき自身の胸に手を当てる。出血が痛々しいが、何か魔法を使用したらしく傷口が少しずつ塞《ふさ》がっていく。

「ひとまず応急処置を……傷は塞がるけれど、体の内側はまだ熱いわね……」

「傷そのものが、深いのか？」

「そうね……さすがに内臓に届くレベルではないけれど、見た目を取り繕《つくろ》っても痛みが残る。これを解消するには、専門の治療術士がいなければ……」

「そうか……」

体に痛みが残る状況で戦うことは難しい。無理矢理体を動かしても、本来のキレとは比べものにならない。全力でもあの悪魔を食い止めることすらできなかった。ならば――

ユキトは考えるのを止《や》めにして、握りしめていた彼女の剣を鞘《さや》に収めた。

「今のところ魔物の気配はない……とりあえず、休もう。時間が経てば少しは魔力が回復する。そうしたら……」

それ以上話ができなかった。もはやどうにもならない状況。選択しなければならなかった。死を覚悟し決戦に挑むか、それとも逃げ続けるか。

（どちらも、無理だな）

半分に折れた剣でどうにかなるような相手ではない。なおかつセシルが負傷し全力で戦うのが厳しいとなれば、勝ち目は皆無だった。かといって逃げ続けることも、不可能だろう。

「……カイ達がここに来てくれるのを、祈りながら戦うしかないか」

その選択も生存率が限りなくゼロであることを理解しつつ、そう言うしかなかった。

（手詰まりだな……後は少しでも敵の数を減らすくらいしかできないか。カイ……）

ユキトはふいに彼の顔を思い出した。最後に見たのは、仲間が倒れ側近が転移していく光景。それは驚愕《きょうがく》でありながら、悔恨の表情のようでもあった。

ふいに、あの表情を考察した。どこか引っかかる。あれは紛れもなく、今までカイが見せてこなかった表情。もしかしたら、彼の内面が表に出たのかもしれない。

（後方の状況が悲惨だったから……いや、少し違う。あの表情は、仲間が死んでしまった事実を受け入れているというか――）

「……まさか」

「ユキト？」

セシルが問い掛ける。しかし答えられず、ユキトは口元に手を当てる。

「もしそうなら……誰かが言わないといけない」

「言う？」

「カイに対して、だ。もし、俺が考えているような心境だったなら……彼はもう、戦えないかもしれない」

衝撃的な言葉にセシルは目を見開く。

「ど、どういうこと……!?」

「あくまで可能性の話だ。俺の取り越し苦労かもしれない……でも、生き延びて会わないといけない……確かめないと、カイに」

しかし――ユキトは首を小さく振る。

「ただこの状況では……って感じだな」

「――なら、一つ方法がある」

「……セシル？」

「魔物についてはどれほどの強さかはわからないけれど、少なくとも迷宮の影響は大きく受けていないはず」

「かも、しれない。ただ、地上にいた魔物より強いかもしれないぞ」

「でも、ユキトなら……折れた剣でも対抗できる可能性がある」

そこまで聞いて、ユキトはセシルが何を言おうとしているのか明瞭にわかった。だから口を開こうとしたが、彼女の発言が早かった。

「私が、囮《おとり》になる。あの悪魔を食い止める」

「セシル、それは――」

「時間にして、何秒というレベルよ。でも魔力の回復したユキトなら、逃げに徹すれば悪魔をすり抜けることができるはずよ」

「でも……」

「私とユキト、両方を救う現実的な手段はもう存在しない。それはユキトもわかるでしょう？　なら、あなたのために、騎士としてあなたを守るべく戦うのが私の責務」

力強い言葉。しかしそれとは裏腹に、彼女の表情はひどく穏やかだった。

「私は騎士であり、命を賭して人を守ることが責務……どんな状況でも、死ぬ覚悟はあった。もとより、私はあなた達に救われた。ユキト達が来なければ私はおそらくどこかの戦場で死んでいた。それに何より……私の故郷を救ってくれた。だから、今度は私がユキト達に報いる番よ」

セシルはゆっくりと立ち上がった。痛みは引いていないはずだが、それでもユキトに笑いかける。

「少なくとも、ユキトが逃げられるだけの時間を稼ぐ。正直運だけれど、決して悪い賭け

じゃないと思うわ。この迷宮内の構造がわからなくとも、地上に抜け出せる可能性が十分

──」

「……駄目だ」

ユキトは彼女の言葉を否定した。しかしセシルは、

「でも……」

「それは駄目だ。駄目なんだ……そんな風に、誰かを切り捨てて生き残るような戦い方は、しちゃいけないんだ」

ユキトはタクマの声を思い出す。後悔だけはするなと。

「俺達は……この世界を救うために来たんだ。救うってことは、世界だけじゃなくて邪竜に脅《おびや》かされている人だってそうだ」

「でも、私は……」

「わかってる。騎士としての価値観や、セシルの役目……それをわかった上で言っている。それでも死にに行くような選択肢は、駄目だ……絶対に、させない」

ユキトの強い言葉にセシルは押し黙る。だが、

「けれど他に方法は……」

「正直、俺自身逃げられるとは思っていない。ザインが入念に仕込んだ作戦だろうし、さ。現状で一番生き残る可能性が高いのは、俺達二人でもう一度あの悪魔に挑むことだ」

無論、勝算の低い戦いになるのはわかりきっていた。しかし、それが一番可能性の高いものだとユキトは直感する。

当然セシルを犠牲にしたくないという思いはあった。ただそれを差し引いても――

「……私は」

セシルはどこか、苦しげに言葉を紡ぐ。

「それでも私は、騎士として――」

「セシルは、大切な仲間だ」

はっきりと告げたその言葉に、彼女は再び沈黙した。

「共に戦い、共に過ごした……他の騎士と区別なく、というのがセシルにとって良いことかもしれない。必要以上に関わるべきではない、なんて思っているかもしれない。でも、それでも……俺達はこの世界へやってきてから、セシルと共に居続けた。だから、失いたくない。わずかでも生き残る可能性があるのなら、それに賭けたい」

セシルは黙ってユキトの言葉を聞き続けた――決して、どちらが正解というわけではない。どちらの主張にも理があり、生死を賭けて少しでも状況を良くしようという思いがある。

だが、ユキトの言葉でセシルは口が止まった。彼女の言ったことを、ユキトが理解していないわけではない。だがそれでも、理屈抜きで本心から生き残って欲しかった。

（そうだ、俺達は誰かを切り捨てはしない）

二度目の戦い。多数の犠牲なしでは成しえなかった勝利。それを見て、あんな悔しい思いはしないと心に誓った。

そして、自分達来訪者にとってはそれこそが矜持《きょうじ》だとユキトは確信する。クラスメイト全員が犠牲を限りなく少なくするために奮闘している。それを他ならぬユキトが——カイの側近が破るようなことはしたくなかった。

「たとえ……絶望的な状況でも、まだ希望はある。勝てる可能性がある」

そしてユキトは、セシルへ言った。

「なら俺はそれを追求する……それこそ、俺がこの世界に来た意味だ」

「……そう」

セシルは、ゆっくりと息を吐いた。

「ユキトの思いはわかった……この戦いをどうするか最終判断をするのはユキトだと思うから、私はそれに従うわ」

互いに目と目が合った。彼女は何かを言おうと口を動かした。けれど結局声は出ず、一度呼吸を整えた。

「……ここに魔物が来ることはなさそうだから、ひとまず何か手がないか探しましょう」

「そうだな」

ユキトは頷《うなず》き、どうすべきか思案する。現状、魔力を回復させて挑んでも結果は変わらない。まず、悪魔達が迷宮から魔力をもらっている事実。これをなんとかしなければとユキトは決意する。

「悪魔ベルドが攻撃する寸前、足下の魔法陣が浮かび上がった……それを壊すことが優先か？」

「でもあの悪魔は既に力を得ている……魔力の供給は防げたとしても、素の能力は高いままよ？」

「魔法陣を破壊し、動揺している間に……いや、さすがに敵も破壊されるのは想定しているか」

何か、ないのか——カイに会わなければという思いとセシルを救うという思いがせめぎ合い、気持ちが逸《はや》る。落ち着け、とユキトは自分自身をなだめ、気分を変えるべく周囲を見回した時、あることに気づいた。

「……セシル」

「どうしたの？」

「俺達……どこからここに来たんだ？」

ユキトは背後、自らが進んできた方向に目をやる。どちらから来たのかは、ユキトにはわかる。だがその方向には、壁が存在していた。

「壁……そんなはずはない。俺達はただ暗闇の中を駆け抜けただけで……」

ユキトは壁に手を伸ばす。そして触れた矢先、思わぬことが起きた。

なんと指が壁の中に入った。というより、感触がない。

「これは……幻術の類《たぐ》いか？」

「どうやら、そのようね。けれど魔力は存在する……もしかすると遮音の魔法だってあるのかも。魔物が来ないのは……幻術が理由かしら」

「ちょっと待て、何でこんなところに幻術が？　この迷宮はとっくの昔に踏破されたんだろ？　そうだとしたら調査により迷宮内はくまなく探索しただろ？」

「だと思うけれど……」

セシルも首を傾げてはいるが、結局結論は出ない。

これは何なのか――ユキトが疑問に思う間にさらなる変化が。通路は続いているが、その先から魔力を感じ取ることができた。しかもそれは迷宮に存在するものとは違う。

「……霊具？」

「そんな風に感じさせる魔力ね」

ユキトの言葉にセシルも同意する。

「少なくとも私達に敵意はない……いかに魔物といえど霊具の魔力を模倣《もほう》するのは不可能だし……行ってみましょう」

セシルの提案にユキトは頷《うなず》き歩き出す。後方から魔物が来る気配はない。幻術の壁によって、ここの通路が隠れていると考えるべきだった。

ならばこの先には一体何が――そうして辿《たど》り着いた先にあったものは、

「ようこそ」

少女の声だった。ユキトとセシルは明かりに照らされた存在を目にし、驚愕《きょうがく》する。

そこは、真四角の部屋だった。中央にポツンと一人、少女がいる。

「あなた達は話がわかるみたいだね？」

そして嬉々《きき》として話しかけてくる異様な存在に、ユキト達はただ黙り込むしかなかった。

第十章　魔を滅する剣

ユキトはまず少女を観察する。人間でないのは明白だった。なぜならその体、身の内に燃えるような魔力を感じることができたためだ。

見た目の年齢は十二、三歳といったところ。人間と違い見た目にそれほど意味があるとは思えないが、先ほどの口調からすると年齢相応に立ち振る舞っている様子だった。

そして容姿と格好は、肌を除き全てが黒い。髪の色も瞳の色も、服装も漆黒のドレス姿。どこかにいる貴族の令嬢――と、魔力がなければ信じたかもしれないが、黒が恐ろしいほど似合っているその姿は、どこか現実離れした印象さえ受ける。

「初めに、自己紹介はしとくね。名はディル。なんていうのかな……この迷宮にある魔神の魔力を抑えている存在ってところかな?」

「……抑えている?」

ユキトはそこでようやく聞き返す。それに彼女――ディルは、

「そうそう。迷宮の主であった魔神は、相当強くてさあ。倒してもその魔力が残り続けていたってわけ」

（……そこは邪竜のいる迷宮と同じだな）

大きな違いは『魔紅玉』のような存在がなかったこと。もしそうした物があったなら、迷宮そのものが復活していたかもしれない。

「で、魔力が外に出ようとしていた上、制御できなかった。放置すれば当然悪さをするから……打開策としてディルが生まれ、その制御をしていた」

「生まれた……って」

ユキトは首を傾げる。

「君は霊具だろう？　意図的に生まれるようなことがあるのか？」

「……霊具？」

今度はディルが首を傾げる番だった。

「何それ？」

「いや、何って……」

「それ、もしかして人間が作成した武具のこと？　残念だけどそれなら不正解だね。ディルを作り上げたのは、天上の神々だから」

――それを聞き、ユキトとセシルは口が止まった。彼女の言うことが正しければ、目の前の存在は天神が直接作り上げた物。カイが使う聖剣と同じような出自だった。

「……人間が作成すると言えば語弊があるけど……まあ、大半は人間の活動によって生まれた武具ではあるな。ただ、君みたいに天神より作られた武具を指す言葉でもある」

「ふーん」

興味があるのかわからないが、ディルはユキトの話に耳を傾けている。

「で、霊具である君は……迷宮内の魔力を抑えている？」

「抑えていた、が正しいかなあ。過去、この迷宮はとある勇者によって攻略された。それまでディルは眠り続けながら魔神の魔力を迷宮内に封じていたけど……攻略されたから、その必要もなくなってやることもなくなった。よって、眠るかぼーっとしていたかくらいだね」

「ぼーっと……まあいい。幻術を構築していたのは君だな？　それは何故？」

「ディルは作成者に誰にも見つからないよう、迷宮の魔力を封じよと指示されていたから、それに従っていただけだよ。幻術は迷宮内にある魔力を拝借して構築しているものだからずっと維持し続けたけど、バレる人にはバレるよ。あなたの場合は、真っ暗で勢いのまま突っ走った結果だけど」

ユキトは先ほど漆黒を駆け抜けた時のことを思い出す。確かに違和感があった。あれは幻術を通り抜けた際のものだったのだ。

「で、つい最近人間じゃない何かがここに入り込んできた。しかも、わずかに残っている魔神の魔力を集めて魔神の眷属《けんぞく》に付与までしてる」

「眷属《けんぞく》……悪魔のことか。それで、眠りから覚めたと？」

「そういうこと。ただディルが出て行っても面倒ごとになるだけだし、変に探りを入れたら見つかるかもしれないから、気配は感知すれど迷宮内の状況も満足に見られなかった。で、どうしたものかなと考えていたらあなた達がやってきた」

ユキトは事情をおおよそ理解した。魔神の魔力——それを封じるために置かれたということは、迷宮に存在していた敵がよほど強かったのだと改めて認識させられる。

それと同時にユキトはある事実を確信した。

「……この迷宮の構造は、把握しているんだよな？」

「ん？　まあそうだね」

「なら、迷宮の入口がどこにあるかもわかるのか？」

「うん。現在入口そのものは人間達の手によって封印されているけど……悪魔とかが入り込んできた場所は、さっきも言った通り探りを入れたら感づかれる可能性もあるし、調べられてないよ」

「なら悪魔を倒さないと、調査できないというわけか」

「仮に悪魔が用いた入口がなくなっていたら、出られないわね……」

セシルが見解を述べる——が、ディルはそれを否定した。

「いや、いけるよ」

「え、どうして？」

「人間が封印しているものなら、ディルが壊せるし」

「魔力遮断よ？　その効果がある以上、たとえ聖剣……天神の生み出した武具であっても突破は――」

「できるできる。迷宮の構造に加え、入口を封印している物とかについても、調べたりしたからね。ディルは分析を済ませているから、破壊できるよ。あなたの言う聖剣というのも、時間を掛ければ壊せるくらいの物じゃないかな？」

――その言葉により、目の前の存在がどれほどの力を持っているのかとユキトは疑問に思う。

「君は……人間の姿が本来なのか？」

「ディルは指定されれば形は変えられるけど。スライムみたいな物だと作成者から言われた時は、蹴っ飛ばしてやろうかと思ったね！」

なるほど、とユキトは心の中で呟《つぶや》いた後、

「なら、頼みがある……君は君の役割があるのだから、厳しいかもしれないが……俺達に手を貸してくれないか？」

「いいよ」

「……えっ？」

即答に、ユキトは反応がワンテンポ遅れた。

「えっと……あっさり答えたけど、いいのか？」

「迷宮内に存在していた魔力はおおよそ悪魔が吸収しちゃったたし、さらにその悪魔がいる場所に集積しているからねえ。要は悪魔さえ倒せればディルの役目は完全に終わりってこと。なら倒すのを手伝うし、何よりやることなくなったからそろそろ外へ出たいし」

軽い口調で語るディルに対し、ユキトは少し拍子抜けするような感覚を抱きつつも、礼を述べる。

「ありがとう……ただ問題は、結構状況が悪いんだよな」

「悪い？　あ、確かにそちらの人は怪我《けが》してるね……そういえば二人の名前とかここに来た経緯とか聞いていないね」

「……少しなら時間はあるから、先にそれを伝えておくか」

「そうね」

セシルも同意し、ユキトは改めて口を開く。その話を、ディルはどこか物語を待ち望む子供のような目をしながら耳を傾けていた。

「へえ、なるほど……あなたも大変なんだねえ」

一通りの説明を受けた後、ディルはそんな感想を述べる。

「まあ、波瀾万丈具合は大変の一言で済ませられる領域を超えていそうだけど」

「俺の身の上話は特段気にしなくていいさ」

ユキトはそう言ったのだが――他ならぬ彼女はじっとユキトを見据えている。

「……どうした？」

「ふむふむ、異世界の住人か……仮にそうだとしても、そんなことあり得るかな？」

何やらブツブツと呟《つぶや》き始めるディル。するとユキトは、

「急にどうした？　あり得るかと言われても、実際に俺を含めクラスメイトはこの世界に来ているわけで――」

「あ、ごめん。そうじゃない。ディルが言いたいのは……いや、やっぱ止めとくよ。単にディルの勘違いかもしれないし」

「……何が？」

聞き返したが、これ以上話す気はなかったのかディルは話題を変えた。

「状況はわかったよ。あなた達二人がピンチなのも……確認だけど、セシルの怪我は大丈夫？」

「見た目にも傷は塞《ふさ》いでいるけれど、時間が経過してもまだ痛みが残っているから全力戦闘は難しいわね。出血もそれなりにしているし……」

「そうだねえ。ディルはさすがに治癒能力を持っていないから、セシルを前に立たせるの

は無理だね。となったら」

ディルはユキトへ視線を注ぐ。

「あなたの方が適任かな？」

「さっき、どんな形にもなれると言っていた……それは、剣にもなれるってことか？」

ユキトは鞘《さや》に収められた自身の霊具を見据えた。半分に折られた剣。それに代わる物があれば、間違いなく突破口になる。

「そうだね」

ディルはあっさりと肯定する。なら――と言いかけたところで、霊具の少女はさらに告げた。

「でも、剣に変化してもすぐ扱えないでしょ？」

「……どういうことだ？」

「例えばディルが今ユキトが持っている剣を真似《まね》したとしても、その能力が違うわけだから、すぐに使いこなせるわけじゃない」

その通りだった。ユキトは深々と頷《うなず》き、

「それは間違いない。でも、勝てる可能性があるのはこれしか――」

「わかってる。だから、ユキトが持っている霊具をくれない？」

唐突な申し出にユキトは困惑する。

「何をする気だ？」

「悪いようにはしないから」

その言葉にユキトは一考した後――剣を差し出した。同時に黒衣も解除され、騎士服姿となる。

ディルは剣を受け取るとまず鞘から抜いた。次いで少しばかり霊具を観察して、

「うん、いけるね」

突如口を大きく開け、刃の部分にかじりついた。

「っ……!?」

ユキトとセシルが驚く中、ディルの歯によってパキンと刃が欠けた。そのままボリボリとかみ始める彼女。

「……痛くないのか？」

「私の口は強靱《きょうじん》だから」

それで理由になるのかとユキトは内心ツッコミを入れたが、どんどん刃をかみ砕き口に放り込んでいく様を見て、問い掛ける気も失《う》せてしまった。

彼女の食事は思った以上に早く、丁寧に柄の部分までガリガリと食べ終えると、

「うん、ごちそうさま」

「……霊具が主食なのか？」

「人みたいに呼吸をするだけで体の維持はできるから、別にこんなことしなくてもいいよ。食べたのは他の理由」

そう言った矢先、ディルの体が淡く輝いた。ユキト達が驚嘆する間にディルの体が光に包まれると、形を変え――一本の剣になった。

それはユキトが所持していた『黒羅《こくら》の剣』そのもの。呆然《ぼうぜん》とユキトが眺めていると、ディルの声が響いた。

『食べたのは、能力をモノにするため……ディルはあなた達の言う霊具を取り込むことで、同様の力を手にすることができる』

「な、なるほどな……」

ユキトは少し驚きながら剣を手に取る。直後、魔力が溢《あふ》れユキトの格好は黒衣へと戻った。

感触を確かめる。先ほどまで身につけていた黒衣と何ら変わりがない――いや、まとう魔力は大きくなっている。元々の霊具の力にディルの力が加わったためだ。

「一回り……強くなったか？」

『一回りどころじゃないと思うんだけどなあ』

ディルの声が響く。ユキトは剣を握りしめ魔力を込める。使い方は何も変わっていない。それどころか使い続けた馴染《なじ》みの霊具そのものだった。

「これなら、戦える……ディルの能力が加わったため、あの悪魔に武器破壊されるようなことも、きっとない」

『確実にない、だよ』

「……なあディル、この迷宮に他の霊具はあるのか？　もしあったら、そういう物を取り込めば――」

『残念ながら踏破されているし、ないよ。それにこの能力、頻繁には使えないよ』

「どういうことだ？」

『人は食べたモノを消化しないと空腹にならないでしょ？　それと同じで、ディルも完全に消化するまでは、他の霊具を取り込めない』

そう語るとディルは、刀身から淡い魔力を発する。

『ディルを霊具として使う分には問題ないよ。ユキトは今まで通り……今まで以上に力を振るえる。でも、次の霊具を取り込むには……時間が必要だね』

「どのくらい時間が掛かる？」

『霊具が持っている魔力に比例する……この剣は結構な力を秘めていたし、一日二日どころか十日かそれ以上……長い時間が必要になるかも』

「そっか……霊具を取り込めるならどこまでも強くなれそうだが、当然限界はあるよな？」

『試したことがないからわからないけど、たぶんそうじゃない？』

「──これで、戦う術《すべ》は確保できたわね」

セシルが言った。ユキトはそれに頷《うなず》き、

「ああ、戦える……後は俺達の実力が届くかどうか」

「作戦を考えましょう。重要なのは悪魔だけれど、悪魔の足下にある魔法陣。あれも破壊しなければならないわ」

「俺は悪魔でセシルが魔法陣、というのが適任かな……問題は、向こうはそれを読んだ上で攻撃してくるはずだ」

ユキトは先ほどの戦いを思い起こす。身体能力を含め、今まで遭遇してきたどの敵よりも遥《はる》かに強い。この迷宮に滞留していた魔力によるものだが、魔神の力がどれほどのものなのか思い知らされる一事である。

「ディルの力で対抗できるにしても、俺は間違いなく悪魔と戦うことに集中するだろう。魔物は動かなかったけど、魔法陣を狙ったらけしかけてくる可能性は高い」

ユキトはセシルの状況を改めて確認。止血はされているが、負傷の痕跡は明確にわかる。

「大量の魔物が押し寄せてきたら、さすがにセシルもまずいだろう。何か手はあるか？」

『それなら強化とかする？』

ふいに、ディルが発言した。

『一応、過去に吸収していた物の中に、支援系統のものがあったから、強化魔法くらいは使えるよ』

「そうか……なら、セシルに強化魔法を施し……どれくらいの時間維持できる？」

『えっとねえ……』

問い掛けにディルは逐一答え始め、段取りが決まっていく。そして話し合いを終え、いよいよユキト達は動き始めた。

＊　＊　＊

魔物を掃討し、捜索を開始した段階で絶望的だとカイは確信した。

迷宮の入口にある封印処理を解除するにはかなり複雑な手順が必要だった。聖剣の力でゴリ押すことはできないか試したが、魔力遮断の能力は聖剣すらも弾くため、すぐにユキト達の救出に入るのは厳しいようだった。

「時間を掛ければ聖剣でも突破できそうだけれど、すぐには無理ね」

リュシルは結論を述べる。無力感に苛《さいな》まれながら、カイはひとまず封印をどうにかできないか考えを巡らせた。とはいえ、王都から封印解除の手段を持ってくる方が早そうではあるため、無駄な抵抗だと考えてはいたが。

「カイ、大丈夫?」

そんな中、メイが話しかけてきた。魔物を掃討した後も動き続けている身を案じてのことだったが、

「ああ、平気だよ。とにかく、作業をしないと……」

「少しは休んで」

そう言われたが、カイは拒否した。それでメイも渋々引き下がり話が終わる。

――今のカイは、誰とも話したくなかった。誰かと話せば、自分のことを責めるような言葉が出てくるのではないか。そんな風に感じ、作業し続けた。誰かに話しかけられても必要最低限にしか答えない。

様子がおかしいのは伝わっているだろう。けれど、今のカイには誰かと向き合うのは無理だった。全てが終わった光景が蘇《よみがえ》る。仲間が二人倒れ、信頼していた仲間と騎士が消えた。そして信奉者は言ったのだ――お前が殺したのだと。

「っ……」

リフレインする言葉を振り払い、カイは作業を続ける。少しでも立ち止まれば、信奉者の台詞《せりふ》が思い出された。

「僕は……」

喉《のど》の奥から絞り出すような声だった。そこから続きは何も言えず、ただ黙々と体を動かす。

信奉者の言う通り、仲間達はカイに全ての責を負わせるようなことをしないだろう。だが、あの言葉は間違いなく楔《くさび》となる。これから先、また自分が作戦を立てて――仲間が信用するのかどうか、もうわからない。

たった一度の失敗で、全てが崩壊してしまったとカイは思った。自分は聖剣所持者として責任を全うしなければならない。しかしそれを果たすことができるのか。

そう思った時、カイは自分が再び戦場に立つ姿を想像し、身震いした。仲間達はそれでも戦うだろう。犠牲を胸に、霊具を振るい続けるだろう。

けれど、その中でカイは――どこまでも恐れ続けるだろう。病的なまでの感情。信頼を失いたくないという考えをどこまでも持ち続け、戦場で頭の片隅にあり続ける。

今までもそうだった。しかし、そうはさせないという義務感と使命感が、突き動かしていた。けれど今は違う。自分の手で、仲間が死んでしまった。その事実がある以上、もう以前のようにはなれない。

それはきっと、悲惨な戦いになるだろう。聖剣使いとして、十全な戦いができるとは思えなかった。

静かに息を吐く。まるでここにいることを誰にも悟られないように。いつ何時《なんどき》、言葉の刃《やいば》がカイに振り下ろされるのかわからず、ただ見えない何かに恐怖し続けた。

どうすれば良かったのか。体は仲間を救うために動いていたが、頭の中は過去の出来事ばかりだった。幾度も仲間の倒れている光景が蘇《よみがえ》る。

仲間の声が聞こえた。それはカイを呼ぶものではなかったが、一度体を震わせる。

(もう……駄目かもしれないな)

自嘲気味にカイは笑う。そして今の自分が戦えば——どういう結末になるのか予想でき、絶望しかないと悟る。

その中で、カイは体だけは動かし続ける。自分はどうなってもいい。だが、まだ生きているかもしれない仲間は——救わなければならない。

「ユキト……セシル……!」

どこか願うように、カイは名を呼んだ。歯を食いしばり、震える体を抑え込み、ただひたすらに疲労を忘れ働き続けた。

＊　＊　＊

迷宮に存在する幻術はディルの制御下で一応残せるようだったので、そのままにしておくことを決めた。

『さすがに今度逃げたら追っかけてくるだろうし、逃げ場としては心許《こころもと》ないけどね』

「保険程度に考えておこう。色んな可能性は考慮しておいた方がいい……ただこれ、迷宮の魔力がなくなれば解けるのか？」

『大気から魔力を得ているから、この迷宮がある場所全体の魔力が枯渇《こかつ》しない限り消えないんじゃない？』

「こういう魔法自体は、私達も保有しているわ」

と、セシルが横から口を挟んだ。

「大地から魔力を得る……そうすることで、人間を介さず魔法を起動し続ける。陣地を作成し、結界で包む場合とかに用いられるわね」

「へえ、そうなのか」

「ただこうした魔法は、基本的に一度に大量の魔力を吸収する仕組みにはなっていないから、戦闘には使えないの。入口を封鎖する魔力遮断能力もこれに該当するわ。適材適所、ということかしら」

「魔法の特性を生かしたものってことか……さて」

ユキト達は幻術の壁まで戻ってくる。

「ディル、幻術の壁を越えた先がどうなっているかわかるか？　そのくらいの距離なら、敵に悟られずに探れるんだろ？」

『ん、ちょっと待ってね……壁を越えた少し先に魔物がいるね。全部で二体』

「俺達のことは気づいていない？」

『幻術は音も魔力も遮断するからね……あ、魔力は一気に噴出でもしたらさすがに気づくよ。魔力が幻術に触れると跳ね返るという術式だけど、一度に返せる量には限界があるから』

「なるほど、すり抜けられる以外は完全に壁と同じなんだな……それじゃあセシル、準備をしようか」

「ええ」

ユキトは左手をかざす。強化魔法――静かに魔力を発し、セシルへと収束させる。

「これで、大丈夫だな？」

『うん、強化魔法の構造から考えて……さっきも言った通り、何もしなければ半日くらいはもつ。でも、全力戦闘だとどうなるかわからないよ』

「それはこっちも想定済みだ……セシル、強化魔法の感触はどうだ？　自分で残り時間とかを把握できれば――」

「問題ないわ。うん、鎮痛作用もあるみたいで痛みも引いた。これなら、なんとかなりそう」

「痛みがなくなったとはいえ、無理はしないでくれよ」

「わかってるわ。あまり派手な動きをすれば、塞《ふさ》がった傷が開く可能性もあるしね」

セシルは言いながら頷《うなず》いた。準備は完了——ならばと、ユキトは幻術の壁を見据え、魔力を高めた。

「ディル、準備はいいな？」

『大丈夫』

「この戦いで負ければ、もう帰る手段はない……だから絶対に勝つ」

ユキトは剣を一際強く握りしめる。途端、思考がクリアとなった——それと共に、

「行くぞ……始まりだ！」

号令を掛け、ユキトとセシルはまったく同時に足を踏み出した。幻術の壁を越え、明かりが迷宮を照らした直後、目前に二体の魔物を発見する。双方とも骸骨《がいこつ》騎士であり、また頭部が急所だと瞬時に理解する。

突然壁の向こう側から現れたためか、魔物は決定的に反応が遅れた。そこへユキトが間合いを詰める。今までと同様、慣れた動きで剣を振るい——骸骨騎士二体の首を、一気に両断した。

「っ……」

そこで、大きな変化に気づいた。完璧な動きに完璧な手応え。そこにディルの力が上乗せされていることにより、驚くほど余裕があった。速度も剣に込める力も、さらには五感

も全てが今まで以上のものとなっている。

「……ディル」

『なあに？』

問い掛けると、刀身から声が聞こえた。

「霊具はその能力によって階級があるんだが……俺が元々持っていた霊具は上から三番目の特級霊具だった。ディルがこの迷宮の魔神の魔力を封じていたってことは、俺が持っていた霊具と比べても能力が高い、ってことでいいんだよな？」

『食べた感触としては、そんな感じだったね。あ、そういえば一度だけ、食べられなかったのがあったなあ』

「食べられなかった？」

『ディル自身、結構な魔力を抱えているわけだけど……その元々の器を超えるような道具は無理だった』

「だとしたら、聖剣とかは無理そうだな。別に食わせる気もないけど」

『話を聞く限り、無理だろうね』

返答後、ユキトとセシルは漆黒を駆け抜ける。セシルが明かりを操作し、前方を照らすようにしているが、それでもいつ何時《なんどき》魔物が目の前に出てくるかもしれないため、警戒は怠らなかった。

やがて、先ほど交戦した悪魔の気配を感じ取る。決戦――ユキトは一度つばを飲み込んで気を引き締めた時、再びディルの声がした。ただ今度は剣からではなく、頭の中で響く。

『ねえねえ、ユキト』

「どうした？」

『変な質問をするんだけどさ、もしかしてユキト……この世界にやってきて、すぐ馴染《なじ》まなかった？』

問われ、ユキトは沈黙した。質問の意味がわからなかったのではなく、それは紛れもなく事実であったためだ。

「確かにそうだけど……ディル、何か知っているのか？」

『原因？　それは……あー、これはあくまでディルの想像でしかないから、もっと確証がとれたら話をするよ』

「気になるんだけど……」

「ユキト、どうしたの？」

ふいにセシルから疑問が。ユキトがそれに答えようとした時、あることに気づく。

「ディル、もしかして俺にだけ聞こえるように声を？」

『そうだね。頭の中から声がするでしょ？　その場合はユキトにしか聞こえてないよ。別に周囲に拡散してもいいんだけど……ま、悪魔に話を聞かれるのも嫌だなあと思ってさ』

「なるほど、独り言を呟《つぶや》いているヤバい奴だと思われないよう、配慮しないといけないな」

『気にするんだ？』

「当たり前だろ……長い付き合いになるかもしれないからな」

『お、ディルを認めたの？』

「ここで俺達に協力してくれるんだ……少しくらいはわがままとか言ってもいいぞ」

『なら――』

彼女が返答する寸前、ユキト達は大広間に到着した。そこには先ほどと同じように佇《たたず》む悪魔ベルドの姿。

『……確かに、折ったはずなんだが』

ユキトの剣を見て、悪魔は呟く。

『その上魔力も増大している……霊具が成長したか？』

「そう思ってもらって構わないさ」

実際は違うけど――心の中で呟きながらユキトは剣を構える。

『そうか……しかし、残念だな。いかに成長しようとも……私は退魔の力を保有する相手すら想定して強化されている。どれだけ鍛えても、無駄な話だ』

「退魔……魔神の眷属《けんぞく》に対して有効になる霊具ね」

悪魔の発言に対し、セシルが口を開く。

「あなた方が姿を現さなかったのは、そうした特性を持つ霊具を警戒してのことかしら？」

『いかにも。だが、此度《こたび》の戦いにおいてそうした能力を保有する霊具はなかった』

「だから、あなたが私達を倒すために姿を現した……信奉者の手によって」

『正解だ』

魔力が膨らむ。圧倒されるような殺気。ユキト自身、今までであれば全力であっても臆したかもしれない力。

だが、今は——ユキトは剣を握り直す。それと共に、自分の感情が研ぎ澄まされていくのを自覚する。

キィン——と、いつもの音が鳴り響く。けれど今回、それだけではなかった。悪魔達がいる奥から風が流れてくる。それがユキトの体を撫《な》で——それをきっかけにするように、微細な魔力すら知覚できるようになった。

視界に変化はない。だがユキトは今までと世界が変わったかのような錯覚を抱く。それはまさしく、新たな武器を得たことによる変化だった。

「いける……いくぞ、ディル」

『オッケー』

軽い声が聞こえると同時、悪魔は動いた。しかし、ユキトもまた仕掛ける。

ユキトが剣を振るのと悪魔が爪をきらめかせたのは同じタイミングだった——双方の攻撃が激突する。もし先ほどまでのユキトであれば、弾き飛ばされるか武器を破壊されていたかもしれない。

だが、今度は違った。悪魔に対抗できるだけの膂力《りょりょく》を得たことに加え、爪をしっかり受け止め、あまつさえ爪に刃が食い込み始めていた。

『何……!?』

悪魔は予想外だったか、即座にユキトの剣を弾き距離を置く。武器の能力で勝てない——認識し、悪魔は警戒を強めた。

『貴様……その霊具、ただ成長しただけではないな？』

「さて、どうかな」

ユキトは剣を構え直し、意識を集中させる。互角に戦えるという事実を確信し、呼吸を整える。

次の瞬間、横でセシルが動くのを視界の端に捉えた。彼女は悪魔が立つ場所の後方——魔法陣へ向け、今まさに攻撃を仕掛けようとしていた。

『させるか！』

だが悪魔はそれを察し、すぐさま魔物をけしかける。直後、

「はっ！」

セシルが声と共に、剣を一閃《いっせん》する。斬撃は本来の力であれば傷を負わせる程度のもの。いかにセシルが剣術面で優れているとはいえ、魔物を一蹴するだけの力はない。

しかし、今回ばかりは違った。ユキトの霊具で行った強化魔法の付与により、敵を吹き飛ばすことに成功する。聖剣のように蹂躙《じゅうりん》するほどの出力ではないが、多数の魔物相手でも十分対抗できる。それがわかっただけでも僥倖《ぎょうこう》だった。

『何やら策を用いたか……それとも、密かに用意していたか。どちらにせよ、この私を倒せると考えた上での行動か』

悪魔は事態を察した。しかし目前にいるユキトを注視し、セシルは魔物に任せる腹づもりのようだった。

刹那、再びユキトと悪魔が同時に間合いを詰める。斬撃と爪がかち合い、今度はユキトが押し返す。

だが悪魔は素早く後退すると、即座に反撃に移った。それをユキトが弾き、切り返す。

しかし相手は――展開がめまぐるしく変わる。

（――強い）

ユキトは胸中で感想を抱いた。ディルを手にして楽勝だと考えていたわけではない。ま

して悪魔の能力を過小評価していたわけでもない。ユキトの言う強さは、他の魔物とは異なる点についてだった。

目前にいる魔神の眷属《けんぞく》は、間違いなく人間と同様技によりユキトの攻撃をいなしていた。爪を用いての攻撃であるため、格闘術というのが表現としては近いかもしれない。一太刀《ひとたち》決めようと悪魔へ剣を薙《な》ぐが、それを絶妙な力加減で防がれ、反撃してくる。純粋な剛力ではなく、ユキトの剣戟《けんげき》を見計らい、さばくだけの技術があった。

(邪竜がこうした格闘術を仕込んだのか？　それとも、裏切者の誰かが教えたのか？)

「その技術、どうやって手に入れた？」

ユキトの問い掛け。答えが返ってくるとは思っていなかったが、

『知れたこと。貴様達の技術など、あの御方の知識の内よ』

(邪竜が？)

疑問と共にユキトは爪を弾いた。反撃は届かず、ユキトはさらに追撃を試みようとした時、事態が動く。

カッ――と、悪魔ベルドの奥で床面が発光した。見ればセシルが床に剣を突き立てる光景。それにより魔法陣がかき消える。彼女はそれを確認すると押し寄せてくる魔物から大きく距離をとった。これで悪魔はさらなる力を得ることはできない。

「もうお前は、身の内に宿る魔力しか使えない」

『確かにそうだが、それで勝ったつもりか？』

「油断はしないさ……だが」

ユキトが攻める。悪魔はそれに応じ右手をかざし、魔物をけしかけた。

先に迫ったのは狼型《おおかみがた》の魔物。ユキトは即座に剣を翻《ひるがえ》し、問答無用で一閃《いっせん》する。相手の能力など推し量る必要はなかった。察知できる魔力量で、一撃だとわかったのだ。

剣によりあっさりと消滅する魔物。足止めにすらならず、悪魔へ肉薄する。

『貴様……！』

悪魔は声を上げ、間合いを詰めるユキトと距離を置こうと動く。魔物を盾にして攻撃するつもりのようだったが、それをユキトは阻《はば》んだ。

「──おおっ！」

それは悪魔の予測をわずかに上回る動きだった。爪をかざそうとしても、後退しようとしても間に合わない決定的な時間。

次の瞬間、ユキトの剣戟《けんげき》はしかと悪魔の体に入った。腕には手応えと、強靭《きょうじん》な肉体の硬さがはっきりと感じ取れた。

『が……あああっ！』

声を張り上げ、周囲の魔物を盾にする。悪魔ベルドの姿が見えなくなるほど視界が魔物に埋め尽くされたが、

「ディル、いけるか！」

『もちろん！』

ユキトは構わず剣に魔力を込めた。グン、と剣へ負荷が掛かり、刀身が青く輝いた。まるで重厚な大剣を握っているような感覚のまま、ユキトは横薙《よこな》ぎを決めた。

盾となった魔物達に、その一撃は致命的だった。剣戟が決まると魔物の体に光が宿り、それが一気に爆発するように膨らみ――閃光《せんこう》と破裂音が聞こえ、魔物は全て消え失《う》せる。

視界はきかないが、それでもユキトは悪魔の位置を捕捉。見えないことを利用して迫ってくるのを肌で感じ取り、足を前に出した。

（相手の挙動、それを正確に把握できる……！）

まだ光は消えていない。だが悪魔と自分の位置が明確にわかる。だからユキトは、剣を縦に振り下ろした――

『――ガッ!?』

腕に再び手応えを感じると、悪魔の声が聞こえた。敵は即座に後退し、ユキトは追撃を仕掛けようとした。けれど周囲に魔物の気配を感じ取ったため、距離を置く。

悪魔に代わり突撃してくる魔物だが、それをユキトは一刀で全て切り伏せた。その頃には視界も晴れており、見れば斬撃により傷を負った悪魔が立っていた。

『あり得ない……！　なぜ、これほどの力を手にした!?』

「正直なところ、俺自身もまさかって展開だったよ。だが」

ユキトはさらに魔力を高める。次の一撃で決めるつもりだった。

「これで、終わらせる……ベルド！」

魔力が迸《ほとばし》る。剣に青い光が巻き付くように生じ、漆黒の空間をまばゆく照らした。

次いで容赦なく踏み込んだ。続けざまに渾身《こんしん》の一撃を放てば全て終わるはず……そういう目論見《もくろみ》だった。

しかし、

『──他に、手はないようだな』

悪魔が何事か呟《つぶや》いた。直後、ユキトは背筋に伝う悪寒によって、半《なか》ば無理矢理後退した。

何か来る──そう直感したが故の行動。それは正解であり、ディルを手にしたことによって、言葉に表せない何かまで感じ取れた結果だった。

ゴアッ、と悪魔を中心に旋風が吹き荒れた。それは魔物を巻き込み、少しずつ消え始める光の粒子、つまり魔力へと分解されていく。光が舞うさまはとても幻想的で美しくはあるのだが、中心に悪魔がいることで、この世のものとは思えないようなおどろおどろしさにも溢《あふ》れていた。

『仕方が、あるまい』

大広間にいた魔物が完全に消え失せ、魔力全てが悪魔に収束した。身の内に全てを取り込むと、魔力が体を駆け巡り、一つとなった。

『これで決着をつけるとしよう』

「配下すらも吸収するか……」

ユキトは自らがつけた傷も魔力吸収によって塞《ふさ》がったことを確認する。

「無茶苦茶なやり方だな」

『口惜しいが、貴様を殺すにはこれしかない』

魔力が――ユキトが剣に収束させたように、悪魔の右腕に渦巻いた。大広間を振動させるほどの濃密なそれは、拳《こぶし》一つでありとあらゆるものを破砕する凶悪な武器となる。

だがユキトは冷静だった。まず近くにいたセシルへ呼びかけた。

「……セシル、下がっていてくれ」

「ええ」

彼女の足音が響く。背後に回ったのを認識すると、今度はディルに声を掛けた。

「ディル、やるぞ」

『わかった……とんでもない相手だけど、ずいぶんと冷静だね』

「正直、自分でも驚いているくらいだけど……なんとなくわかるんだよ、この戦いの結果が」

『なるほど。それじゃあ——終わらせようか』

剣を構え、呼吸を整える。全身全霊を——祖父の言葉が思い出され、魔力を高める。

それと同時に悪魔が迫った。身体能力も段違いに向上しているため、以前の霊具であれば知覚すらできなかったかもしれない。

だが今のユキトは反応した。肉薄する悪魔の動き。その全てを感覚で理解し、脳がどのように迎え撃つか瞬時に決める。

ユキトの斬撃と悪魔の爪が、激突した。斬撃《ざんげき》による青い閃光《せんこう》が、悪魔の体を染め上げる。同時、魔力が弾け轟音《ごうおん》が生じ、大広間に旋風が駆け抜けた。

風圧により広間の構造物が揺れるほどの衝撃だった。床に存在していた粉塵《ふんじん》が舞い、吹き抜けていく。そしてユキトと悪魔は——

『……馬鹿、な』

ユキトが爪を弾き、腕を両断し、その体にしかと剣戟《けんげき》をたたき込んでいた。

『私は、完璧だったはずだ……』

「ああ、完璧だったよ。俺では絶対に勝てなかった……この力を得るまでは」

ディルが魔力を発する。それでようやく、悪魔ベルドは理解したようだった。

『そうか、霊具……魔神の魔力が残留していたことを考えれば、どこかに霊具が存在していたという可能性も考慮するべきだったか……天の神は、よほど慎重だったようだ』

ユキトが悪魔の体から剣を離すと、悪魔はゆっくりと倒れ伏した。そして手や足といった末端部分から、塵《ちり》へと変じていく。

「何か言い残すことはあるか？」

『悪魔の私にそう問い掛けるとは、よほどの変人だな……貴様を殺せなかった。その後悔だけが渦巻くが……まあいい——あの御方が、貴様を始末してくれるだろう。それを見ることができなくて、残念だ』

悪魔ベルドが消える。終わったのだとユキトは理解し、大きく息を吐いた。

「……脅威は去った。後は、出るだけだ」

「うん。ユキト——」

セシルが声を掛けようとした矢先のことだった。通路の奥、ユキト達が進むべき方向から、魔物の雄叫《おたけ》びが聞こえてきた。

「奥にもいたか。ディル、数は？」

『あー、ずいぶんと多いね。今までこの大広間に悪魔がいたから、それが魔力の壁を形成していて気づかなかった感じ』

「まだ終わっていないってことだな」

「ユキト、戦うのは——」

「できる。問題ない。むしろ体が軽いくらいだ」

ユキトは自分の体に魔力がみなぎるのを感じる。

「これは元々の霊具による効果か……？」

『ああ、それはディルが持ってる能力だね』

と、セシルにも聞こえるような形でディルが述べた。

『ほら、魔神の魔力を抑えるためには、霊具の能力を継続して発動させないといけなかったでしょ？　その特性を利用して、武器として使用するなら継続的に戦闘できるような能力を持ってるんだよ』

「つまり、長時間戦えると」

『そういうこと』

「なら、そうだな……セシル、強化魔法はまだ持続しているのか？」

「ええ。でも再度付与してもらった方がいいかも」

「わかった。かけ直すから、もし途切れそうになったらすぐに言ってくれ」

ユキトはセシルに強化魔法を改めて施し、それから剣を幾度か素振りしながら通路へ向かうべく歩き始めた。

「俺が前に出て戦う。セシルは適宜援護を頼むよ」

「わかった……ユキト、大丈夫？」

「俺の方は問題ない。傷が開いたりしたら、すぐに言ってくれ……ディル、もう迷宮内を調べてもいいんだが――」

『もうやってる。結論から言えば、悪魔なんかが入り込んだ道は瓦礫《がれき》で塞《ふさ》がれてるね』

「巣の崩壊により、塞がったと考えるべきだな。なら目指すべきは入口だ。行こう」

魔物が接近してくる。ユキトは意識を向け――迫り来る敵に対し、剣を構えた。


そこから――果てしない戦いが始まった。迷宮は想像以上に深く、また同時に魔物の数も多かった。

「はあっ！」

一撃で魔物は死滅していくため、ユキトとしては決して難しい戦いではなかったが、それでも少し進めば魔物と遭遇するレベル――これはどうやら、魔神の魔力が関係しているらしかった。

『この全てがあの悪魔によって生み出された存在ではなさそうだね。迷宮内で魔力を使って色々とやった結果、自然発生するようになってしまったっぽい』

「それって……放置すればまずいんじゃないか？」

『魔神の魔力自体は消えたから、これ以上増えることはないよ。問題は、現時点でその数が多いことかな』

「本当なら、全部倒したいところだけど、さすがに脱出を優先すべきだな」

ユキトは結論を出し、迫る魔物を一刀の下に切り伏せる。ディルを手にしたことで、戦闘能力が飛躍的に向上した。どれだけ動いても疲れないし、どれほど魔力を使用しても枯《こ》渇《かつ》しない。どうやらディルは迷宮内に充満している魔力を取り込み、それを利用しているらしく、彼女の能力を通してユキトにも魔力が供給される。永遠に戦い続けられるわけではないが、限界というものが果てしなく遠くなったのも事実だった。

「セシル、平気か？」

「まだ、いけるわ」

返答するセシルには疲労の色が出始めている。強化魔法を行使して体力を維持しても、戦闘が続けば当然精神はすり減り体に疲労は溜《た》まる。ユキトは快調すぎるくらいに動くことができるようディルの能力が発動しているが、セシルはそうもいかない。

ユキトはセシルの容態を気にしつつ、進んでいった。終わりの見えない戦いではあるが、少しずつ地上へ近づいていく。

やがて、セシルの体力が尽き、休憩を取ることにした。強化魔法によるドーピングも、さすがに限界だったようだ。とはいえ座って体を休ませるくらいしか方法はなく、いつ何《なん》時《どき》魔物が来てもおかしくない状況で、焦燥感《しょうそうかん》も募ってくる。

「……ユキト、私は」

ふいに、セシルが声を発した。

「どうした?」

「私は……もう……この迷宮を出たら……」

言葉を飲み込む。座り込んだ彼女が何を言いたいのか、ユキトは理解した。

「パートナーを他の人にした方がいいって話か?」

セシルがユキトへ首を向けた。図星だという顔だった。

「その辺りは……色々な意見が出そうだな。でも、俺の本心としては……セシルと戦っていきたいと思ってる」

「どうして?」

「そもそも、霊具の能力に合わせていたら……俺は誰とも組めなくなる。聖剣を使うカイだって、仲間の能力に合わせて戦っている。それを踏まえれば能力がつり合うからといってパートナーを選ぶというのは決して良いことではないと思う」

語りながらも、ユキトは周囲に目を光らせる。

「それに、だ。これからは……戦い方を変えるべきだ」

「戦い方を……?」

「俺なりに、巣を破壊する戦いを振り返ってみたんだけど、ザインはカイでも王女でもなく、俺達を狙い撃ちにした。前線にいたから狙いやすかったのもあるだろうけど、一番の理由は来訪者である俺達を動揺させるためだ」

「確かに、そうね」

「俺達は、この世界へ来るまで武器を握ったことなんてない人間だった。そうした人間が霊具の効果による高揚感のおかげで戦場に立てている。けれど、それを消し飛ばすような恐怖や動揺……それを与えれば、俺達の戦意を削《そ》げると考えたのかもしれない」

「だとすれば、今後は……」

「ああ。ここまでは力で敵をねじ伏せてきた。でもこれからは通用しないし、何より俺達の心に変化が生まれた以上……霊具を手にした俺達も、この世界の人も……意識を変えていく必要がある」

ユキトはそこまで告げた後、漆黒の天井を見上げた。

「そして……あの戦いの出来事は、想像以上に根深い問題かもしれない」

「……どういうこと？」

「俺達の素性については、どんな風に噂《うわさ》されている？」

「噂、というと？」

「来訪者達はどういう人間で、どんな世界からやってきたのか……その詳細は知っているのか？　少なくとも、ナディ王女は知らなかった」

「それは……」

「もし敵が素性まで正確に把握していたら……いや、今回の計略はそれを前提にしていたかもしれない。だとすれば、邪竜は俺達のことを……」

「情報を持っている。その出所は……身内に、裏切者がいると？」

「元々、情報は漏《も》れていたはずだろ？　貴族とかが情報を流している……だから俺達の霊具などに関する情報は共有しないと決めていた。けれど、敵は策を用いた……俺達のことをしっかり把握するには、フィスデイル王国……王城の中で、共に生活をしていない限り無理だ」

　セシルは息をのむ。ユキトが語る通り、根深い問題なのだと認識したようだ。

（そして）

　ユキトは心の内で呟《つぶや》く。

（あの戦いの計略が……単に仲間ではなく、カイすらも狙い撃ちしていたとすれば……）

　転移する寸前に見た、カイの表情。その心情までわかっていたのだとしたら、敵は――

「……俺が言ったのはあくまで可能性の話だ。でも、十分にあり得る」

「そうね、私も同意するわ」

「だから、俺達は変わらなければならない。カイに頼り、霊具の力に頼り切っていたら、今度こそ命がない。一人一人が、邪竜に勝つために……考え、戦っていかなければならない」

　ユキトはそこまで言うと、セシルへ視線を向けた。

「カイ一人が奮戦しても、俺達がやられてしまったら意味がない。そして俺は……手にした新たな霊具で、絶対に無茶をする未来が見える。だから、冷静なセシルに止めて欲しい」

「……これまでと役割は変わらないけれど、考え方は大きく変わったわね」

「ああ。来訪者達が先陣を切っていくような今までの戦い方とは違う……共に戦う。そうすることで初めて、俺達は邪竜と戦えるんだ」

今まで霊具の力で圧倒していたから、いけると考えていた――けれどそれは、間違いなく甘かった。

(邪竜はそれを完璧に理解している……だから、俺達は変わらなきゃいけないんだ)

「裏切者は……誰なのかしら」

深刻な表情で、セシルは呟《つぶや》いた。

「敵の正体がわからない状態で共に戦うとすれば……」

「それ自体も、敵の計略の内だ」

断言するユキトに、セシルは目を瞬かせた。

「俺達が連携すればするほど、厄介になることは邪竜もわかっている。だからこそ、揺さぶってきている。裏切者を探しながら、共に戦っていく……そういう方針しかない。やり方は、これから見いだしていくことになるな」

「厳しいわね」

「そうだな……でも、そうしなければ邪竜に勝てない」

ユキトは息をつく。ここまでは突っ走ってきただけだ。けれど、これからは邪竜を倒すために、思考を巡らせなくてはならないだろう。

「その中で、俺はやれることをやる……セシル、手を貸して欲しい」

「……ええ」

セシルは承諾し、立ち上がる。そうして再び、迷宮を歩き始めた。


ずっと暗闇の中にいたため、どのくらいの時間を迷宮で過ごしていたかはわからない。だが、おそらく数日経過したかもしれないほどの時間を経て、ユキト達はとうとう迷宮の入口へ辿《たど》り着いた。そこには巨大な岩が存在し、道を塞《ふさ》いでいる。

「封印処理されているが……ディル、いけるんだよな？」

『任せて』

ユキトは頷《うなず》き、魔力を高める。

魔物は、気配を感じ取れる範囲で全て倒した。最初は出口へ向かう間の敵だけを、という腹づもりだったが、魔物の方がユキト達の気配を感じて全て近寄ってきた。だから、結果的に殲滅《せんめつ》に成功した。

　それでもなお刀身に込められた魔力は、これまで戦い続けたのに一切変わらない力を保っており、振り下ろされた刃が眼前の岩を見事両断した。ズシン、と一つ音を立てて岩が転がる。奥にあったのは扉。近づいて調べてみるが、開かない。

「扉の向こう側にも、似たような岩があるっぽいな」

『二重の封印というわけだね』

「扉ごと破壊すればいいか？」

『そうだね。もう魔物の気配も、魔神の魔力もない……この迷宮は、文字通り建物だけになっちゃったし』

「わかった……扉の周辺に人はいないな？」

『うん、大丈夫』

　ユキトはさらに魔力を高めた。ここに至るまでにディルの特性はつぶさに理解した。特筆すべきは、その継続戦闘能力。どれほど長時間戦い続けてもなお、最大のパフォーマンスを引き出せる。邪竜との戦い、戦争となれば間違いなく活躍できる能力だった。

（この能力を使い、さらに人々と手を組み……邪竜を、倒す）

　そして仲間を――胸中で一つ呟《つぶや》き、ユキトは扉を一閃《いっせん》。今度は両断ではなく、魔力を大いに収束した剣戟《けんげき》であり、まるで魔法のように、扉が切られた部分から発光し、爆発した。

　衝撃はユキトの前方へと広がり、粉塵《ふんじん》が舞う。セシルと共に後ろに下がって様子を見ると、壊した扉の奥から、光が見えた。

「地上だな」

　ユキトとセシルは慎重に歩いて行く。迷宮の入口は洞窟になっており、少し坂を歩いて地上に出るような形状だった。

　ゆっくりとした足取りで地上へ向かっていると、こちらに向かう足音が聞こえてくる。そして太陽の下に出た時、ユキトはやってきたのがリュシルとナディであると気づいた。

「リュシルさん、ナディ王女――」

「ユキト！」

　突然、リュシルに抱きつかれた。ビックリしていると彼女はすぐさま離れ、今度はセシルに抱きついた。

「無事で……良かった……」

「すみません」

「謝る必要はないの。よく迷宮から無事に出てきてくれたわ」

　リュシルの後方から、ユキトは仲間達が近づいてくるのに気づく。

「ユキト……！」

メイが真っ先に名を呼び、仲間達がユキトを囲む。

「良かった……！　本当に……！」

「ごめん、心配かけた……メイ、そっちは――」

「帰ってきて早々、私のことを心配するなんてユキトはすごいね」

メイは笑う。しかし目の端に泣きはらした跡がはっきりあった。

それはレオナや、他の仲間も同じだった――ユキトもそこで、悲しさがぶり返してきた。仲間が、倒れてしまったのだと改めて認識する。

「私は……今も悲しいけど、シオリに言われたから」

「シオリに？」

「笑顔を忘れないでって……悲しいけれど、それでも前を向くよ。きっとそれが、私の役目だから」

「そっか……俺もタクマから言われた。後悔するなって。だから罠《わな》にかかっても、希望を捨てず生還できた」

ここでユキトは仲間を見回す。駆けつけてきた面々の中に、カイの姿はなかった。

「ところで、カイは？」

「あ、さっきまで作業をしていて……今はテントに戻っていると思うけど」

メイが返答すると、ユキトは小さく頷《うなず》き、

「俺はカイに会ってくるよ。伝えないといけないことがあるんだ」

「だ、大丈夫なの？　一度体の状態を確認したいけど――」

「俺は平気。ただ、セシルは負傷したから、診て欲しい」

「わかった」

すぐさま彼女はセシルへ駆け寄る。鎧《よろい》の壊れ具合を見て驚きつつ彼女の治療を開始した。

その間にユキトはカイのいるテントへ向かう。そこで、報告を聞きテントを出ようとするカイと鉢合わせになった。

「ユキト……」

「カイ、ずっと作業をしていたらしいけど、そっちは大丈夫なのか？」

「あ、うん……すまない。なんというか、安堵《あんど》でユキトのところへ行くよりも先に体の力が抜けてしまった」

「……話をしても、いいか？」

「話？」

「ああ。俺も休まないといけないけど、その前に伝えなければいけないことがあって」

カイは硬い表情で頷き、テントへ招き入れる。二人だけの空間であることを確認し、ユキトは告げた。

「その、今回の戦いについて……俺から、一つ尋ねたい」

「何だい？」

問い掛けにカイの表情は強ばっていた。仲間が死んだことを詰問されると考えているのか、それとも何か別の――

けれどユキトはそうした質問ではなく、あることを口にした。

「カイの恐れるものは、何だ？」

「……え？」

「仲間を失うことか？　それとも、作戦の失敗か？　あるいは……期待に添えなかったことか？」

カイは何も言わなかった。しかし、その目はユキトの問い掛けが的を射たものであることを物語っていた。

「……俺自身、転移する直前にカイの顔を見て気づいたんだ。もしかしてカイは……仲間を失ったことを、自分の責だと考えるかもしれないと」

「信奉者、ザインが言っていた……二人は、僕が殺したと」

「そうか……でも、カイが本質的に恐怖していることは、違うんだな？」

そこで、カイは息をゆっくりと吐いた。ユキトの言い方が、とても穏やかなものであったためか、とうとう彼も観念したようだった。

「……ユキトの、言う通りだよ。僕は……信頼を失うことが、怖い。今も、仲間から作戦のことを聞かれたら……どうなってしまうのか、不安だ」

「仲間の死よりも、そちらの方が重要だと言いたいんだよな？」

「醜いと、思うかい？」

カイの重い表情がユキトの視界に映る。確かに、人によってはなんたることかと非難を浴びせるところなのかもしれない。

しかし、

「俺は……価値観というのは人それぞれだと思うし、何が一番なのかは本人が決めることだ。俺はそれで、構わないと思う」

「……ユキト」

「カイにとって、それは醜いと呼べる感情なのかもしれない……薄情な奴だと罵《ののし》る人間だって現れるかもしれない。だが、それでも……カイが最善を尽くしたのは事実なんだ。そこは確かだし、自分を責めないで欲しい」

ユキトはタクマの言葉を思い出す。後悔するな――こうしてカイに伝えられて、本当に良かったと思っている。

「それと、これでカイの気持ちが軽くなるのかはわからないけれど……俺は、カイの味方であり続けるよ」

「それは……」

「俺はカイがどう思っていようと、陣頭に立ち戦う姿を見て、共にありたいと思ったんだ。もちろん、人道に反したことをやったら俺だって非難するさ。でも、カイは……自分の感情に沿ったものだとしても、俺達のため、世界のために戦ったんだ。それなら、俺は味方であり続ける」

「……そうか」

カイは息を吐く。顔には、笑みのような表情が生まれていた。

「僕は……こんな気持ちで戦っていることを知られたら、誰も傍《そば》にはいてくれないと思っていた。でも、違うんだな」

「当然だろ」

「……自分を責める、か。確かに僕は、仲間の死を見て、何も考えられなくなっていた」

苦笑しながら、カイは話し始める。

「ただ恐怖して……自分を見失っていた。ユキトが味方でいてくれるとわかっただけでも、僕としてはずいぶんと心が軽くなった」

「その心情を変える必要はどこにもないさ……人によって価値観なんてものは違うから。それだけど、俺達は仲間だ……そしてカイが俺達のために何をしてきたか知っている。それだけは、忘れないで欲しい」

「……ありがとう」

カイは礼を述べ、ユキトの目を見た。

「なら、これからの話をしよう……いや、その前にユキトはどうやって脱出を？」

「それを含めて、色々話をしたい。それと、これは打開策になるかどうかわからないけれど――」

「いや、待った。やっぱり止めた」

「……どうして？」

「まずは休もう。そして、タクマとシオリの二人を、きちんと弔《とむら》わないといけない」

「そっか、そうだよな……なら一つ、提案がある」

「提案？」

「ああ……二人に関することだ。なおかつ、未来のことでもある」

そう前置きをして、ユキトは話し始めた。

＊　＊　＊

ユキト達を捜索する騎士達の姿を、ザインは山岳地帯の一角から観察していた。たとえ聖剣使いであっても気づかれない距離。そこで、驚くようなものを見た。

「おいおい、あの状況で生きてんのかよ……」

苦笑と共に、呆《あき》れたような言葉がザインの口から漏《も》れた。ユキトとセシル――この両名が迷宮から帰還したのだ。

「どういう手品をやったら……ふむ、調べた方がいいな。もしかすると霊具の成長などで、とんでもなく強くなったかもしれねえ」

その時、後方から気配。連絡役の悪魔だと察した直後、

『報告だ』

「どうした？」

『ベルドが滅んだとのことだ……最後に残した情報によると、迷宮内に存在していた霊具の力により、来訪者を仕留め損なったと』

「おいおい、マジかよ……さすがにそれは予想外すぎる」

『霊具の能力としては天級以上らしい』

「つまり来訪者ユキトはパワーアップしたと。ま、そういうこともあるか」

やけにさっぱりした口調と共にザインは肩をすくめる。

「それならそれで仕方がねえ……で、俺はどうなるんだ？」

『あの御方は今回の戦いについて、貴様を高く評価している』

「一部強くなったヤツは出たが、来訪者を仕留めたという事実を考慮したってわけか。だ

がまあ、結構ギリギリだったぜ？」

『戦力を削ったのが何より重要とのことだ』

「なるほど……で、次の行き先は？　フィスデイル王国へ戻れってわけでもないだろ？」

『次は――』

　作戦概要を聞くと、ザインは小さく笑った。

「へえ、献策が生きたな……すぐに戻るとするぜ」

　悪魔が先に消え失《う》せる。同時、ザインはユキト達を注視した。

「向こうはどう出るか……さすがに、察しの良いアイツなら俺がどういう意図で二人を殺したか、わかるだろうな」

　――ザインが得た資料。そこには、霊具に関する情報と主にカイに関する情報が含まれていた。

　霊具の情報は計略を練る際、有効に働いた。カイが誰を率いてゴーザへ攻撃するか、その予測に使ったのだ。とはいえ、霊具の全てがわかっているわけではない。あくまで資料はフィスデイル王国が霊具の管理をして知り得た情報に留《とど》まっていた。もし来訪者が情報を提供したのであれば、より詳しい資料だったはずで――つまり、情報提供者は来訪者でないことを意味している。

　そしてカイに関する情報。こちらが本命であり、具体的に彼の内面について記されていた。白の勇者、聖剣使い。異名と共に背負っているものを崩せば、容易《たやす》く膝《ひざ》をつくだろうと。心を読むほどではないにしろ、子細が書かれていた資料に、ザインはカイと直に接している人間が書いたのだろうと想像を巡らせる。

「……戦いが進めば、わかることなのかねえ？」

ザインはユキト達から目を逸《そ》らし、身を翻《ひるがえ》す。

「ま、その辺りはいいとしようか。で、今度戦闘する時は四度目か……できることなら、直接対決はもう勘弁して欲しいが、こっちもやれることはやっておかないとだなあ」

次の戦いに思いを馳《は》せ、ザインはその場から姿を消した。

＊＊＊

ユキト達はその後、王都に一度戻り滞在することなくフィスデイル王国へ帰還した。出立の際、ナディは引き留めなかった。それは間違いなく、タクマやシオリと共にすぐ帰還したい意向を汲《く》んだ結果だった。

「私達は、今後フィスデイル王国と協力関係を結びます」

去り際、ナディはそうユキト達へ告げた。

「沿岸部も奪還できた以上、交易も再開できますから……物資面で、私達は主に協力することになるかと」

「とても、ありがたいわ」

リュシルは嬉《うれ》しそうに返答。それにナディは一度頭を下げた。

「今回の戦い……敵の計略はあれど、来訪者を失ったことは私達にも責はあります」

「……カイもまた、悩んでいたわ。ユキトがそれを解決してくれたようだけれど……私達は、彼らに事を任せすぎた」

リュシルは断言すると共に、ユキトやナディを一瞥《いちべつ》して続けた。

「ユキトは今回の件で変わらなければならないと主張した。それは私も心の底から同意するわ。だから……シャディ王国もまた、どうすべきかしっかりと考えて欲しい」

「もちろん……ただ、最後に一つ言わせてください」

そしてナディは満面に笑みを浮かべて、ユキト達へ告げる。

「私は来訪者の勧誘、まだあきらめていませんので……メイ、セシル、憶えておいてね」

その言葉にユキトは苦笑し、手綱を握り――長い旅路を経て、フィスデイル王国へと帰還した。

凱旋《がいせん》による人々の歓待は、一切なかった。来訪者の中に戦死者が出た――その事実に、誰もが悲しみ、また同時に変わらなければならないと思った。

ユキト達は城へ戻ると、すぐさまジーク王へ報告をする。その際、カイがユキトの提案を伝え――それはずいぶんあっさりと、受理された。

「迷宮攻略は、あなた方が中心になるのは必定……であれば、その願いは当然だ」

「ありがとうございます。そして――」

「リュシルから聞いている。私達は大いに反省すべきだ……いくら力を持った存在だからといって、多くを聖剣使いや、その仲間達に委ねるべきではなかった」

ジークは痛恨、という表情を示す。傍《かたわ》らにいるグレン大臣も同意するような意思を示していた。

「今回の一件を考慮すれば、あなた方の要望は筋が通っているし、誰もが認めるだろう。もし異を唱える者がいても、私達が説得しよう」

そう述べた後、ジークは別の話題を口にした。

「さらにもう一つ、懸念があるな」

「はい。ユキトとも話し合いをしましたが、敵はどうやら……僕らのことを深く知る存在から情報をもらっているようです」

「リュシルの報告書では、カイの心理を突いた戦いを行ったと書いてあったな。それが本当であれば、由々しき事態だ」

ジークは目を細め、拳《こぶし》を握りしめる。

「それに対しては、来訪者の一人であるツカサにお願いをしてある。来訪者達しか入ることができない空間を、この城内に設ける予定だ」

「それは――」

「今回の戦いで内通者がいるのはほぼ確定だろう……そしてそれは、間違いなくこの世界の人間だ。であるならば、誰なのか確定するまでは警戒しなければならない。それは重臣《じゅうしん》達も、騎士も、果ては私であっても同じだ」

――そのように疑わなければならないのは、ユキトとしても残念に思う。だがそうでなければ、勝てない戦いだ。

「それと共に、私達はあなた方と手を組み、戦っていかなければならない……具体的にどうすべきか。その点については今後相談したいし、あなた方もまた考えて欲しい」

「わかりました」

そうして謁見《えっけん》は終わり、ユキトとカイは仲間達の下へ。既に訓練場に呼び出してあった。

「カイ、裏切者についてだけど……どう探す？」

「現時点で、疑いのある人物は多数いる。ただ、さすがに直接的に攻撃……つまり暗殺などはしてこないと思う」

「どうしてだ？」

「これまで僕らは裏切者がいるとは知らなかった……城内に内通者はいないという国側の

言葉を信じていたわけだけれど……もし暗殺で僕らを始末するのであれば、僕らがこの世界へ来た段階で仕掛けているはずだ」

「そうだな……俺達によって人類側が盛り返している。俺達をどうこうできるなら、こうなる前に仕掛けているよな」

「その通りだ。あと直接的でなくても間接的に……食事に毒を混ぜるとかの方法でも可能なはずだ。けれどそれをしていない以上、できない理由があると考えるべきだ」

「あくまで情報だけのやりとり……と考えていいのか？」

「そうだね。今後も警戒し続ければ、城内で誰かが……というのはないだろう」

カイの言葉に納得し、ユキトは幾度か頷《うなず》く。

「しかしそうなると、探し出すのは難しいな」

「敵は誰なのか露見しないように活動しているはずだ。探し当てるのに時間は掛かるかもしれないけれど、それまではこの考えを信じよう」

ユキトがその言葉に頷いた時、訓練場に辿《たど》り着いた。既に仲間達は待っており、沈黙を守っていた。

カイとユキトは仲間達と向かい合う形で立つ。そして、

「……既に、挨拶は済ませてきたようだね」

カイが言った。タクマとシオリの二人——その遺体もまた、この王城に帰ってきた。

「二人は丁重に葬られることになる……そして、もう一つ。二人の遺言を、言わせてもらう」

ユキトはタクマの最後の言葉を聞いた。そしてメイもまたシオリの言葉を――

「まずタクマは、後は任せたと……それと、後悔はするなという言葉だ。シオリは、笑顔を忘れないで欲しいと。シオリの方はメイに言ったのかもしれないけれど、苛烈《かれつ》な戦いだ。その中で、笑うことを忘れてしまったら、精神も疲弊するだろう。だからこの言葉は、全員の胸に刻んで欲しい」

仲間達は、無言でカイの言葉を聞く。

「そして、もう一つ……今回、ここに集まってもらったのは、これを言うためだ」

何事か、と眉をひそめる仲間もいる。そうした中、カイは言った。

「邪竜が待つ迷宮には『魔紅玉』という願いを叶《かな》える霊具があることは知っているはずだ。元々、これをどうするかという議論はしてこなかったけれど、先ほど謁見《えっけん》でジーク王から言質《げんち》をもらった。僕らが使っていいと」

「迷宮を踏破するのは俺達だから、正当な形であるとジーク王は言っていたよ」

ユキトが続けて発言する。仲間達も頷き――カイが何を言いたいのか、わかった様子。

「霊具について……僕は当初、元の世界へ戻るために使おうと考えていた。けれど、願いを変える……来訪者達を、僕らの仲間を蘇《よみがえ》らせて欲しいと。どのような願いを叶えたいのか実績を考慮すれば、願いは受理されるだろうと国の人は見解を示したよ」

全員が再び沈黙する。決して喜ぶ者はいなかった。

「この世界の人々の中には、納得しない人もいるかもしれない……これに関しては様々な議論が生まれるとは思う。でも、僕はこう決めた。みんなも、同じように納得してくれると考えたからこそ、表明した」

誰も異を唱えるものはいない。だからこそ、カイはさらに続ける。

「元の世界へ戻る方法については改めて考えなければいけないけれど……全員が帰還するにはこれしかない以上、受け入れて欲しい。ただ、ここで言わせてくれ。仲間を復活させるというのであれば、命を捨ててもいい……そうは思わないでもらいたい。戦いの中で危機に陥った場合には、何としても生き残ることを優先してくれ」

カイは仲間達を見回す。

「シャディ王国の戦いを通して、僕らもこの世界の人々も変わらなければならないと悟った。けれど、僕らが主導的な役割を果たすことになるのは間違いない。であれば、誰かが犠牲になることは……すなわち、邪竜との戦いで負ける可能性が上がるということだ。もし勝てなければ、元の世界へ帰るどころか、生き返らせることもできない……だから、死なないでくれ」

死なないでくれ、という言葉は霊具を手にした時に聞いた。けれど今この時、耳にするその言葉は果てしなく重かった。

ユキトもまた、胸に染み入るようなカイの話を聞き、小さく俯《うつむ》く。

「敵は、僕らのことを今以上に研究するだろう。対策は可能な限り講じるが、このまま戦い続ければ間違いなく、苦しい戦いが待っている……だから邪竜に勝つには、全てを費やさなければならない」

ユキトはゆっくりと顔を上げる。カイは両拳を、強く握りしめていた。

「必ず、邪竜を倒すために……力を、貸して欲しい」

彼の願いに応じるように、ユキトは黙って拳《こぶし》を上げた。それに続き他の仲間達も——霊具を手にした時、声を張り上げ士気を高めたように。けれど今この時は、全員が無言だった。

仲間を失って、克明に理解した。全力で戦うだけでは足りないと。辛《つら》い戦いが待っている——不安と恐れを抱きながらも、ユキト達は強い結束で結ばれることとなった。

＊　＊　＊

訓練場の入口で、カイの言葉を無言で聞き続ける来訪者達を見ながら、セシルもまた苦しい戦いが待っているだろうと認識した。

それと同時に反省もした。圧倒的な力を見せられ、彼らなら邪竜を倒せる——無条件でそんな風に思ってしまっていた。しかし、そうではない。これはハッピーエンドの約束された物語ではない。未来の果てに、絶望的な結末が待っているかもしれない。

それを回避するべく、来訪者達は決意を新たにした。その中でセシルは、新たな霊具を手にしたユキトと共に戦うよう、正式に言い渡された。

フィスデイル王国側は、信奉者に情報を渡した存在を警戒し、来訪者達だけが過ごせる空間を構築すると決断した。その中で橋渡し役を幾人か設けた。リュシルやエルトもそうだが、セシルもその一人に入っている——これまで彼らと接してきたことが、認められた形だ。

セシル自身、大役が務まるか不安ではあったが、共に戦っていかなければならないというのは同意していた。だから全力で役目を全うする——同時に、悪魔との戦いのことを思い返した。

（私は……）

負傷し、自らが犠牲となることを選んだのに、ユキトはそれを拒否した。そして大切な仲間だと言った——もしかすると、自分はあのまま勢いで胸の内にある感情を吐露していたかもしれない。死ぬ直前に、何か告げていたかもしれない。

そうした事実を目の当《ま》たりにして、セシルも認めるしかなかった。どれだけ自分に言い訳しても、結局はそういう結論に行き着く。

（彼のことが、好きなのだと）

鼓動が一度大きく跳ねた。ナディ王女はユキト達にこの世界に残ることも一つの選択肢だと言った。セシル自身、そうであって欲しいと思ってはいなかった。けれど、もしかすると——そんな考えで、ふと思案に暮れる自分がいた。すなわち、彼が残ることを選んだとしたら、どうなるのかと。

そうした感情はまだユキトに露見してはいない。メイは察していそうな雰囲気を持っていたし、今までのように接していたら、いずれユキトにだって伝わるかもしれない——その時、どうすべきなのか。

（彼を守るという思いは変わらない。共に戦うことを認めてくれたのであれば、私はそれに従うだけ）

戦いを通して、自分の感情を偽ることをやめようとセシルは考えた。それを口にするかどうかはわからない。でも、共に戦うことを示した以上、自分達もまた、より真摯《しんし》に向き合う必要はある。

けれど、果たして戦い抜けるのか。自分の身でどこまでいけるのか。それだけが不安だった。

（私達が……他ならぬこの世界の人もまた、強くならなければいけない）

それを最初に実行するのは、来訪者の一番近くにいる自分の役目ではないか——そう確信しながら、セシルは何をすべきか決意する。

話を終え、来訪者達が動き出す。そしてセシルは、訓練をしようと声を掛けるべく、ユキトへ向け足を向けたのだった。

＊　＊　＊

それから数日は、何事もなく城内で過ごした。裏切者の対策をカイやツカサが主導で進めているようだが、ユキトは門外漢であるため、出番はなかった。

「ディルが役に立つかなと思ったんだけどな」

「悪いねー」

笑いながらディルは応じる――平時はドレス姿の少女として彼女は活動していた。最初姿を見せた時、仲間達は全員が例外なく驚いた。また同時に霊具の測定を行い、現時点においても暫定的に天級霊具だと判明し、二重に驚くこととなった。

「そういえばディル、霊具を取り込む能力についてだけど」

「あー、まだ時間が掛かりそう」

「そっか。宝物庫内の、使っていない霊具であれば持っていって構わないと言われたから、取り込める時が来たら言ってくれ」

「はーい」

返事を聞いた時、セシルの姿が視界に映った。

「ユキト。お客さんが来ているんだけど」

「お客さん？」

「あなたに会いたいという人が」

「……ナディ王女の使者とかじゃないよな？」

帰り際、言われたことを思い出し問い掛けるとセシルは首を左右に振った。

「違うわ。とある冒険者」

「冒険……者？」

「ギルドに正式登録していて、きちんとした手順によるものだから、身元は保証するわ。ただ、用件については語っていなくて、ユキトに直接話がしたいと」

心当たりがまったくないため、ユキトは首を傾げたが、

「まあ、わかった……どこに行けば？」

「城の入口で待たせているわ」

セシルの案内に従ってユキトはエントランスへ赴《おもむ》く。そこに一人の男性がいた。

冒険者、という名称に則ったような格好だった。旅装に使うマントを羽織り、じっとユキト達を見据えている。

「あんたが、黒の勇者か？」

男性からの問い掛けに対し、ユキトは無言で頷《うなず》く。

「そうか……突然来訪したのは、是非とも話がしたかったのと……何より、情報が欲しかった」

「情報？」

ユキトは聞き返す。

「何を知りたいんだ？」

「……ああ、その前に俺のことを話した方がよさそうだ」

警戒している様子を悟ったらしく、男性はユキト達へそう告げると、

「俺の名はダイン＝エルトマ。あんたが戦っていた信奉者……ザインの弟だと言えば、ここに来た経緯はわかってくれるか？」

その言葉に、ユキトとセシルは驚愕《きょうがく》し、口が止まる。

同時にユキトは予感する。新たな戦いが始まろうとしているのだと。

〈『黒白《こくびゃく》の勇者3』へつづく〉

付録　少女の記憶

邪竜が現れるより遙《はる》か昔。漆黒の空間――どこかに抜ける風の音だけが聞こえる場所。そこは迷宮であり、眠るように横たわる少女がいた。

無論それは人ではなく、人の身では到底辿《たど》り着けない歳月を過ごす、人間が言う霊具と呼ばれる存在だった。

「……んー」

時折、寝返りを打つようにゴロリと転がる。毛布どころか敷き物一つない石床であるにもかかわらず、少女はそれを気にする様子もなく、幾度となく体勢を変えて眠り続ける。

霊具であるなら、寝返りなど必要ないはずなのだが――少女の記憶によれば、制作者のこだわりらしい。人間味のある動作をすることで、より霊具が人へ近づくと。

明確な自我を持つ少女は説明を受けた際、こんな機能をつけるなら他に何か利便性のある何かを付与しておけと思ったりもした。ただこの特性で何があるわけでもないため、後に別にいいかと考え直している。

辺りは虚空しか存在せず、今いる幻術で隔てられた場所を離れれば魔物が跋扈《ばっこ》する世界。人の身であれば発狂してもおかしくない環境だが、霊具である少女に感情の変化は一切なかった。

　少女の役目は迷宮内に存在する魔力――少女を制作した存在の宿敵である魔神の魔力を抑え込むこと。既に地上から魔神本体は消え失《う》せ、制作者すらもいなくなった。けれど、彼女は役目をしっかりと果たしていた。

　そんな状況に変化が訪れたのは――霊具としてこの世に生まれ、気が遠くなるような歳月を経てのことだった。ふいに少女は目を開き、ゆっくりと起き上がる。

「……人か」

　迷宮の入口から、人が入り込んできた。少女は自らの力を用いて観察を始める。迷宮内であるなら魔力を飛ばして状況を確認できる。とはいえ魔力を発する行為であるため、観察対象の魔力探知能力が高ければ察知される危険性がある。よって少女は状況を確かめたらすぐに観察を止《や》めるつもりだった。

　そもそも、それほど関心があるわけでもなかった。長い年月において、何者かが入り込んできたケースはあった。けれどその大半は入口で恐怖し逃げ帰ってしまう。そうでない場合、魔神の魔力を受けた凶悪な魔物に殺されてしまう。

　今回もまた、そのどちらかだろう――だから最初に確認して、見るのは終わりにしようと考えていた。

少女の目に映り込んだのは、若い人間の一団。人数は六人で、皆一様に武装し、魔物と戦い始めた。ただその動きは、明らかにこれまで訪れた者達とは違っていた。

「……強い」

少女は小さく呟《つぶや》き、前線で戦う人間に注目した。抜きん出て強い男性が一人。ただ装備が異様だった。戦士であれば身を守るために鎧《よろい》や具足などを身につけるはずだが、それが一切なく簡素な旅装姿なのだ。

理由はすぐに明瞭となる。獅子《しし》の形をした魔物が口を開け食らいつこうとしたが、男性はスルリと攻撃をかわし、瞬く間に剣を振り魔物を切り刻んで滅した。攻撃を受けるのではなく、回避する——それが彼の戦法らしかった。

少女の目にはリスクのある戦い方だと映ったし、そんなやり方が続くとは思えなかったのだが、彼は一度も攻撃を食らうことなく、迷宮入口周辺にいる魔物を倒しきった。

天神と比べれば人間は弱く、この迷宮を踏破することはない——そう考えていた少女にとって、男性が見せた光景は少しばかり衝撃的だった。

「……ずいぶん長い時間を経て、人間も強くなった？」

少女は興味をそそられて注視する。どうやら彼らが目指しているのは、迷宮の最奥。そこには迷宮内に封じられている魔神の魔力によって生まれた、凶暴な魔物がいる。そいつは瘴気《しょうき》すら発し、他の魔物を支配下に置いて迷宮の主となった。

彼らにそれを倒せるのか。少女は興味を抱き、また視線に気づいている様子もなかったため、ちょっとばかり観察を継続してみることにした。

長い時間彼らの動向を窺《うかが》ってわかったことは、最前線に立つ男性は勇者と呼ばれ、仲間達全員から尊崇《そんすう》の念を一身に受けていることだった。

少女の興味も勇者だけに絞られたが、どれだけ観察しても正体がつかめなかった。仲間からは勇者と呼ばれ名前すらわからない。迷宮内を進む際に交わされる雑談においても、口数少なく身の上を話すことがない――その中で少女は一つ確信した。理由はわからないが、勇者は自分のことを故意に語っていないのだと。

彼らは順調に魔物を倒し続け、後方にいる魔法使いが迷宮に滞留する魔神の魔力を相殺し、勢力圏を確保していった。それを繰り返し、やがて迷宮の最奥へと辿《たど》り着く。

そこにいた魔物と勇者は――まさしく、死闘を繰り広げた。一瞬でも判断が遅れれば即死の戦い。彼らは最大の脅威に全身全霊で応じ――とうとう、全員生き残った上で魔物の撃破に成功した。

英雄譚《えいゆうたん》のような出来事に、少女は久しく感じなかった感動さえ抱いた。だから顔を合わせてみたいと思い、魔神の魔力の大半が消え去る中、幻術を通り抜け息をつく彼らへと歩み寄る。するとと勇者はそれに気づき、少女は勇者がほとんど驚いていないことをすぐに察した。

「……君は」

「俺達をずっと観察していた……相手かな？」

少女は目を丸くし、言葉を失う——勇者によると、眼差《まなざ》しに気づいていたが危険なものではないと判断し、放置していたらしかった。

そして少女は自分の役割を簡潔に伝え——勇者はなるほどと納得したようだった。

本当ならばそこから、交流を深めてもおかしくなかった。勇者には少女の力がどのようなものか明瞭にわかっただろう。共に行こうと誘われても不思議ではなかった。

でもそうはならず、結局少女は相手の名前すらわからないまま別れた。勇者も少女の名を聞こうとする様子はなかったし、まして観察をし続けた経緯すら尋ねなかった。

ただそれは勇者が興味を示さなかったのではなく、やはりこれも意図的に口にしなかったのだろうと少女は推測している。問われれば自分の素性も問い質《ただ》される——それを回避するために話さなかった。

そして勇者一行は——迷宮の主を倒してもまだ魔神の魔力が残っていたため、それを消そうとしたようだったが、すぐにあきらめた。迷宮の構造物内に存在する力までは、いかに優れた魔法使いでも無理とのことだった。

よって少女は迷宮の中に残り魔力を封じ続けると告げると、勇者はそれに深々と頷《うなず》いた。

「わかった……俺に何かやれることはあるか？」

　問われ、少女は自分のことを話さないようにと勇者へ告げる。下手に干渉されるより

も、迷宮ごと封じておくべきだという主張に彼は了承し、

「君のことは話さないと約束するよ。迷宮は入口を封印することになるから、心配はいら

ない……ありがとう」

　礼を述べる必要はない――少女はそう応じようと口を開きかけて、やめた。代わりに、

別のことを口にする。

「一ついい？」

「ん？　どうした？」

「あなたは……どんな目的でこの迷宮に？」

　問いに対し勇者の返答はすぐだった。

「迷宮を踏破したことで、国から報奨金がもらえる。それで装備を整えて……目的地へ向

かう」

「目的地？」

「そうだ……願いを叶《かな》えるために、俺は進む」

　それだけ答え、彼は仲間を率い去った。去り際、少女は死闘によって高ぶった勇者の魔

力を感じ取り、それが記憶に刻まれた――

「――おい、ディル。どうした？」

ふいに問い掛けられて、ディルは我に返る。見ればユキトが訝《いぶか》しげな視線を投げる姿があった。

そこはフィスデイル王国の王城の廊下。これから作戦会議があるということで向かっている最中だった。

ディルは先ほどまで脳裏に浮かんでいた光景を思い返しつつ、返答する。

「あー、なんでもない」

「急に立ち止まってビックリしたんだけど……」

「ユキト、どうしたの？」

先に進んでいたセシルが振り返って尋ねる。ユキトは「すぐ行く」と告げた後、再度ディルを見据え、

「体調不良……とかじゃないよな？」

「霊具のディルにそんなものあるわけないじゃん。ちょっと考え事をしていただけだよ」

ディルは返答と共に、歩き始めた。ユキトは首を傾げながらも追及する気はないのか、無言で足を動かし始める。

そして少女――ディルは改めて思考する。出会った当初から違和感を抱いていた。ユキ

トから感じられる魔力が、名すら聞かなかったあの勇者と非常に似通っていると。

それがどういう意味なのか、ふと記憶を思い返して――

（今は、単なる推測にしかならないか）

友人を失い、それでもなお戦い続けるユキトに余計な情報を与えるのもまずいだろうと考え口にしなかった。そこでディルは自分が思ったよりも気を遣う性格なのだな、と変なことを考える。

（確証を得たら、その時話すとしようかな）

小さく笑い、ディルはユキトと並んで進んでいく――それと同時に思う。霊具として、新たな所有者と共に役目を全うしていこうと――。

ヒーロー文庫

黒白《こくびゃく》の勇者《ゆうしゃ》 2

陽山純樹《ひやまじゅんき》

2021年8月10日　第1刷発行

発行者　前田起也

発行所　株式会社　主婦の友インフォス
〒101-0052 東京都千代田区神田小川町 3-3
電話／03-6273-7850（編集）

発売元　株式会社　主婦の友社
〒141-0021
東京都品川区上大崎 3-1-1 目黒セントラルスクエア
電話／03-5280-7551（販売）

印刷所　大日本印刷株式会社

ISBN 978-4-07-449266-4